五示正司
author Shoji Goji
イラスト 榎丸さく
illustrator Saku Enomaru
JN105117
ひとりぼっちの異世界攻略
life.10
レベル至上主義の獣たち

「今、教国で教皇に異を唱えられるのは教国の王女で、
大司教のアリアンナさんなんだから
狙われない訳が無いでしょう!」
メリエール
Meriel
Dress up in こうもりパジャマ
「教国の多くの民は
戦争なんて望んではおりません。
私達は平和の為に教国に戻るのです」
アリアンナ
Arianna
Dress up in ひつじパジャマ

「戦争回避が最優先？」
委員長 Iincyo
Dress up in しろうさぎパジャマ
「ならば王国も参戦します。こんなくだらない戦争を、異国人である遥様達だけに押し付けて黙って見ているなど許せません」
シャリセレス Shariceres
Dress up in ももんがパジャマ

CHARACTER

アンジェリカ
Angelica

「最果ての迷宮」の元迷宮皇。遥のスキルで『使役』された。別名・甲冑委員長。

遥
Haruka

異世界召喚された高校生。クラスで唯一、神様に"チートスキル"を貰えなかった。

ネフェルティリ
Nefertiri

元迷宮皇。教国に操られ殺戮兵器と化していたが遥の魔道具で解放。別名・踊りっ娘。

委員長
Iincyo

遥のクラスの学級委員長。集団を率いる才能がある。遥とは小学校からの知り合い。

アリアンナ
Arianna

教国の王女。教会のシスターでもあり、教皇と対立する派閥に所属。別名・シスターっ娘。

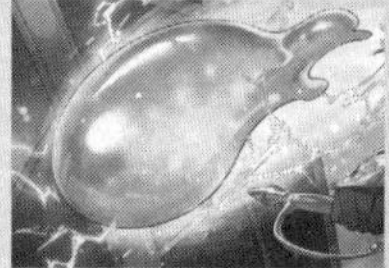

スライム・エンペラー
Slime Emperor

元迷宮王。『捕食』した敵のスキルを習得できる。遥のスキルで『使役』された。

STORY

教国の使節団の一員として辺境にやってきたシスター・アリアンナと邂逅した遥。教国に巣くう教会の腐敗した実態を伝えに来たアリアンナの味方になると決めた遥は、迷宮で彼女のパワーレベリングを断行。アリアンナ自身を命を狙う刺客から自衛できるほどのレベルへと成長させた。

そんな折、教国内で教会の教皇が主導するクーデターが発生。教国の王族は閉じ込められ、異を唱えた者は次々と処刑されていく。

故国の危機を知り、死を覚悟した上で帰還したいと主張するアリアンナ。そこで遥は教会打倒のための作戦を提案する。その内容は王国の要請により使節団として獣人国へ赴くことになっていた遥が、訪問のついでに獣人国の先に位置する教国へ潜入。そして教会の本拠地「大聖堂」を直接叩くという大胆不敵なものであった。

副委員長A
FukuiincyoA

クラスメイト。馬鹿な事をする男子たちに睨みをきかせるクールビューティー。

副委員長B
FukuiincyoB

クラスメイト。校内の「良い人ランキング」1位のほんわか系女子。職業は『大賢者』。

副委員長C
FukuiincyoC

クラスメイト。大人の女性に憧れる元気なちびっこ。クラスのマスコット的存在。

ビッチリーダー
Bitch Leader

クラスメイト。ギャル５人組のリーダー。元読者モデルでファッション通。

図書委員
Toshoiin

クラスメイト。文化部組に所属するクールな策略家。遥とは小学校からの知り合い。

新体操部っ娘
Shintaisobukko

クラスメイト。元新体操の五輪強化選手。新体操用具に変形する錬金武器の使い手。

イレイリーア
Erailia

ヴィズムレグゼロの妹でエルフ。辺境産の茸の力で重い病から快復。別名・妹エルフっ娘。

シャリセレス
Shariceres

ディオレール王国王女。偽迷宮の罠による“半裸ワッショイ”がトラウマになる。別名・王女っ娘。

セレス
Ceres

シャリセレス王女の専属メイド。王女の影武者も務める。別名・メイドっ娘。

尾行っ娘
Bikokko

調査や偵察を家業とするシノー族の長の娘。「絶対不可視」と称される一流の密偵。

メロトーサム
Merotosam

辺境オムイの領主。「辺境王」「軍神」などの異名を持つ英雄にして無敗の剣士。

メリエール
Meriel

辺境オムイの領主の娘。遥に名前を覚えてもらえず「メリメリ」という渾名が定着。

職人の朝は早い。日が出る前から目を覚まし、巨大な壺に上り見回りを始める。生きているからこそ管理は難しく、常に状態を見ながら温度を変え配合して調整をする。全てが一つ一つ違い、毎日違う顔を見せる。だから目は離せない、見て聞いて感じて言葉のない会話を交わす。手を抜けばそれだけのものしか作れない、手を抜けばそこから何も学べない、そして……手を抜けるはずがない。それ以外に報いられないのだから、そしてそれ以外に思いを届けられないのだから、この村の者にはもう諦めも言い訳も許されない。

あの日、村は滅びた。魔物の大量発生で避難を余儀なくされ、あの時は戦えない村の者達を守りながら逃げることしか出来なかった。それに悔いなどない、守れただけで充分だった。

だが魔物が討伐されて荒れ果てた村へ戻り、醸造所に入った瞬間にわかった。間に合わなかったのだ……人命は助かったが村を支える酒造りが壊滅した、村を破壊されただけでなく、この村は生きる糧を失ったと。

空気の匂いだけでわかった……酒樽には酢が入って全部が駄目になっていた。此処を任された責任者は俺だ、言い訳もないし償うことすらできはしない。貧しい村の貴重な食料で作る酒造りは決して失敗は許されない。貧村にはそれしか資材も材料も無く、一度でも失敗すれば……もう立て直せん。

ここまでやっちまったら樽まで全滅だ。そう、俺は村を殺してしまった。死んでも償いにもならんが、せめて魔物の一匹とでも刺し違えねば俺を信じ託してくれた村の者に顔向けすらできん。そう思いながら俺が駄目にしちまった酒に謝った。

「すまなかったな、大事な時に居てやれなくて……俺のせいだ、悪かった……いい酒になってみんなに喜ばれたかったよな、すまねえ」

どの樽にも一つ一つ思い入れがある。当然だ、毎日見て話して愛情を込め丹精を込め続けたんだ。試行錯誤を繰り返しながら美味い酒になってほしいと願った酒たちだ。俺が全部駄目にしちまったものに、俺はもう報いてもやれねえんだ。

「お前らもすまんな……」

樽へと手を掛ける。これこそが貧乏な村の宝だった。美味い酒を作ってくれて貧しい村を幸せにしてくれた恩人だった。代々ずっと大事に守り受け継いできたこの村の歴史、俺や俺の親父やその親父よりももっと前から、ずっと村のために美味い酒を作ってくれた樽たち……それに酢が染みて全部駄目になっちまった。

もうこの樽じゃ酒は作れない……ずっとずっと美味い酒を作ってくれた樽達、どれだけ辺境の人々を喜ばせてきたかわからない大切なもんを俺は駄目にしちまったんだ。

受け継ぎ任されたのに俺は………何時間そこに居たかは覚えていない。どれだけ謝ったかも覚えていない。きっと泣いていたんだろう。そして振り向くと真っ黒な目が俺を見つめていた、深く深く何処までも真っ黒な瞳が。

そして酢が入った酒が売れた。そんな粗悪品は売れないと拒んだが、食べさせられた川魚のマリネなる食べ物は仰天するほどに美味かった。吃驚しているうちに全部買い取られ代金を払われて持ち去られてしまった。

そう、対価は酒の醸造施設。もう二度と再建できないと諦めたばかりの村の宝、それが豪華になって並べられていた。麦も大量に積み上げられ、呆然と見て回り、ようやく落ち着けば半壊していた建物まで綺麗に大きくなっていた。

慌てて外へ駆け出すと……駄目になった酒の代金は村の全てだった。さっきまで滅びていた村には立派な建物が並び、頑強な城壁に覆われ広くなっていた。いつの間にか村は城塞都市に変わっていた。

泣きながら抱き合う村の者たち。あれだけ酷かった怪我がみんな治り、死を待つしかないと誰もが絶望していた者たちまでピンピンして歩いている……悪夢の痕跡は消え去り、見たこともない幸せだけがあった。そして誰かが言った——あれが、幸せの災厄だと。

後でわかったことだが奇跡的に死者が出なかった理由は、偶然に魔物の氾濫に出くわして邪魔だからと襲い掛かった通りすがりの災厄だった。そして襤褸襤褸の村の駄目になった酒の代わりに、幸せの災厄が俺たちに未来をくれた。全部が……この何もかもの全部が……幸せの災厄だった。

それからは鬼のように若い者を扱き、厳しく徹底的に酒造りを教え込んだ。誰一人文句も言わず必死で覚えてくれた、懸命に応えてくれた。誰もがあの災厄に恥ずかしい姿は見せられないと必死に働き、誰しもが齎されたものの意味を嚙み締め懸命に働いた、そしたら気付くと既に整備されていた村はみるみる豊かになり物資が溢れ、いつの間にやら本当の街になっていた。

だから酒造りは若い者に任せ、俺は酢を作る――俺に酒を作る資格はもう無い。俺は引き継げなかったし、守れなかったのだから。

そして俺は作りたい――あの幸せの災厄が、この途方もない膨大な幸せの代金だと言ってくれた酢を。あの川魚のマリネを作っていた時の災厄の顔を俺は生涯忘れない、それは絶望に満ちた失敗作だったが俺は幸せの災厄を喜ばせたんだ。

だがそれが失敗作では本当の対価になんてならない。俺が丹精を込めて本当に作った酢で喜んで貰いたいんだ……俺たちには他に何も返せない。俺にできるのは、もう酢を作ることだけだ。

「以前は失敗だと恐れ忌み嫌っていた酢が、こんなにも複雑で味わい深いとはな」

作り方を変えれば千差万別に味わいが変わり、手間を惜しめば風味が落ちる。酒と同じように気難しいが、酢だって思いと手間に応えてどこまでも美味くなってくれる。

あれから、買い付けに来る商会から沢山のレシピを習い、幾多の酢で試して随分と料理も覚えた。今ではこの街は酒と酢で有名な街になり、随分沢山の名物料理が出来て訪れる者も増えた――それでも俺は一生、あの時食べた川魚のマリネの味を忘れないだろう。

そして笑った災厄の黒い瞳だけが俺の一生の誇りだ、俺はもうそれだけで良い、それに報いられるだけで本望だ。だから最高の酢を作り、街へ届ける――それが災厄の口に届き、美味いと笑ってくれることだけを夢に見ながら。

あの日「こんな酢の入った酒は職人として売れない」と言った時に言われた、「酸っぱいから価値がある」という災厄の言葉を信じて、ただ酸っぱさを極め、濃縮と熟成を繰り返してみているが……こっちの濃縮酢は半端なく酸っぱい！　噂では災厄が全て買い取ると言ったというが、熟成していたら錬金加工された壷が溶け出してやがる。

一体、何でこれが売れるんだろうな？　うわっ、酸っぱあああっ!!

無いのに無いと思うところがあるんだよ？

101日目　朝　宿屋　白い変人

まだ外は暗い。早朝と言うには、まだあまりに暗過ぎる時刻。そして、何が起きているかは考えなくても分かる、そう、復讐(ジェノサイド)だ！

　確かに昨晩はちょっぴりお茶目に男子高校生的な真骨頂が注ぎ込まれて、それはもう『房中術』の永劫(エターナル)な循環錬気で絶頂と回復の無限循環が高速回転で繰り広げられて『限界突破』さんまで投入の永い永い夜だった。そして早朝(あさ)からの復讐(ふくしゅう)だった……もちろん普通なら気配探知や空間把握で目覚めるけど、甲冑(かっちゅう)委員長さんと踊りっ娘(こ)さんは『隠形(おんぎょう)』と『気配遮断』で静やかなる事女豹(めひょう)の如(ごと)く女豹のポーズで復讐という名の暴虐で男子高校生虐待が飄々(ひょうひょう)と実行犯で犯行中だったんだよ!!

「朝の御奉仕は、お勤め、です♥」

　しかし、朝起きたら鎖でぐるぐる巻きって何度目かも覚えていないから何度目かも分からない復讐が果たされ続けて、今は踊りっ娘さんから甲冑委員長さんへ交代のようだ。

「復讐戦　圧倒的勝利　ご奉仕は大事」

　全く復讐とは何も生み出さない空虚な行いだというのに、恨みに心を捕らわれるとは愚かしくも悲しい事だ。そう、ちょっと昨晩滅茶苦茶(めちゃくちゃ)に復讐と報復に追加(おまけ)を付けて繰り広げただけなのに大人気(おとなげ)ないのに大人のお色気が朝から眩(まぶ)しくむちむちで大人気に躍動中だった。

「ちょ、朝の枕詞(ピロートーク)は肉体言語な筆舌し難(がた)い饒舌(じょうぜつ)さの舌戦が百舌(モズ)の早贄(はやにえ)の如くで、男子高校生さんの朝の元気が舌先に嬲(なぶ)り取られ弄ばれて啄(つい)ばまれ中って……知らない朝チュンチュンだった！」（チュンチュン♥）

まあ、昨晩のお口から魂出ちゃいそうな昇天具合から言ってお説教は免れないと思っていたけど、お説教さんは舌戦の肉体言語な講釈で口尺だったようだ……激しいな？

「おはよう……ってずいぶん前からバッチリ目が覚めてるのに、やっと起き上がれたんだよ？　うん、朝の『朝だよ、起きて♥(モーニングコール)』が俺じゃなくって男子高校生さんに極地攻撃(ピンポイント)な『ちゅぱちゅぱ♥(モーニングコール)』だけどその男子高校生さんは朝起こさなくてもちゃんと元気いっぱいに起きてる男子高校生さんなのに、ちゅぱちゅぱ♥(モーニングコール)で疲労困憊(ひろうこんぱい)でぐったりな男子高校生さんの末路で、お起きして起き上がれない大被害(ダメージ)でノックダウン？　すっきりを通過し過ぎて遠く遠方のげっそりな目覚めでお目目が覚めるか永眠するかの戦いだったよ？　際どいな？」

あどけなさを感じさせるも満足げな笑みだがお口の端から垂れてるからね？　うん、それモザイクだから。くっ、舐(な)めとる舌遣いが挑発的だが最早(もはや)男子高校生的な戦力が枯渇している。かといって『房中術』で復讐戦(リベンジ)には時間が足りない。あと鎖は解(ほど)いてね？　硬くて痛くて冷たいんだけど、そっちの扉(しゅみ)は開いてないし開く予定も無いんだよ……うん、滅(め)

茶嬉しそうだ！　こ、この屈辱を夜まで耐え抜き、今日という長い1日を過ごさねばならないのか。ＭＰは満タンにしておこう。

そして食堂では賑やかにむちむちスパッツさん達が元気一杯な朝の柔軟体操を繰り広げていた。そう、踊りっ娘さんのヨガ教室の効果なのか、ストレッチをする者にヨガをする者と、みんな柔軟運動と軟体化が著しいようだ。そして座禅で瞑想する者に、覚えたての太極拳をする者と各々が準備運動で戦いに備え、むっちりと悩ましく準備を済ませている。俺も忙しく料理を進めているんだけど、『羅神眼』さんも『智慧』さんもとっても忙しそうに要記録中なんだよ？

「「「「おはよーう」」」」

爽やかにむちむちさんがむっちりと朝のご挨拶で、肉感的にむにゅむにゅと蠢きながら声をかけて来る。うん、賢者タイムでよかったよ！

「ああ、おはよう？って、ずいぶん前から目覚めてた気がするんだけど、朝だからお早うで朝から元気なむにゅむにゅさん達はもにゅもにゅと元気そうで何よりです？　まあ、朝御飯なんだよ？　昨日入荷のチーズでプレーンなピザさんだけどマルゲリータとラテンに呼ぶけどマーガレットって言うと分かり易いけどＭさん国ならマルグリットでマルガリータって言うとカクテルみたいな聖女アンティオキアのマルガリタから由来する真珠をさす言葉だったのが仏蘭西菊や雛菊を指す言葉になったというややこしい名前の由来のわりにシンプルなピザさんなんて摩訶不思議？」「「「ピザ様だ！　でも、乙女をむにゅむにゅさんって呼ばないで!!」」」

荒れ荒ぶる肉感の怒濤なる動乱が始まる。そう、奪い合いニョローンッと伸びるチーズとムニュンと押し潰し合う柔肉の騒々しい騒乱の朝食風景。そんな仁義なき戦いは、羞恥なき戦いに変わると服を引っ張り合い脱がし脱がされながらのピザの争奪戦で……何で次々に焼いてるのに待てないのだろう？　あとポロリは止めてね？　ピザ焦げちゃうからね？　うん、ちょっとさっきから男子高校生心が焦って焦げ気味なんだよ。トッピングのフランクフルトに茹で卵が宙を舞い、むちむちむにゅむにゅと戦乱の烽火が上がり騒乱が繰り広げられる。

「うん、やはりチーズとバターの生産を最優先にしないと平和は訪れないようだ？って、スパッツさんを引っ張ったら桃尻さんが半分こんにちはしかかってて模細工さんが臨戦態勢で出動準備中だからね？」

シスターっ娘達は未だ未だだねなんだけど、王女っ娘にメリメリさんは完全に戦いに順応し、それを見るメイドっ娘は王女っ娘の行く末にお悩み中のようだ？　そしてエルフっ娘は戦いを避けつつも的確にピザを奪い、着実にトッピングを載せて盛っている。それに比べて看板娘と尾行っ娘はトッピングは諦めて、安全地帯でピザをモグモグと食べていて未熟なようだ。

「うん、絶対にこの光景に耐えきれずに修道士さん達って帰って来ないんだよ！　やはり色欲は修道士さんたちの天敵さん達だったようだ？」「「「だから乙女にムチムチムチムチ言わないで!!」」

　つまり修道士さん達は今日も辺境軍で訓練参加だな……でも、突撃爆破修道士って教義的に大丈夫なのだろうか？　しかし盾職の修道士組抜きだと前衛が薄いんだよ、オタ莫迦たちもまだ帰って来ないし。

　尾行っ娘の話では既に近衛は王都を発っているらしいから、第一師団と合流して辺境に向かっているんだろう。その第一師団のマッチョな美人お姉さん達に莫迦たちは引っ付いているはずだ。オタ達は行方不明だけど商国の港は炎上中らしいから、やはり木造船に焼夷魚雷は効果的だったようだ。

「甲冑委員長さんと踊りっ娘さんは、むちむちさん達の指導を頼むね？　こっちも山のような雑事が済んだら、そっちを覗くかも……って、合流するかもしれないんだから迷宮の中で女ばっかりだからって裸族ってたら一体どれが真の裸族っ娘か分からなくなって魔物さん達もお困りで、俺も覗き魔扱いで危険なんだよ？　だから暑くても甲冑は着てないと、魔物さんに通報されちゃうんだよ？」「「「脱がないわよ！　あと、むちむちさんを名前にしないで！」」」「裸族っ娘で通じてて普通にスルーされてるよ……着てるよ？　普通に通じてるけど、ちゃんと服着てるよ!?」「「「あっ……福貫ちゃんを虐めちゃ駄目っ！」」」

　服脱ぎちゃんは裸族っ娘の着衣バージョンで、まだ脱いでない状態が服脱ぎちゃんで脱いだら裸族っ娘？　ややこしい名前のようだけど出世魚形式なのだろうか？　だとすると、ギョギョっ娘も変わりそうだな……覚えきれるだろうか？

「これニュー仕込みレイピアと言いつつ何気にエストックな疑惑のある偽祭事用杖だから、人数分あるから順番に取って行ってね。あと文化部はこっち使って、対人用状態異常特化の仕込み偽祭事用杖だから」「「「ありがとう」」」

今日は武装だけで良いだろう。実はデリヘル屋さんの持って来たお化粧セットの成分を分析して、より綺麗な色合いで肌にも優しい化粧道具箱も生産済みで販売待ちだったりする。だけれど今は男子高校生が朝の蹂躙で満身創痍のMP切れで、アイテム袋のMPバッテリーが有るとはいえむちむちスパッツさんの大軍と戦うには戦力不足が甚だしいだろう。うん、髪留めシリーズも在庫が増えてるけど、今この状態で押し競饅頭を喰らうと気絶間違い無しの劣勢だしバーゲンは今度にしよう！

暑くなって来たので薄着の服も用意しているけど、女性的に薄着の際のお手入れも必要かとT字のソフトシェイバーも用意して販売準備していたのに、大量のシェイバーを見た甲冑委員長さん達から何に使うのか聞かれて女子的な処理の話をしたところ驚愕の事実が返って来た。そう、なんと異世界で普通に販売されている飲み薬で、女性は完全にお手入れ要らずのつるつるお肌になるそうだ。つまり女子さん達も継続的に飲んでいて、既に永久脱毛状態らしい……うん、シェイバーは売れないようだ。

だが真の驚愕はそこではなかった。薬と聞いて健康的に大丈夫なのか気になって幾つか質問したら、女性限定で男性は絶対に飲んでは駄目な薬らしい。理由を聞くと男性は頭は禿げて逆にムダ毛が増える劇薬になるという恐怖の薬品で、お店屋さんからも持ち出し禁止でその場でしか飲めないらしい。

そう、何が驚愕かって……それは性ホルモン活性薬に間違いない。女性ホルモンでムダ毛が消え去り逆に髪が伸びやすく睫毛（まつげ）が長くなリ、逆に男性が飲んでしまえば男性ホルモンが作用して頭髪や眉毛が抜け落ち、髭（ひげ）やムダ毛がもじゃもじゃになる。うん、甲冑委員長さんも踊りっ娘さんも無毛（ない）だなとは思っていたけど、西洋人は薄いか無毛が多いとも聞いたことがあったので気に留めていなかったんだけど——どうやらそのお薬のせいらしい。うん、全員つるつるなんだ……。

「まあ、ビキニの販売の時もシェイバーが売れなかった理由がやっと解明されたと同時に、大量生産されたT字剃刀（シェイバー）が全く売れない事と全員つるつるな事が判明しちゃったよ！　でも、異世界でようやく出合えたファンタジーな魔法薬が無毛（パイパン）ってファンタジーすぎなんだよ!?」

過剰在庫はおっさんたちの髭剃（ひげそ）り用で売るしかない。うん、無いのかー……異世界は驚愕に満ちていたようだ！

そうして支度も済んで、女子さん達は出発した。今日は二手に分かれて中層迷宮を攻略して、合流してから全員で下層を踏破する予定らしい。1日に2迷宮だと結構稼ぎそうだな、やはりバーゲンの準備は怠れないらしい！

さて、領館に行ってから雑貨屋さんと武器屋へと大忙しだが、迷宮に行かないからといって冒険者ギルドに寄らないわけにはいかない。そう、毎朝のジトが俺を待っているって言うか、毎日欠かさず行ってるから行かないと調子が出ないんだよ？　教国に行く前のジト貯めも必要なのだな！

「っていう訳で毎日毎朝欠かさず確認し閲覧して見分しているのに、今朝もやっぱり依頼が変わらないっていう頑固一徹な掲示板さんで、もう卓袱台どころか掲示板自体が引っ繰り返りそうな諸法無我で鉄樹開花な百載無窮な不朽にして絶対不変の掲示板なんだけど、永久保証付きの強固にして永久極まりなく無限な掲示板は一体何時になったら新しい依頼が張り出されるのか掲示板係に是非とも率先して掲示板に掲示して欲しいものなんだよ？」（ぜーぜーぜー）（ポヨーポヨーポヨー？）「よくもまあ毎朝毎日、絶える事も無く日々延々と冒険者ギルドに冒険者じゃないからこっそりと来る筈なのに旗鼓堂堂に立ちはだかり快語満堂に朗々といちゃもんを響かせて一体全体どこをどう見たらこっそり掲示板を見に来たように見えるのかこそをお伺いして何をどうこそこそするとここ迄にギルド中の注目を一身に浴びながら罵詈雑言を千言万語に並べ立てて千山万水に文句が出るのか是が非でもお聞きしたいものですが答えなくて良いですからこそこそして下さい！」（ぜえぜえぜえ）（ポヨポヨポヨ！）

今日も受付委員長さんのジトは大変に結構なお点前だった。そしてこの切り返しの語彙と畳み掛ける教養の物量こそが侮れない。最近は肺活量も鍛えられ、声の張りすら見事の一言で、こっそり頭の上でスライムさんも参戦だった？

「「「また来てる！　今日は領館行くって言ってたのに、態々冒険者ギルドに回って来たんだ！」」」「おやおや女子さん達や、迷宮に向かったんじゃなかったの？　駄目だよ寄り道ばかりしていると、そのうちに迷いに迷って迷路に迷い込んじゃって当ての無い迷宮探索でついでに迷宮踏破しちゃうと寄り道したのにちゃんと迷宮攻略だった！　不思議だな？」「「「何で堂々とギルドに寄り道をしながら、寄り道について非難できるのかが不可思議なのよ！」」」

新しい迷宮の情報を貰いに来たらしい。浅い迷宮の単独踏破をシスターっ娘たちに経験させておきたいそうだ。

「シスターっ娘たちは初日にやったよ？　うん、やってたやってた、なんか迷宮王ずばずばやってたよ？」「「「鉄球に入れて、魔物さんに投げつけられたり転がされたり、剣を括り付けられて振り回されたのを迷宮踏破に入れないであげて！」」」

駄目らしい。いや、頑張ってたんだよ？　最後の方は殺る気が漲って、礼儀正しく元気よく覇気覇気と魔物さん達を蹂躙だった。うん、指導官で教導官したから間違いないんだけど……解せぬな？　みたいな？

何人も止められない門番さんの通行許可基準というのが永遠の疑問なのだが今日もやっぱり素通りだった。

101日目　朝　オムイの街　路上

日に日に彩画（いろどり）が多様化し、雑多な賑（にぎ）わいを見せる街の商業区。そんな多種多様な商品と、威勢の良い呼び込みの声と街ゆく人たちの溢（あふ）れる笑い顔。生きて行く事に必死だった人達（たち）が、やっと暮らしを始めた。それは生存（サバイブ）から生活（ライフ）へと変わり、武器と食料だけだった買い物が生活用品や嗜好（しこう）品にお金が使えるようになった。だから日々の暮らしである衣食住が豊かになった。綺麗（きれい）な服に美味（おい）しい食べ物と楽しい我が家。そう、やっと本当に街になったようだ。

そんな中を舞い踊るように飛来する孤児っ子流星群を、華麗な乱舞でクッキー（チャフ）を撒（ま）き散らしながら繁華街を闊歩（かっぽ）する。うん、飛翔（ひしょう）抱き着きが激しいな？

一度回り始めた経済は、澱（よど）む事無く循環し続け物流と消費を生み出す。もう自然に発展を続けて行く本物の街になっている。うん、内職減らないかな？

そうして、ようやく活気溢れる賑やかな商店が途切れると街の最前線にして城壁の要。領主の住まう領館という名の実質要塞。それは魔の森を睨（にら）むように辺境の最も危険な位置に居を構え、街と辺境を守り続けて来たはずの防衛上の最重要地点。でも、重要なはずなのに今日も呼び止められる事も無く完全スルーで入れるらしい？

「まったく相も変わらず何故だか門からずっと素通りの警戒感と警備感が皆無な領館で、街の門番のおっちゃんといい領館の門番のおっちゃんといい、迷宮皇さんも毎日素通りな何人も止めぬ通行自由な門って、それ一体何が現れたら止めるんだろうね？」（ポヨポヨ）

そう、門番さんの許可基準こそが永遠の疑問なんだけど、頭の上で魔物さんもぽよぽよと御挨拶で今日もやっぱり素通りだった？

足元にはふかふかの重厚感溢れる絨毯が敷き詰められ、壁には絢爛豪華な調度品が並ぶ壮麗な館。なのに使用感も生活感も痕跡すら皆無のままで……まだ、家族で隅っこの小部屋で暮らしてるらしい？

「遥君、呼び立てて済まないね。辺境に大陸を股に掛ける大商会の出店は、領主としては嬉しいんだが……ずっとずっとあの雑貨屋にだけ輸入も輸出も任せっきりでね、私も多くの商会を巡り辺境への出店を依頼してきたのだが全く力及ばなくてね。それが大陸でも有数のデイリバウル商会が雑貨屋と提携してくれるなんて悲願以上の出来事で、ありがたくはあるのだけれど……それもこれも遥君にまた負担を掛けるのではないかと思って率直な意見が聞きたいのだよ。辺境からすれば夢のような申し出を頂いたのだが、遥君が嫌ならば否でよいと皆も納得の上だからね。忌憚なくって、全く遠慮すら無いのだろうけど、いつものように思うがまま在るがままの意見を貫いたいのだよ？　どうかな？」

メリ父さんが何か長々と語っているが大した用件ではないだろう。だが看過出来ない重大事だ。だってメリ父さんがデリヘル嬢さんを呼んじゃってるよ！　ちょ、ムリムリさんにご報告しておこう。俺も延々とお説教されたんだから、ちゃんとメリ父さんだって怒られてボコられて然るべきで叱られるがいい！

「私共デイリバウル商会にも幾度と無くお声をかけて頂きましたのに、一度たりとも良いお返事が出来ず申し訳なく思っておりました。私共も辺境の現状には忸怩たる思いも有りましたが商国内の圧力も在り、戦えない商会の者に辺境へ赴けとも申せずに手を拱いておりました。ですから辺境では当商会はズァカーリャ商会とのお取引でも下請けとなります、それだけは商人の矜持に懸けて譲れません。辺境での仕入れはズァカーリャ商会にお任せするかたちになり、販売もズァカーリャ商会の取り扱いの無い商品を優先とさせて頂きます。これだけは長年たったお一人で辺境の流通をお支えになられたズァカーリャ商会にたいしての敬意として、商会として商人として決して越えられない一線なのです。それでも宜しければ是非にも出店許可を頂きたく恥を忍んで申し出をさせて頂きました」

　ちゃっかりヘルス屋のおっさんも算盤鳴らしながら調度品を目敏く見回しているが、その鋭い眼光はこの応接室最大の利益を見抜いたのだ！　やるな、もう銅貨を投入してマッサージチェアを試用中で使用中だ。やはりおっさんホイホイだな。

　振動に揉み解されながらも眼鏡の奥のその目はマッサージチェアが生み出す莫大な利益を計算し、経費と販売価格の兼ね合いを試算し始めているのだろう。

「我がオムイ領としては商会の誘致は悲願だったが、ズァカーリャ商会は辺境の恩人だ。

恩も返せぬ不甲斐ない領主だが、恩に報いれぬとも仇で返すなど断じて出来ぬのです。故に遥君も忌憚のない意見をだね……」「いえいえいえ、これほどの商品ですからお値段は充分に。もう赤字覚悟で勉強をさせて頂きますですよ。はい、こんなもので？」「でもあくどく買い叩いちゃって、ぼったくり価格で捌くんでしょ？　みたいな、こんくらい？」「それが今ならなんとご挨拶もかねて特別仕入れ価格で購入させて頂くという事で……こんな感じで？」「いや、単体販売ならともかく、料金箱付きはずっと収入が保証されるんだから利益収入も加味してくれないと困るなー、だからこのくらい？」「いえいえ、商人としての誇りにかけまして適正価格がモットーですから、この1台あたりでこれくらいで何卒」「いやいやいや、商人なんてお金の為なら誇りも大安売りでなんぼだし、しかも適正価格って買う方の都合の適正価格だからお安いんだよ？っていう訳でこのくらい？」「いえいえいえいえ、これから末永くお付き合いをして頂きたく存じまして特別金額の赤字仕入れで今日だけのスペシャル買取のざっくり現金払いでこのくらいなら？」「いやいやいやいやいやいや、やいのやいののお祭り騒ぎでやんややんやの大人気を得るにはこのくらいの金額じゃないと？」「いえいえいえいえいえ……」「いやいやいやいや……」「いえいえいえいえ……」（ポヨポヨポヨポヨ……）「いやいやいやいや……」「いえいえいえいえ……」「いやいやいやいや……」（プルプルプルプル……）「いやよいやよもいやんダメダメでちょっとだけよがちょっとだけだった例が……」（ポムポムポムポム……）「長いよーっ！　おーい、遥君。って、もしかして話を全然聞いてなかったのかな。そして2

人で算盤を振って何して遊んでるんだい？　何故に算盤弾いて笑顔で威圧し合ってマッサージチェアを試用中って、もしかして許可云々の前にそっちは商売始まっちゃってるのなら許可出しちゃって良いのかい？」

　メリ父さんがデリヘル嬢さんと仲良く騒いでる。これもムリムリさんにご報告だな。

「ハルス！　領主様の前で何という無礼を。大変失礼いたしました。あれで優秀なのですがこと商売になると周りが見えなくなる悪癖がございまして平にご容赦を……えっ、20台？　100台いっときなさい、1，000台でもすぐ完売します！」

　うん、密告と一緒にムリムリさんには格安でモーニングスターも販売してあげよう。

「って言うか聞きに来る所を間違えてるよ？　俺とかメリ父さんってどうでも良くって、雑貨屋さんが良いよって言えば良いんだし、駄目って言えば駄目なんだけど茸弁当さえ手土産にすれば駄目って言わないから……今なら特上茸弁当をこの素敵価格で、さらに今なら手土産用風呂敷も付いてこのお値段？」「買います！　買わせて頂きます!!」

　なにも無い辺境で森に茸を採りに入り、死にかかって身体が不自由になった。そして、もう戦えないと悟るや危険な行商をして薬品や食料を買い付け続けて来た。全く儲かっていないあの小さな店だけで辺境を支え、集めても集めても全然足りなくて嘆き悲しんで、それでも1人でも救う為に商品をかき集めて流通させ続けて来た。

　だからお金と茸を渡しただけで辺境は生まれ変わった。行商に仕入れに自らが駆け回った経験で町や村の特産品も全て知りつくし、物流の経路も日数も把握していた。そして辺境の誰もが信用していた。結局最後は信用が商売を動かす。見ず知らずの他所者の俺ではなく、あの雑貨屋のお姉さんだったから誰もが二つ返事で物を売り、信頼して商品を託し預けてくれた。

だから辺境は豊かになって、そうしてお金が手に入ると誰もが雑貨屋に行く。まあ、それで毎日泣きそうな顔で過重労働中だけど、あれは辺境の人々のお礼。街の人は当然、街を訪れた人も誰もが覗いて何かを買っていく。うん、あれは確かに回復茸弁当が無いと過労死するな？

「いえいえいえいえ、せめて5つでこのくらいで？」「いやいやいやいや、従業員っ娘たちの心証がこのお値段で上がるなら、10個は行っとかないとあのお姉さん1人で3つじゃ足りてないんだよ？　商人たるものお金よりも評判で、損して元をぼったくられろっていう感じでこのくらい？」

だから辺境に新規の商会が参入しても、雑貨屋さんと張り合えば潰れる。共存を目指す店か住み分けを考える店なら良いけど、今まで辺境に来た商人達はメリ父さんに独占販売を求めて、その無能さで門前払いされていた。それが、この商会は違った。そう、デリへルのお姉さんがやって来たんだよ！　やり手だ、男子高校生なら決して断れない見事な有能さを見せつけた。そして元々雑貨屋のお姉さんに商品を融通していた商会で、尚且つ貸しが在るだろうに雑貨屋さんの小売りになると言い切っている。

「ちょ、そこはこの位が繰り上がった位の上位化くらいで？」「いえいえ、損した挙句にぼったくられたらお店潰れますから！　それでは12個でこのお値段出しますから、是非ともお口添えを……」「卸値決めるのって雑貨屋さんだよ？　ここが勝負所で後から途方もない金貨を積むよりも、ここで茸弁当を積み上げた方が長い目で見るまでもなくお得で、今を逃すと後の祭り囃子が深夜残業内職なんだよ？」

きっと雑貨屋に挨拶に行けば、そのまま決定なんだろう。こっちに来たのは根回しみたいなものだ。

「「そっ、その金額で24個お願いします！」」「まいど、みたいな？」

だからお弁当でぼったくろう。マッサージチェアの現品販売と、お弁当以降は雑貨屋さんの商売で俺はぼったくれないのだから今の内だ！

だから現行品で余剰が大量にある商品だけを品見せしていく。俺は今まで通りに雑貨屋さんに卸すから、その後の振り分けや卸価格は商人同士の喧々囂々な交渉で鎬を削り、侃侃諤諤に取り決めを議論して、一緒に合わせて喧々囂々の大商談が繰り広げられるのだろう。

「いいのかい、遥君」「だって既に稼働してる各工場に工房って雑貨屋さんと契約済みだし、商品のほとんどが雑貨屋さんを通して流通するように仕組まれて組み立てられているから……うん、全部丸投げてるんだよ？」

リスクと利益度外視の必要がある各種インフラの公共工事等と、鉱山なんかの重工業は領地直営方式。だけれど、その売買にも流通にも雑貨屋さんが参入する契約になっていて何人も止められない門番さんの通行許可基準というのが永遠の疑問なのだが今日もやっぱり素通りだった。


辺境の富の流出を防ぐ役割を担っている。

「それにしても結構いいお値段だね」「いや、保護貿易の仕組みを組み込まないと、すぐに商人たちに利益は毟り取られて、良いものを作っても安く買い叩かれて瞬く間に零落れるんだよ？」

　自由貿易と言うと聞こえはいいけど、あれって流通を押さえた商人と大資本だけが儲かる独占有利な仕組みで、それはその地に住む人々にとっては富の流出による悪影響しかない。流通機構としての商人なんて、価格競争による物価上昇の抑制効果以外はデメリットしか無い存在だ？

　だが流通は必要。そして市場という物流は商人でしか賄えない。過去に公的にやって成功した例が無いのだから運輸は必要悪として割り切り、独占販売と談合が出来ない仕組み作りと、市場操作を受けない多角的な取引経路を張り巡らせる必要がある。だからこそ利益を二の次に出来る雑貨屋さんが噛んでいる必要がある。

　ただし後々の事も考えれば、健全な市場を育むには雑貨屋さんの独占では商業として不健全で、清濁併せ呑んでお互いの長所を競わせ短所を削り合わせるのが領地経営たるものだ。そこはきちんとメリ父さん……は、諦めて側近さんに叩き込んであるから多分大丈夫だろう。これで街に諸外国の特産品が入り、食材や素材も増え街も一挙に賑わいを増す事だろう。

　うん、まだ出店も決まってもいないのにメリ父さんは既に嬉し涙だ……でも、きっと後からデリヘル嬢さんを呼んで仲良ししてたのをムリムリさんWithモーニングスターにお説教されちゃって、涙目のままボコられる事だろう。うん、密告(チク)るんだよ？

雑貨も百貨も八百屋もいっぱい揃えるのが売りなんだから名前が悪いんであって俺は悪くない。

101日目　昼　オムイの街　雑貨屋

何という事でしょう、宿から商業区を抜け領館まで行ったのにデリヘル屋さんを連れて商業区の雑貨屋さんに後戻り。うん、朝も納品に寄ったんだよ？　そして巨大な雑貨屋に入る……うん、また育ったようだ？

人いきれ——人が沢山集まった体温が発する熱や湿気が立ち込める様子で、語源的には人熱れ(ひといきれ)。熱気でむっとする意味の動詞「熱れる(いきれる)」の名詞形で蒸されるような熱気を意味し、「熱り(いきり)立つ」と同じ使い方で何を言いたいかと言えば……暑いんだよ！　壁に手を突いて『錬金』で天井付近の壁に熱を逃がす通風孔を作り、ついでに温度魔法で空気を冷やして『掌握』で空気を換気していく……こうも満員だと設計や魔道具だけでは対処できなかったらしい？

「デイリバウルのエリゥースです。ご無沙汰しております、今日はご挨拶に伺……

きゃっ！」

雑貨屋のお姉さんがデリヘル嬢のヘルスさんを抱きしめて揺さぶってる。まあ、人には色々な性癖が有り、それをお互いが理解は出来なくても尊重するのが大人の対応というものだから……百合の花でも持って背景していよう。お大尽様が見てる？　R18版だろうか、全年齢版だろうか？　見たいな！

「エリーちゃん、こんな物騒な所までどうしたの！　大丈夫、怪我はない？　魔物に襲われなかった！　そこの少年に意味不明な事されなかった!!　うん、されたよね、されない訳が無いのよ。だって意味不明な事しかしないんだから！　エリーちゃん所に行商に行けなくなったのも全部そこの少年が辺境ごと改装しちゃって、うちの雑貨屋もこんなになっちゃって何か街中みんな裕福で買い物に来て大忙しなの！　もう、茸もたっぷりあるのに病人もいなくて、もう何して良いのか分からないんだけど忙しいのよ！　全部そこの少年のせいなんだけど何もされなかった!?」

物騒な所って此処は自分の店があり住んでる街だよね？　あと、途中から謂れの無い誹謗中傷が風説の流布されてた気がしたんだけど、何かされるも何も何にも出来ない悪質なデリヘル屋さんなんだよ？

「あ、あ、はい大丈夫です。良くして頂きました……やっと会いに来られました。噂には聞いていましたが凄い建物ですね、今や大陸一と呼ばれるだけはある素晴らしい斬新でいて機能的な店構えで感心しました」

お客の動線と視線を意識的に誘導して、ついつい見て回り長居して段々と色々欲しくなってきて財布の紐が緩む誘惑の店内配置を見抜くとは、デリヘル屋よお主も悪よのうっていうか違法風俗店営業よのう？

「やめてー！　雑貨屋だったのよ、ただの商店だったの!!　ちっちゃいお店に必死で商品を掻き集めて営業してたのよ、エリーちゃんのお父さんにも生前どれだけお世話になって商品を融通して貰ったか。それが、目を離す度に建物が大きくなるの！　犯人は分かりきってるのに『なんで広くなるの』って聞いても『太ったの？』って答えるし、『なんか高くなってない』って聞いても『成長期？　うん、日当たりが良いのかも？』とか言いやがるし、『絶対大きくなってるわよね！』って言ったら『ああ、Lvアップかも？』って答えやがったのよ！　働いても働いてもキリが無くて、雇っても雇っても店の拡張と商品の増加に追い付けないの。何処の世界に勝手に商品が増えて建物が拡大していく雑貨屋が在るの！　全部あの少年のせいなのよ、いったい雑貨屋を何だって思ってるの!?」

ただ商品を作るならオーダーメイドで良い。だけど買う予定がなくても、見て手に取って欲しくなる現品販売こそが無駄使いへの王道であり、ぼったくり道の神髄なんだよ？　だってお店が大きくならないと買い物の楽しみも半減なんだから、19回目のこっそり改装で大型デパート並みの規模になってるんだけど、本来雑貨屋とは種々雑多な日用品を販売している店で、普通生活雑貨から日用生活用品まで多岐に亘る商品がカテゴライズされるのだから俺は間違ってないんだよ？

「いや、普通の雑貨屋さんでも商品や種類が膨大になって然るべきなのに、『家』だの『村』だの注文してくる雑貨屋さんの売り場面積が膨張するのも止むを得ない事業者の節操の無さが原因だと身に覚えあり過ぎる我が身を顧みようよ？　うん、本来『家』とか『村』売るならそれより大きい店舗が求められるんだから、まだまだ成長途中な雑貨屋さんで雑貨も百貨も八百屋もいっぱい揃えるのが売りなんだから俺は悪くないんだよ？」

そう、家とか村とか通りとか川とか城壁とかが雑貨屋さんで受注され、俺に注文票がそのまま渡されて内職で作らせられるという雑貨屋を超越した謎の経済活動がちょいちょい紛れ込んで混入されているんだよ？

「……家って、って言うか村って売っちゃったんですか!?　た、大陸最強の商店にならたとは聞いておりましたが、もはや普通の商会では太刀打ち不可能な領域に業務拡大されてるんですね。凄いです」

どうやらお姉さんとデリヘルっ娘は顔見知りで仲良しだったらしい。元々はデリヘル屋さんのお父さんと取引をしていたのが、お父さんが亡くなり代替わりで忙しくなり、同時期にお姉さんも忙しくなって長らく会えなかったようだ。そしてひたすらに感心されては頭を掻き毟って苦悩しているけど……お釣り銭でも間違えたんだろうか？

なんか凄く疲れた顔でこっち見てるけど、このお姉さんは既に辺境を取り仕切り、王国全土がお得意様の大商会の会頭さんだ。なのに未だに自覚無いから売り子までしちゃってるから疲れるんだよ？　うん、全くもう少し客観的な目で自分の立場とか考えられないものなんだろうか、無自覚というのが最も質が悪い。うん、だから俺を睨まないでね？

「まあ、座って座って」

おそらくデリヘルっ娘は商会頭として商会同士の契約を結ぼうと気を引き締め、縁故に頼らずにあくまで商業取引交渉に徹しようとしたのだろう。だけど、そんな他人行儀がお姉さんに通用するはずもなく、抱きしめられて振り回されて座らされたらお菓子を食べさせられて沈黙中だ。

「で、少年はどうするの？」「どうするって？　デリヘルを？　いや、呼ぶのは吝かじゃないけど雑貨屋に呼ぶって意味分からないし、呼ぶ前から居るんだけど一緒に来た時点でデリヘルとしてのデリバリーな意味合いが崩壊で最早その名に偽り在りと動議を出されかねない難しいヘルシーとは言えない困惑な状況なんだよ？　デリたいな？」

うん、呼びたいんだけど、どうすれば良いんだろう？

「もう、この街に乱立する工房も工場も仕立て屋も細工屋も鍛冶屋だって、全て一級品が作れるのよ。周りの村々だって特産品に、その料理まで作り始めてどこもかしこも大盛況なんだから……もう、内職無しでも街も辺境も経済が回り始めて、計画された通りに発展して進歩し始めてるのよ」「うん、だから？」「だからって、どうすんのよ！　これ全部あんたのせいでしょうが！」

またもや冤罪だった。一体異世界には幾千の冤罪が有ると言うのだろう？　だが宿には幾億か冤罪が常時取り置きしてあるようで、日々冤罪に次ぐ冤罪への冤罪容疑で冤罪を起訴される前に冤罪で断罪される恐るべき拡大冤罪が拡散冤罪で無限の冤罪に満ち溢れてて、いつでも帰ってすぐに冤罪なお宿とセット化している一度も品切れの無い見事な鋳山煮海な冤罪在庫量を誇り続けているんだよ。

「儲かると思ったからお金を貸して、多めに返して貰うのは純粋な投資活動だから俺は悪くないんだよ？　貸したからには儲けさせる為に手も出すし企画も出すけど、利息付きで返って来たら残りのお金も工場も俺に言われても知らないんだよ？　うん、一応向こう数年は困らないくらいの企画書も渡してあるけど、そこから先は俺に関係なくない？　まあ、儲かりそうだから再投資はしてるけど、それだって稼げたら儲かるから手伝いはするけど、街の人達が欲しいものを求めて、それを作って商売して行くんであって俺のせいにされても困るんだよ？　みたいな？」

既に賽は力一杯投げられて、どっか飛んで行っちゃって行方不明な賽さんが安否不明で捜索隊もルビコン川沿岸を集中的に錯綜中との大規模な捜査網が展開中で大忙しなのだから俺は悪くないんだよと、かのカエサルさんの証言もあるとか無いとかだが、そのカエサルさんが賽を投げた張本人だからやっぱり俺は悪くないのだろう？

「発展し続けて利益を上げ続けている雑貨屋と、この街の利権の全部をたったあれだけの支払いで全て手放す気なの？　みんな、それじゃあんまりだって途方に暮れて相談に来てるの。貧しくて何もない街しか私達は持っていなかったのよ、それが立派で裕福な街になったからって私たちは何にもしてないのよ！　みんなある日気付いたら幸せだったのに、なのに少年は何にも受け取らない気なの……これは俺のだって言うだけで、全てが少年の物なのよ。きっと誰一人文句も言わないだろうね」

いや、内職だけで日々寝る間もなく寝たり(エロ)しながら滅茶(めちゃ)忙しかったし壮絶だったのに、それをやっとの思いで工房や工場を作り、商店を増やしてようやく内職を外部生産(おしつけた)開始っていうのに……全部俺に戻されたら、また内職じゃん！　お断りだ、男子高校生には内職よりもしなければならない事(エロ)が有り、男子高校生とは世俗(ないしょく)から離れ夢(エロ)を追い続けるお年頃なんだよ!!

「いや、やっと内職で街の経済回すとかいう過重労働を押し付けたのに、返品されても困るんだよ？」「そう言うとは思ってたし、みんなにもそう言ってるんだけどね……はああぁ——」

　やっぱり勘違いしているようだ。そう、全く自分の価値を理解できていない。何故(なぜ)みんながここに相談しに来たかが分かっていない。その辺境が貧しく苦しい時に命懸けで森で茸を集め、仲間を失い自らも大けがを負い戦えなくなっても危険な行商を続け街や辺境の村々に食料や医薬品をたった1人で運び続けた。

　だから誰もが信用して商品も託しお金も預けた。別に俺は関係ない。ただ大量の魔石と茸を持っていただけの余所者(よそもの)だ。このお姉さん以外の誰にお金と茸を預けたって、辺境中を行商して知り尽くし、辺境中の人たちが心から信じられる人間にしか辺境という広大な土地の全てを動かす事は出来はしなかった。俺は何にもしていないのに自分のした事の意味が分かっていないから勘違いする、みんなが信頼してるから全てはこの店に繋（つな）がっているんだよ。それは、ただみんながお姉さんに感謝しているっていう事だとどうして全く理解できていないのだろう？

だから辺境の富がこの店に集約されるのに、その全てをまた辺境の為に使ってしまう。今も屋根裏部屋で暮らし、日々仕事に追われて貧乏なままだから街のみんなが心配してるっていうのに……自覚が無いというのはほとほと困ったものだ？

だが話の先行きが危ない。延々と続く内職ループをやっとの事で移管（バックレ）して委任（丸投げ）したのに内職さんの再来（カンバック）で再訪問（ウエルカム）の再会（ハウドウドウ）の危機だったようだ！　苦難が目の前にあり、困難が目に見えるならばすべき事はただ1つ……よし、逃げよう！

高2のJKさんの中2病だと3才さば読みされて永遠の13才問題が異世界で迷宮入りだ。

101日目　昼過ぎ　迷宮　69階層

朝から分かれて迷宮を攻略し、合流してから一気に迷宮の下層を踏破する計画で合流しに来てみたら……島崎（しまざき）さん達（たち）使役組と体育会系チームは、苦戦はしてないけど遅延中だった。

「じゃあ、気合い入れて迷宮潰しちゃおう！」「「「おーっ！」」」

時間が掛かった理由、それは久々の迷路型迷宮(メイズ)。普通の冒険者さん達には各個撃破出来る迷路型迷宮が好まれるし潰し易(やす)いから、必然的に私達に回ってくるのは階層(フロア)型迷宮か複合型が多くなる。集団戦が出来る私たちは階層(フロア)での戦いも得意だけど、小編制戦(パーティー)だって苦手ではないんだけど……ただ人数が足りないと時間が掛かる。

「シャリセレスさんとメリエールさんは文化部組の前衛でお願いします、アンジェリカさんとネフェルティリさんはアリアンナさん達の指導と補助をお願いします」「「「はい（ウンウン）」」」

迷路(メイズ)はその狭さと視界の悪さこそが怖い。だけど私たちはみんな『気配探知　ＬｖＭａＸ』持ちで、『索敵』も併用して気配を探りながら迷い路を虱(しらみ)潰しに踏破していく。狭い場所での戦闘に備えて武器を持ち替え、準備は終了。

「次の角に敵3、行くよ！」「右貰(もら)うわ」「じゃあ真ん中」「え～と～、適当に～？」

「盾突撃(シールドバッシュ)で敵を止めます！」

遥(はるか)君が昔から予測していた通りだった、Ｌｖ１００を超えると身体能力(ステータス)もだけど、効果(スキル)も格段に強くなる。相手が『隠密(おんみつ)』を発動し『気配遮断』していようと容赦なく見つけ出して殲滅(せんめつ)して行ける。

「次の角左に4、真っすぐは3……だけど体育会系がいるね、左行こう」「「「了解(はーい)」」」

迷宮で発見される隠し部屋からの宝箱アイテム、そして迷宮王のドロップ。伝説級と言われる武具をひょいひょい見つけ出し、神話や伝説と言われる神の銀で錬金化合し、一流の鍛冶師のみの秘儀と言われる効果付与をぽんぽんと施してしまう。だから格安販売の全てが神器級の武具。下層の魔物すらざくざくと斬る剣に、完全設計制作の甲冑で挑んで圧勝以外は許されない。

「よしっ」「あっ、良いなあっ、小鉄っちゃん貰ったんだ?」「6刀流だと刀足りないんだって」「でも、まだ増えるって言ってなかった?」「魔力腕は増やせるらしいけど、操作が無理かも」「でも～、腕が増えたらまた刀打ってくれるかも～?」「「「良いなあ、手作り」」」

合流地点にはもうみんな集まっていて、アリアンナさん達もちょうど合流。やる気は良いけどペース速過ぎだよね?

「お待たせー、ってみんな焦り過ぎは駄目だからね。怪我なんてしたら過保護な心配性さんに、また階層制限されちゃうんだから安全第一だよ」「「「任せて、大丈夫!」」」

この下は70階層の階層主。集団戦の装備に替えて階段を下り、陣形を展開したまま出合い頭の乱戦に移る。熊さん相手に守るのは愚策だから退いて誘って囲んで叩き、また退いて嵌めて囲んで潰す。正面を逃げ左右で叩き、戦わずに狩り、受け止めずに削る。正面から真っ向勝負の力押しで勝てる相手であろうと、圧倒的な有利さを以て殲滅する。

遥君曰く「強くなったからって野蛮人にならなくて良いんだよ?　それが進行しちゃった末期症状が莫迦たちだからね?　うん、あれは手遅れだな?」なんだそうだ。更に「被害を最小限に抑えつつ、最大限の被害を与えるのが常連冤罪被害者さんの幾多の被害経験から得られた被害者のプロの被害運用論なんだよ」と全く加害者の自覚無く偉そうに語っていた。あくまでも魔物に襲われた「皆殺しの被害者」だと常習犯は主張していたの？

（ググウガアァアアァァアアッ！）「うりゃ」（ガアアアッ）「ていっ」「だあぁ」（ギャウゥ）「え〜い〜」「わぁ、ちょ！」「グググゥ」「そりゃあっ」「そりゃ？」「そりゃ？」「そりゃ！」「そりゃ!?」「えいっ」「やぁ」「殺！」（グワアアッガアグワアグワガアガアアアアッ♪」「「「はっ！」」」

いや、一世を風靡しちゃいそうなノリの戦闘は止めてね？　熊さんも乗らないでね？　まあ、路上ではあるんだけど前以て略さなくて良いからちゃんと倒そうね？　どうやらとっても宜しくない自称人族の悪い男子高校生さんの影響を受け過ぎてる気がするんだけど、何だかノリの良い熊さんは踊り疲れたかのように倒れて魔石になって……やり切った顔はとても満足げだったの？

　そしてまた分散して71階層を攻略していく。実戦になれば分断されての戦闘も在り得るし、戦争ではアリアンナさん達は孤立させられる可能性が高い。迷路型迷宮は面倒だけど小隊での実践訓練に良いよね。

「行くよ!!」「「「任せて!!」」」

　修羅の如く、悪鬼より残忍に羅刹より残酷な美しい鬼神たち。圧倒的。島崎さん達使役組は鬼気に満ちた気迫で誰よりも獰猛に果敢に魔物を殺戮して回る。

既にLv110を超え、使役者からの経験値分配は逆転を起こしてると聞いてからずっとだ。遥君のために1匹でも多く魔物を刈り、強欲に経験値を求め殺戮を尽くす。その経験値が遥君に届くのを信じて。恩返しと呼ぶには兇悪な魔物たちの殲滅者。でもその血塗れの顔はとっても誇り高くて鮮烈に美しい。でも……ねえ？

「島崎さん達、早過ぎ。アリアンナさん達の訓練とLv上げも有るんだから取っちゃ駄目」「「「あっ、ごめん。取っちゃってた？」」」「ごめんなさい!!」

そして技を磨き確かめるように戦う体育会組と、綿密な計算で嵌め殺し緻密に策略を巡らせる文化部組は両極端だけど組むと物凄く相性が良い。

一瞬音が消滅る。流麗に剣が流れ遊び、華麗に剣が舞い咲く。それは暇潰し兼模範演武のようだけど、参考にするには極致過ぎるからただ凄いとしか分からない美しさ。白銀の甲冑を纏い君臨するアンジェリカさんと、限り無く銀色に近い淡い金色の甲冑を佩びたネフェルティリさんが並び立つと、其処は静やかな滅びの世界へと変わる。因みに、この2人の間に遥君がいると世界の代わりに常識が滅びるの？

美の化身にして武の極み、女神の如き2人に誰もが見惚れている。遥君がいると犬のように甘え猫のように懐き、蕩けるような笑顔で付いて回りじゃれ回っているけど、遥君がいないとニコニコ笑っているんだけど圧倒される。その狂暴な美しさと凄惨な佇まいに呑まれ、常識を超えてあんまり綺麗だと見惚れ過ぎても足りずに崇め奉りたくなるの。

「「「やっぱ凄い！　もう、お手本も何も凄い以外が分かんない！」」」

80階層の迷宮王戦を前に小休止、胴鎧まで外して換気しちゃう。もうトップスも捲ってパタパタと仰いでるから遥君が居たら歓喜しそうだけど、その内に無意識でやりかねないから注意喚起も必要そうだね。新型甲冑は申し分ない素晴らしい出来なんだけど、通気性の無さから連戦すると暑さで疲労する。熱気はＬｖが高いから気にしなければ問題ないんだけど、身体と精神の状態は常に最善を図るべきだもんね。

「気付かないけど、汗だくだ」「うん、インナーが快適で分かんないんだよね、逆に」「汗で張り付いても嫌な感じが無いし、蒸れも温度調整されてるし？」「ただ……汗で透けてるよね、若干？」「「「うん、遥君も真っ赤だったよね」」」

休憩しお菓子タイムしながら女子会が開催される、どこでも楽しくおしゃべりできるのは乙女だけの特権なの。

「性王さんなのに初心過ぎない？」「照れ照れだもんねー？」「あれって『羅神眼』で全員の全部分が、万単位の映像で見えちゃってるんだって」「あー、それは凄いかも」「ええ、近接映像も寄せ寄せで在り在りだそうですよ？」「「「危険な映像だった！」」」「除毛薬　心配して調べてました。成分？」「ああ～、錬金術師さんだもんね～？」「副作用が無いか、検査。現物が無いから、真剣でした、です」「「「副作用かー……」」」「バレちゃったね？」「「「だね？」」」

遥君は、この世界では未だ理解すらされていないであろう性ホルモンに作用する薬だとあたりを付け、アンジェリカさん達の分泌液から調査して異常や副作用が出ないかを徹底的に調べていたらしい。うん、分泌液の様子については追及せずに流してみたけどバレちゃったんだろう。そう、だって私達も知らなかったんだけど……うん、みんな無くなったの？

「異世界の女性はみんな使うっていうくらい一般的な薬だから、害は無いと思うけど？」

「まあ、害は無いけど……みんな無いらしいね？」

産毛すら無くなり、肌はきめ細かくつるつるになるし、お手入れ要らずで女子必須の必需品。これに遥君の泡沫ボディーソープとローションが加わると、赤ちゃん肌を超えちゃう素晴らしさだったの！　もう、お風呂でもお人形さんみたいな艶やかさで怖い時があるほど、みんなが綺麗なの。そう、絶対に必要だし健康に問題はないみたいだから……副作用は諦めるしかないよね？

「3カ月くらいで飲まなくても大丈夫になるんでしょ。そろそろかな？」「このお肌を知っちゃうと……ねえ？」「遥君はビキニの時に心配してT字シェイバーを用意してたらしいですよ」「「ああ、だって言い辛いよ！」」「うん、生えないから大丈夫～って？」「「言えないって!!」」「まあ……気付かれちゃったみたいだし？」「うんうん、手遅れだしね」「お手入れ大変なんだもんねー」「「うん、もう今更無理！」」

幾度と無い下着作りにビキニの作製までしても気付いていなかったっていう事は、本気で頑張って目を閉じてたみたいだね？　流石に『魔手』さんの感触と『空間把握』では、剃ってるのか無くなってるのかなんて分からなかったのだろう。

「T字シェイバーかー、悪い事しちゃったね？」「ちゃんと言った方が良かったかも」「髭剃りにして。おっさんからぼったくる。言ってました」「「「諦めないねー！」」」

新しいお店の話、そして化粧品の話。服の話にアクセサリーの話と、会話の乱反射でおしゃべりしてても最後は遥君。まあ、食べ物も服も下着もアクセサリーも遥君作製で、化粧品も作り始めてくれたみたいで要望書の山を出し捲って依頼中だし。結局、何もかもが遥君だから何を話してても遥君の事になる。

「Lv上がって体形が微妙に……」「うん、締まって持ち上がった感じ？」「くびれもぎゅうっと？」「でも、腹筋もうっすらだけど……」「微差だけど確かに体形が」「まあでも問題ないレベル？」「だけど新作ブラも……」「でもでも、再採寸には蛇さんまで出てきちゃうかも？」「「「それ、死んじゃうよ！」」」

世間話しながら80階層に下り立つと、階層中を薙ぎ払う暴風のお出迎え。風圧の塊が風撃になり殴りかかって来る。

「殺るよ。迷宮王『ストーム・スケルトン　Lv80』、風系で間違いなし！」「「「了解！」」」「えっと暴風、竜巻、風壁持ちです」「あっ、剣に即死ついてるよ！」「骨なのに再生持ちだ!?」「「「不条理だね！」」」

巨大な骸骨なんて粉骨砕身に破砕して粉塵にしてしまう。安全第一だからって、ぐずぐずする気は無いからね！

骸骨が暴風を纏った大剣を打ち振るう。その旋風に身を投げ出すように掻い潜り、剣を跳ね上げる。だけど斬撃は骨に届く前に強烈な抵抗に阻まれる――『風壁』だ。

「貰った、爆砕だぁ！」「気を付けて!!」

手強そうだけど容易く背後を取れたみたい。だけど、その背後からの一斉攻撃にも髑髏は慌てる事なく、十重二十重に渦巻く風の城壁を築きあげる。

「くっ、魔法防御が堅いよ！」

迷宮王の甲冑ですら容易く叩き斬る斬撃が、暴風に阻まれて届かない。そして骸骨の大剣が降り落ちる、その断絶の斜線が通り過ぎた後には……上半身が消え、残された下半身だけが立っている……新体操部っ娘ちゃんだ。

一瞬で背中を折り畳むように、上半身をしなやかに反らせ大剣の下を潜って回避して空振らせる。そうして超軟体の回避から上半身を起こし、両手に持った棍で挟むように大剣を持った骸骨の腕を砕く。知っていても心臓に悪い光景だけど、知性ある人型魔物相手だと新体操部っ娘ちゃんの虚を突く動きは凄く効果的なの。

「よっしゃぁ、風を喰らえ強欲の顎！」

うん、ただの魔法破壊だね？

「顕現せよ魔を穿つ槍、不死王殺しの槍撃!!」

えっと、それハルバートだからね？　あと骸骨さんだけど『不死』ではないし、ただの突きだよね？

「秘剣、銀杏斬りの太刀ーっ！」

秘剣っていつもの剣だから、刀じゃないからね？　あと骸骨さんを銀杏切りにしても料理出来ないし、胴薙ぎの一閃で銀杏切りは無理だからね？　大剣を腕ごと失えば、後は風を送るだけの骸骨扇風機。一気呵成に決めに掛かってるけど、高2のJKさん達に中2病が大量発症で進行中みたいなの？

「「「委員長とどめ！」」」「えっ……だって再生持ってなかった？」「「「いや、ちゃんと強くならないとね？　ほらほら」」」「……（グサッ、グシャッ！）」

『再生』のLvが……上がっちゃった。余裕が有ると『強奪』持ちの私にとどめを譲ってくれるのはとってもありがたいの？　でも『再生』持ちの仕留めは絶対に無理してでも譲って来るのって、何なの!?

「うん、やっぱり再生MaXはないと性王さんの責め苦は堪えられないよね？」「精神耐性も　必要不可欠！　再生だけだと気が狂います」「これで朝まで不沈空母だね！」「絶対強度の無限肉壁かも」「まあ、生贄肉壁？」「いやいや、犠牲肉壁！っていうのも」「供物用女体盾とかは？」「触手さん用囮委員長とかどう？」「不屈の被害担当肉壁委員長でどう？」「攻撃を集中させる、誘惑系スキル。有れば、完璧、です」「そこは衣装で誘因しちゃうとか！」「でも、百の蛇さんと無限の触手さんを一点に集中させるには……」「肉壁分身スキルとか」「むしろ触手さんに巻き付きに行けば！」「「「イイね!!」」」

最近、冗談に聞こえない真剣さが言葉の端々に感じられる時が有るのはどうしてなんだろうね？　ううん、冗談なんだから気にしちゃ駄目だよね。さあ、迷宮は残り1つで、時間が有れば浅い迷宮をアリアンナさん達だけで踏破させてあげたいし……って、無限再生肉壁(むっちゃがんばれ)って何なのよ――っ！

「話は聞かせてもらった」ってやりたかったみたいだから、やってあげたら怒られた？

101日目　夕方　オムイの街

こ、こんな莫迦(ばか)な事が――なんと言う莫迦々々しい莫迦気た莫迦騒ぎで、莫迦に付ける薬は勿体(もったい)ないし、莫迦は死んでもどうせ直らないから尚(なお)要らないんだし捨てて来よう。うん、莫迦なんだよ？

「「「遥(はるか)、腹減ったー！」」」「お前ら第一師団とマッチョお姉さんたちどうしたの？　朝の尾行っ娘(こ)情報で到着は早くて明後日(あさって)って聞いたんだけど脱走して逃げて来たの？　うん、自首すると罪が軽くなるから斬首も首の皮一枚だけ残して貰(もら)えるように口添えするから斬首っちゃおうよ。で、マッチョお姉さんにどんなエロい事して指名手配で脱走したのかを具体的状況説明で詳細描写希望(wktkkwskキボンヌ)！　まあ、大変だったな？」「「「斬んな、逃げてねえよ！」」」

オタ達(たち)は現地で待つだろうが、こいつ等(ら)は帰って来るかもとは思っていたけど第一師団とマッチョお姉さんたちと一緒じゃない理由が分からない？

1　フラれた。

2　指名手配で逃亡中。

3　緊急の連絡役。

4　迷子。

なにが有ったんだろう？　何か事情があるのだろうか？　てっきりマッチョお姉さん達と上手くいってると思っていたのに。とってもざまあみやがれ。

「素が出っ放しで最後しか反転してねえし、指さして大笑いすんじゃねえ！」「フラれてねえし！って言うか……」「相談しようと先に帰って来たんだけどよ……」「「「ああ、よく考えたら遥に相談したら絶対好転しねえ。寧ろ高速回転で転がり落ちる！」」」

失礼な奴らだ、未だ嘗て俺に相談して悩みが解決しなかった者は居ない。そう、誰もが悩みが超解決したと大絶惨な人生相談員さんだというのに、全く以て心外だ？

「ちゃんと頼まれた通りに訓練に付き合って」「ああ、そんで演習とか参加して、迷宮でお手本とかしてみせて」「んで、仲良くなって付き合おうかって？」「そうそう、連れて来て彼女だって紹介しようと思ってたら……」「「「結婚の話になってたんだよ！」」」

うん、莫迦だから分かっていなかったようだ。

「付き合って仲良く中で好くしちゃったんだから……結婚だろ、普通？って言うかリア充ども爆発しやがれ？　まあ、俺の中では爆破は決定済みで、爆破でも莫迦破でも莫迦は直らないけど爆発なんだよ？っていう訳で婚約祝いは焼夷弾(ナパーム)にする？　気化爆弾にする？　それとも……全部？　まあ、爆発しろ？　みたいな？」「ちょ、俺等ってまだ高校生だぞ!?」「しかも付き合ったばっかりで」「いきなり父ちゃん達に襲い掛かられたし？」「「「何か、倒してみろって言うから倒したら……結婚って何なんだよ!?」」」

　こいつらときたら他人の話をちゃんと聞かないから困ったものだ。きちんと会話(コミュニケーション)がなされてないから、誤解が生じて状況が理解できない。早く文明化して日常会話能力を身に付けて欲しいものだが、しょうがないから通知表にも怪話(コミュニケーション)の風雲児だと褒め称(たた)えられてた俺がお手本を示し解説してやろう。

「お前等、あのお姉さんたち貴族っ娘だから、しっぽり仲良く中で良く良くお突き合いしたら普通結婚なんだよ？　ましてお姉さんだったから結婚急がれてただろうし？　こっちって結婚早いんだよ……20過ぎるとヤバいらしいし？　あと、その『倒してみろ』って絶対『娘が欲しくば』とかの前置きがあったはずなのに、話を聞かずに倒すな！　話を理解する前に脊髄反射で彼女の父ちゃん気軽に倒(ボコ)すな！　脳筋なお前らの脳筋の彼女の父ちゃんなんだから、それ脳筋族に決まってるじゃん！　うん、倒したら結婚だよ！　それが試験だったのに、ボコって無事合格で……婚約おめでとうで、爆破準備完了なんだよ！」

　貴族なら繋(つな)がりを持ちたがるだろうとも思っていたが、脳筋お姉さん父ちゃんズは全員がフル武装でマジで襲い掛かって来たらしい。うん、脳筋だけの一族だった！　そして、それを倒したから脳筋の婿で、恐るべき脳筋一族の伝統は決闘で血統が決定だったようだ。

「だって娘はやらんとか叫んでたのに、行き成り結婚で意味不明（わけわかめ）すぎだろ！」「だよな、馬の骨が何処（どこ）かだとか意味不明だったしよ？」「ああ、我の屍（しかばね）をとか言ってたけどぴんぴん生きてたしな？」「「「あっ、黒衣の軍師の承諾がどうのこうの言ってた気が？」」」「承諾って、彼女いない歴＝年齢を更新中の魔法使いも魔術師も飛び越えて大魔術師から大賢者への大躍進を果たして、錬金術師もれなく付いて来た俺に対する嫌がらせで纏（まと）めて爆破されたいの？　ちょ、焼却爆破魔法開発するからちょっと待っててくれるかな、すぐ焼くから？」「「「待たねーよ、って焼くな！　お前からだけは羨ま妬ましがられる覚えはねえよな!!」」」

　莫迦達だけだから、オタ達は未だ川で洗濯（かいぞく）か山で柴刈り（ひとさらい）で、デモン・サイズたちもそっちについて行ったのだろう。何気にデモン・サイズたち凄（すさ）まじい強さになっていて、下層の迷宮王級にはなってるし3体の連携攻撃ならば迷宮皇にも迫る勢いだから心配はない。ただ、河で錆（さ）びないかだけが心配なんだよ？　うん、帰って来たらよくお手入れしてやろう。

「確かこっちって婿の場合は結納金貰えるんだったはずだし？　まあ、莫迦が5個だし二束三文でも大黒字？　安いな？」「「「売る気満々だ！」」」「しかも格安販売!!」

　文句の多い奴らだ。マッチョで戦闘力が高く、殺し合いも辞さない脳筋な彼女なんて滅多に見つからない。あのお姉さん達は大柄だけどスタイルも良い美人さん達で、一体何の不満があるって言うのか以前に選べる立場じゃないし、一応貴族家に逆玉で……ああ、貴族向いてないな？　まあ、でもメリ父さんでもできているのだから、側近さんが優秀なら脳筋でもできそうだな？

「マッチョ姉さんたちになんか不満が有るの？」「「「無えよ、超良い娘だ！」」」「よし、もう爆発しろ！って言うか面倒いから自爆しとけよ、生まれた時点で？」「生まれた時って生存自体が全否定されてるだろうが！」「なら、結婚で良いじゃん？」「嫌なわけじゃねえけど、俺達まだ16だぜ……まだ一緒にわいわいやりてえじゃんよ」

　貴族の婚姻は後継者問題。しかも相手は迷宮を踏破できる能力を持った莫迦。そして一族で脳筋なら確かにさぞや気が合った事だろう。

「ああ、後継って脳筋父ちゃん達って元気なんだろ？　迷宮に放り込んでLv上げちゃえば寿命も延びるし老化も止まるから……ずっと元気に働くんじゃない？」「「「…………その手が有ったか（ニヤッ）」」」「たしかに戦うの好きそうだったしな（ニヤリッ）」

　そう、脳筋で元気に戦える力が有るなら後継者なんて関係なく、剣を持って迷宮に突っ込むだろう。だって脳筋一族だし？

「いけそうだな（ニンマリ）」「馬車貸すから脳筋一族を攫ってきて、迷宮に放り込んで蓋しとけば後は自動的に……」「「「なるほど!!」」」

　突然扉が開き、委員長たちの御帰還だ。って言うか「結婚！」って騒いでたあたりから宿屋のドアに大量に張り付いてたんだけど、ヤモリなのだろうかイモリなのだろうか？

「「「成程じゃないからーっ！　お義父さん達になんて事する気なのよ!!　あと、お帰り？」」」「おう……って、戻って来てたのに何で入って来ないで扉の前で何してたんだ？」

「いや、あれはきっと『話は聞かせてもらった』ってやりたかったんだよ？　だから俺たちは『な、何だってー!?』って返す準備を……」「「「その準備しなくて良いから！」」」

色気より食い気、花嫁修業より武者修行、女子力より破壊力な女子さん達だけど「結婚」という言葉が気になってしょうがないようだ。他人の心配している場合じゃないほど危機的な女子力については、怖いから言及しない事にしよう。うん、睨んでるし!?

「「「な、何だってー！（みたいなー？）（ポヨポヨー！）」」」「しなくて良いって言ってるでしょ！　それ、滅亡しちゃうから駄目なの!!」

そして莫迦たちは女子さん達に囲まれて質問の嵐が吹き荒れ、駄目出しの集中豪雨が降り荒ぶ。どうやら質問とお説教の波状攻撃のようだ……怖いな！

整備よりもパイルバンカーだが体操服ブルマセットには逆らえないらしい。

101日目　夕方　オムイの街　宿屋　白い変人前

宿に戻ると内から不穏な言葉が響き渡り、皆が一斉に扉に張り付き気配を窺う。昨日のデリヘルのお説教も済んでないのに、今度は結婚って……うん、全員モーニングスター装備展開中で突入準備は万全なの。

（あれ、柿崎君達だ？）（帰って来たんだ）（ええ～、またちゃんと服着ないと～……面倒だね～？）（（確かに！））（っていう事は……柿崎君たちが結婚！）（出来ちゃったの！）（（それ、早過ぎだよ!!））

どうやら柿崎君たちが遥君に相談しているようなんだけど、自分の人生の一大事を遥君に相談するって……無謀極まりない暴挙と言って良いと思うの？

（あー、やっちゃったんだー）（結構手が早いね！）（って言うよりも既成事実作られちゃったっぽい？）（脳筋でも超優良物件だし）（でも……柿崎君達に貴族できるかな？）（（柿崎君達が貴族って……舞踏会も逃げ出してたよね））

第一師団の士官5人は、バルバレラ嬢を始めとするシュコバサス家と重鎮の御令嬢さん達。筋肉ムキムキでマッチョだけど美人さんで、スタイルも良く綺麗だった。でも……脳筋だった。舞踏会の翌日の朝食会でご一緒させて貰ったけど、とっても良い人達だったんだけど……あれは柿崎君達の仲間だったの。

名家故に持ち込まれる、おびただしい縁談の数だけ求婚者をボコり続けて「弱い婿など不要」と言い切り、常勝無敗を更新し続けてずっと独身さんだった。しかも、ご両親までもが「娘が欲しくば我を打倒してみせよ」とか言っちゃう、誰も娶れない難攻不落のお嬢様たちだった。それを――お嬢様もお義父さんもボコったらしい、教官だからと稽古気分で一族纏めてボコボコにして……認められて結婚決定。うん、全登場人物が脳筋だから話が単純で一直線だったんだね！

　そうこうしてると話は変わり、柿崎君達は全く満更じゃないけれど貴族とか領主が嫌みたい。そして悪魔が呟いた――「ああ、後継って脳筋父ちゃん達って元気なんだろ？　迷宮に放り込んでLv上げちゃえば寿命も延びるし、老化も止まるから……ずっと元気に働くんじゃない？」と。お義父さん強制迷宮巡りの旅で隠居無限延長な作戦を囁き「馬車貸すから脳筋一族を攫ってきて、迷宮に放り込んで蓋しとけば後は自動的に……」って領主どころか一族誘拐で迷宮監禁事件だったの！　しかも柿崎君達は悪魔の甘言に転がされ「「「なるほど!!」」」とか乗っちゃってたし踏み込もう！

「「「成程じゃないからーっ！　お義父さん達になんて事する気なのよ!!　あと、お帰り？」」」

　数日前に出て行ったばかりなのに懐かしい光景。久しぶりに見る遥君と柿崎君達が仲良く貶し合いながら、じゃれ付き回るといういつも食堂で見ていた光景だった。

「おう……って、戻って来てたのに何で入って来ないで扉の前で何してたんだ？」

　バレてたみたい。でも女の子は結婚なんてお話聞かされたら聞き入っちゃうものなの。まだまだ実感なんて無くっても、それは女の子の永遠の憧れだから。そして柿崎君達を問い詰めてお説教。だってバルバレラさん達は柿崎君達に一目惚れだった、ずっと目で追っていた。その獰猛な強者の気配と端整な顔形に見惚れ、脳筋なのは……気にならないどころかかえって高評価で裏表が無く気さくな方だとベタ惚れだった。そして恋愛経験皆無の純情な戦闘女子さん達は、どうしたらお近付きになれるだろうと苦悩していて……いじましくて見ていられなくって、みんなで相談に乗って教官として呼び込む策を授けてとにかくアプローチさせた。

　そう、ついこの前の話なのに……一途にと言うか、一気呵成に縁談どころか結婚まで話が進んだようだね？

「まあ、男子高校生だったらきちんと責任を取る意味でもけじめを付けるべきで、やる事やっちゃったらお嫁に貰ってあげるのが当然なんだよ？　うん、ちゃんと女心を分かってあげないと？　みたいな？」

　きっと歴史上、ここまで重厚且つ重圧的に重力まで高まりそうな強烈なジト目空間は、どっちの世界でも世界初だろうっていう強力無比なジト目が遥君に降り注ぐ。うん、柿崎君達ですらジト目になっている！

　その後「お前が言うな」の絶叫と「どの口が」との罵声が飛び交ったけど、遥君は罪状認否を繰り広げ話は脱線し捲ったけど、言うだけ無駄だと分かっていても言わずにはいられない耐え切れない絶叫だったの。うん、無駄だったけど？

「で、どうするの？」「ちゃんとプロポーズしてあげた？」「男から言ってあげないと駄目だからね！」「そうだよ、バルバレラさん達は超奥手なんだから！」「5人で……合同結婚式!?」「そのネーミングは止めろっ！」「「結婚式呼んでね！」」

　怒濤の質問攻めに叱咤の言葉責めが柿崎君達の言い訳を粉砕し、口を開く度に火に油が大炎上で遥君は……アンジェリカさんとネフェルティリさんにお口を塞がれて呼吸困難で暴れてる？
「いや、ちゃんと口説いたら……結婚？」「あぁ、付き合おうって言ったら結婚だった」「そうそう、好きだの返事が娶られますだったよな？」「大体、順序を踏んでと思ってたら押し切られて」「「って言うかビキニアーマーとネグリジェ渡したの誰だ！　あれ、卑怯だって!!」」

そう、いざという時の為にネグリジェは私達が予備を分けてあげたけど、迷いなく行き成り使ったようだね！　口下手で奥手だったけど戦闘力は高く、師団長さんだけあって機を見た決断で勝利したんだね。そしてビキニアーマーを売りつけた犯人はきっとこの中にいる……そう、犯人はいつも1人！

「いや、だって莫迦たちは何が好きかって聞かれたから、ビキニアーマーに食い付いてた話をしたら売ってくれって頼まれたんだから俺は悪くないんだよ？　情報と商品のセット販売で、ちゃんと効果抜群で食い付いたんだから広告に偽り無しの優良商品さんだし、鎧が壊れた時に発動して身を護る魔力防御展開型の最新作で、ＭＰ消費が課題だけど迷宮中層ならノーダメージで守り切る防御力だから良いビキニアーマーさんで、しかもあれって5着限定のプレミアム販売だったから良いお値段で大儲けな良い事尽くめの商取引だったんだよ？　うん、俺に非は無いんだよ？」「「「色々言いたいことは有るけど……いつの間に採寸したのよ（したんだよ）!!」」」

羅神眼による精密目測と、触手によるドレスの上からの採寸だけだったらしい。あの短時間に採寸と加工をこなして仕上げて販売し、そうして魅惑のビキニアーマー攻撃からのネグリジェに柿崎君達はやられたらしいの……そ、そこまでの効果が……注文しようかな？

「ああ、脚長かったもんね！」「「「うん、異世界人ズルいよね!!」」」「胸も大きかったし……」「顔だって綺麗だったし？」「ある意味、筋肉美だったよね」「うん、凄くスタイル良かったもん」「「「あれでビキニアーマーって……落ちるね！」」」

　うん、凄く似合いそう。そして5人が5人共ビキニアーマー姿を惚気て、毎晩もっと凄い絶景を絶叫しながら見てるはずの製作者さんが羨ましそうに妬んでいるの？

　そして遥君は『魔力無効化』の武器が防御出来ない以上、あくまで非常用と言い切って第一師団数千人分の甲冑をビキニアーマーのオマケと言って渡したらしい。それは全てが最高級な王国の国宝級の試作品たち、そんな何千何万と試行錯誤され作られ続けた、今私たちが着ている甲冑に至るまでの試作品達。

　だから、ちゃんとバルバレラさん達は女体型甲冑だったらしい。それでも余って辺境軍にも近衛師団にも配って、第二師団の偉い人にもあげたって……どんだけ試作したら気が済むの！　どうりでよく鉄を掘りに行っていた。あれが全部が私たちの甲冑の試作に使われていた。万を超える鎧の末に辿り着き、極められて来た甲冑だった。だから、みんなが自分の甲冑を見ながら涙目で撫でている。ずっとずっと守られているって涙し、その思いへ感謝を捧げながら。でも、その感謝を捧げられるべき本人さんは……。

「ちょ、ビキニアーマーの整備(メンテ)に行ってくる！」「「「行かせはせん、行かせはせんぞぉおおおっ！　あれは俺の彼女だ！」」」「「「ひゅーひゅー、熱いね熱いねー、聞いた聞いた？」」」「うん、『あれ俺の彼女！』だって！」

製作者な本人さんがビキニアーマーが気になってしょうがないらしくって、そして彼氏さん達が大慌てで……まあ、『性王』ってあんまり彼女さんには近づけたくないかも？

「俺の彼女だって！」「バルバレラさん達が聞いたら大喜びだね」「焼きもち焼きな彼氏さんだ」「だって『俺の』だよ『俺の』！」「まあ、遥君は行かせると危ないね？」「「「ああー、確かに色々と？」」」「危険人物で常習犯ですが、無自覚だから質(たち)が悪いんです」「「「だね！」」」「でも……ビキニアーマーの整備(メンテ)って遥君しか出来ないんじゃないかな？」「「「うん、絶対無理だ!!」」」「いや、見せたら駄目だろ！」「そう、遥はヤバい！」「えっと……NTR展開？」「「「ぎゃあああああっ、その言葉だけで心が痛い！」」」「いや、今なら魔石バッテリーも組み込めるし、改良の余地が沢山有るし、男子高校生の夢と希望が詰まったビキニアーマーさんなのに此処(ここ)にいる男子高校生で俺だけ見てないって男子高校生差別で苛(いじ)め問題で、前に心(こころ)の119番に電話したら着信拒否されたのはなんでなんだろうね？みたいな？」「遥君の相手した相談員さんの方が精神を病んだんだね（泣）」「「「むしろ苛めだよね！」」」「それにビキニアーマーには、まだパイルバンカー付けてないんだよ？」

「「「パ、パイルバンカーかっ！　いや駄目だ、見るな!!」」」「良いではないか良いではないか的な、減るもんでもなし？」「「「なんかお前が見たら減る気がするんだよ！って言うか

いつの間にかシスターさん達まで増えてるし！」」「いや、安全を考えたら強化は必須だよね？　大事な彼女さんなんだし……このリア充共め！」「だからお前言う！」「自分達だけ彼女作ってビキニアーマープレイとか羨まけしからん！　妬まし許し難し!!」「だからお前言うで、お前が作って売ったんだよな!?」「そして今なら新型強化型ビキニアーマーに……インナー用に体操服とブルマのセットが？」「「ぐっぬぬぬっ」」「そこで納得しちゃうんだ！」「ああ、脚長かったし」「胸も大きかった……」「「うん、異世界人ズルいよね!!」」

ちょっぴり寂しげだった遥君も大騒ぎで、やっぱり男子はなんだかんだ言って仲が良い。柿崎君達は涙目で苦悩中だけど、仲が……良いのかな？

回転を偏心させて変化球とは侮れない技量の高さの魔球っていうか玉だ。

101日目　夜　宿屋　白い変人

さて、身体的に余裕が出来たし、装備の底上げと追加でもとか思ったら怒られた？　スライムさんの体当たりVer攻撃回転のようで、偏心させて変化球とは侮れない技量の高さなんだよ？　宙を跳びながら2回3回と軌道を変えて飛来する防御不能のぽよぽよ魔球に怒られながらお風呂に浸かる。ちょっと装備外してる時に思い付いただけなのだが駄目回転を偏心させて変化球とは侮れない技量の高さの魔球っていうか玉だ。

候補が結構な数あるのだが保留せざるを得ないようだ。

らしい？　うん、『魔術師のブレスレット』とか上位化させると良さそうな気もするし、

「出発も近いから、もう間に合いそうにはないけど戦えるからまあ良いか？って言うよりいい加減動かないとシスターっ娘達が精神的に持たないだろうし、行けば行ったで罠満載でお待ちかねだろうけど……誘いこむ罠ならば罠を作動させずにこっそり侵入でこっそり離脱が理想なんだけど誘い出されるそうなんだよ？」（プルプル）

いくら密やかに潜入しても、人質を処刑するとでも言われればシスターっ娘たちは即座に名乗り出てしまう。ならば上手くいく訳がない案をどれだけ練っても無駄なんだよ。

「罠ごと破壊が面倒がないんだけど、無差別も大量破壊も駄目って言われてるし、修道士組がヤバいんだろうね？」（プルプル）

爆発物に固執してるけど、あれって捕らえられて敵の中枢で爆発テロする気にしか見えない。おそらく修道士組は身を挺する考えに取り憑かれて、強くなって戦う事よりも英雄的な死に様を求めている。あれでは使えない、そんな戦力は役には立たない。結局、自分の強さを信じ切れなかった。この世界ならば強くなれる可能性なんて幾らでも在るのに、安易な死に取り憑かれてしまった。出来る訳が無いという常識が可能性を殺してしまった。

「真面目で頭が良いっていうのも考え物で、もし莫迦達の1億分の1だけの莫迦さが有れば……考える前に殴るのにね？」（ポヨポヨ）

どうしようもないとしても取り敢えず殴って、全部殴り倒して殴る奴が居なくなるまで

殴れば解決なのに、頭が良いと分からなくなるらしい。結果を求めてから行動を考えるけど、取り敢えず行動して勢いで行けば結構どうにでもなるもんなんだよ？
「自分達が負ける原因を賢く考えるより、あっちが負ける原因を山のように用意すれば良いだけなのにね？」（プルプル）
思考の果ての解答。どれだけ思考したって答えが合ってる保証なんてない。結果はいつだって結果論。駆け引きや騙し合いに、答えも正解も必勝法も在る訳がないのに。そう、いかに自分に都合よく持って行き、相手が嫌がる事をどれだけできるか……うん、どっちも超得意だった!?
敵が人質を殺すと脅迫するためには、絶対に姿を現すんだからしゃべる前に殺す。報告しに戻る前に殺し、次の手を考える前に殺し、人質を盾にする前に殺し、なんなら命令を発する前に殺せば解決だ。交渉すれば負けだし、戦ったって負けなんだよ？
「策も立てられない不利な状況で策なんか立てて、わざわざ不利になってあげる必要なんてないのにねえ？」（ポヨポヨ）
策士を策に溺れさせ頭を押さえ付けて溺死させて、石でも括り付けて沈めれば完全犯罪だ。出たとこ勝負の無策という策は案外恐ろしく対処しづらい……うん、大体急にボコられると吃驚するんだよ？
「でもお出かけ前に仕入れしとかないと、牛っぽい肉もウスターソースっぽい何かも在庫がヤバいな？　うん、食費だけ貰っておいて、ご飯が無いって言ったらオコではすまずに俺が囓られそうだから仕入れとかないと!?」（プルプル！）

延々と結婚話で舞い上がる女子さん達と、鬱々と結婚について悩めるリア充野郎どもの群れが喚き合っていたから牛肉っぽい何かの肉でステーキ丼を作って並べると、皆が一斉に無言でがっつきお代わりの争奪戦を繰り広げていた。うん、悩める莫迦なのにちゃんとバケツは忘れずに持ち歩いていたようだ。

まあ、食い気に圧倒されて頭から結婚話が消え失せる時点で駄目な気もするけど、恋煩いで食欲が無い所が想像できないっていうのは末期症状かも知れないんだよ……女子力？

「ご指名って俺はお風呂あがったから汗かきたくないし、お風呂前でもボコられたくないんだよ？　痛くしない？」（ウンウン、コクコク）

ゆっくりと湯船で寛いでから、訓練場を覗くとシスターっ娘達が手解きを受けていた。女子さん達はお目目×で積まれている？

今日はシスターっ娘達だけで30階層の迷宮踏破を成し遂げて来たそうだ。全く盾役の修道士組がいれば苦も無い戦闘だったろうに、シスターっ娘たちが頑張っているのに死に組るなんて情けないおっさん達だ。まあ、異世界でも女子の方が図太いものなのかも？

「はっ、その凄く良い笑顔は絶対嘘なウンウンコクコク！」（ウンウン、コクコク♪）

深く落ちる――時間と時間の隙間に埋没するように、容赦なく流れ過ぎる時間を分解して展開し引き延ばして薄め拡散させていく。気怠く遅延し、重く粘りつく時間と空間を縫うように進む。その先には美しい2つの影（ボコ）。

動作を分解して小さく細かに制御して、大きく優雅に振るい舞う。研ぎ澄ませ、速度を上げ、歪（ゆが）んだ時間を速く鋭く斬り回る。蒼（あお）く重い水中のような時間を縫い、躍り掛かり、距離を無視し、空間を飛翔（ひしょう）するように接近して斜め上から突き出すように木の棒を振るう。遅延（スローモーション）させられた時間で引き延ばされた空間の中、身体（からだ）の奥から螺旋（らせん）を生み出し渦巻く力の流れのままに振るわれた棒。その先端が防御姿勢も取らずに、容易（かる）く流され逸（そ）らされる。

戦慄の神技で軽くあしらわれ、くるくると回りながら勢いを制御できずに見当違いの方に突進する。攻撃が僅かよりも微細な重心だけの体捌（たいさば）きで受け流された、つまり見せられている。つまりやれと強いられている！　うん、前より要求の難易度が高くなってるよ!?

流され逸らされる。たったそれだけで体勢は崩され、流れて姿勢が乱され無防備になる。その瞬間に気負いもなく、ただ突き出された木の棒——それは渾身（こんしん）を込めた必殺の一撃よりも圧倒的に悪辣な凶悪さで、意識すら追い付かない中で咄嗟（とっさ）に前に踏み込み、突き出された木の棒の側面に触れて……軽く押しやるように逸らす……あれっ、出来た？

うん、出来たと見做（みな）されてさらなる笑顔（ハードモード）だ!!　限界まで加速された思考が剣速がパないっすよ、マジヤバいっすよと悲鳴をあげる……うん、それ思考加速しなくても知ってるんだよ!!

「今の身体、大きく動いたら駄目、です。小さく、正確に」「操作しきれない、力……速さ要らないです。小さく綺麗（きれい）に、です」「つまり制御優先で技術で捌け……って、それができたら、それもうLvとかいらないよね!?」

だが、これからは戦争という対人戦。確かまだ教国には異端審問会とかいう個人戦闘特化の部隊も残っていたし、騎士団だってゴロゴロあって総兵力だと圧倒的。うん、戦争せずに教皇ボコればよくない？　弱そうだし？

　ボコられ、お風呂に入り直して部屋に戻るとまた山のような注文票が雑貨屋さんから届いている。つまり、あの雑貨屋さんはデリヘル屋さんと提携した瞬間に、その注文を全部受けやがったな！　そしてデリヘル屋さんと提携したというのに注文票しかデリバリーされて来ないという男子高校生の胸が張り裂けんばかりの切ないこの悲しみをどうすれば良いのだろう？　うん、知らないデリヘルだった!!

「茸弁当……は置いといて按摩椅子が300個って、振動用の魔石と料金箱だけ作って渡せば後の椅子部分は設計図だけで良いか？　問題は伝導線繋げられる錬金術師居るかな？　嵌め込み式なら効率は落ちるけど、このくらいなら誤差程度だし量産は魔手さんに任せて、次は……魔石動力の洗濯機に掃除機に冷蔵庫って、これも魔石と装置だけ作って現地生産で良いよね、全部でかいから運送に不便だし？」（ポヨポヨ）

　やり手のようだ、魔道具が中心の注文ばかり。つまり、これが出回れば教会の魔道具技術では太刀打ちできない。商品は独占的に売れて教会の力が削がれて行く。つまり現状俺は断れない。ボディーソープなんかの日用品は工房から卸し、服や雑貨も工房からで良いから……美術品って……ああ、領館に置いといた威圧用の贋作？って金額すげぇ！

流石は贋作とはいえイタリア・ルネサンスの美術が頂点を極めた時期として盛期ルネサンスとまで呼ばれる時代の至高の三大巨匠さん達だ!?

「しかし、こんなにどうやって運ぶ気なんだろう……って、アイテム袋にアイテム箱も同時注文で、馬車まで注文されてるよ! でも、そっちは販売制限で効果減少しとかないと敵に奪われたら危険だよねえ?」(ポムポム)

補給と移動力は軍事に直結する。だからホイホイ売って儲けても、敵が強くなって味方に装備をばら撒かなきゃならなくなるならそれは赤字だ。金で自分の居場所の平和を売り渡す者は商人ですらない、平和な未来を売り飛ばし今の現金に換えたところで未来を失ってまで金を抱え込む意味が無い。武器装備には販売規制を掛けてあるけど、他も見直しておく必要があるな? だって建築資材ですら軍事転用は容易いのだから。

「うん、魔動旋盤は禁止しよう。これは敵味方が分からないまま販売したら工業レベルでの優位が崩されかねないし、螺子も使わない方が良いよな?って、近代兵器に近づかれるから火薬や燃料系も駄目か……結構なんでも武器になっちゃうから、マルチカラーの服も効果減少させとこう」

終焉の地の辺境の強みは護るべきだ。ここはみんながマルチカラーの服を着て、棍棒を持ち歩く修羅の街。他所の普通の軍隊よりも、きっと修羅の街の一般人の方が圧倒的に強い。だからこそ辺境には手が出せない、だから優位は崩すべきではないだろう。

そして辺境だから魔物が多く、それを駆除するからみんなＬｖが高い。その魔力でマルチカラーの服は強化されて鎧になり、棍棒はより強い武器になっている。つまり辺境外だと効力を落とさないと魔力が足りないかもしれないし？

　そうこうしていると魔手さんの生産も終わり、内職第1部の序章は終了したようだが、最終章までは遠い。一区切り付け、そして悍ましき身の毛もよだつ醜悪の地へと足を踏み入れる、そこは……！

捩りと捻りの螺旋こそが纏絲勁だけど舌技は無かったと思うが強力だった!?

101日目　夜　宿屋　白い変人

悍ましき身の毛もよだつ醜悪の地へと足を踏み入れる、そこは……男臭い！

「おらっ、脳筋用装甲のお莫迦甲冑ＭＫ＝Ⅱ改が出来たから慣らしとけ？　明日から迷宮に潜るんだし……あとこれ婚約祝い？　婚約者が死んじゃったら嫌ならちゃんと嵌めてやれって……まあ、お前らが嵌められてるという説もあるけど、まあ良いや？　みたいな？」「おー、甲冑サンキュー！」「婚約祝いって……指輪？」「ペアって恥ずい!?」

　まあ、恋人で在れ婚約者であれ妻であれ、それが大切な家族なら守りたいだろう。

「それって1個で耐状態異常と自動回復に緊急用結界が入れてある高級魔石だから、絶対に無くすなよ！　指輪嵌めてる本体は無くしても良いから、指輪は無くすな？」「「「おう……サンキューな」」「って、指輪だけ残してどうやって本体無くせるんだよ!!」

因(ちな)みに嵌めると外れない——と、いう効果は付けられなかった。呪術とか覚えようかな？　うん、妬ましいな？

「よし、これで莫迦たちは人生の墓場に送り込めたから、生ける死者(リヴィング・デッド)だし聖魔法の『自動回復』でとどめ？　みたいな？」「はーっ、いきなり結婚って現実感(リアリティー)がなあ？」「ああっ、異世界転移の方がまだ実感あったよな」「「「マジ、どうしてこうなった!?」」」「あと生ける死者(リヴィング・デッド)言うな！」

まあ、考えもしていなかったのだろう。だが、こいつ等(ら)の場合いつも何も考えていない。うん、貴族のお姫様と中まで仲良しまでしたら覚悟しろよ！　全く自覚というものが足りてないが、脳味噌(のうみそ)とか知能とかいうものも不足し過ぎて皆無なようだ。

「いや……やっちゃったんだから、まあ墓場逝け(呪婚約)？　コングラッチュレーション(ばくはつすればいいのに)？」「「「いやまあ、そうなんだけどよ……祝ってる振りして呪うな！」」」「って言うか、お前だけには嫉(そね)まれる筋合いが無(ね)えよ！」

嫉んで羨んで呪ってるけど、筋合いは有るんだよ？

「お前等、そうは言うけどお妾(めかけ)さん2人と女子高生(ビッチ)5人使役してる彼女のいない男子高校生さんに、これから彼女できる希望(かのうせい)がどれだけ儚(はかな)いと思ってんの！　彼女いないと結婚だってできないんだよ、寧(むし)ろ1人で結婚出来たら出来ちゃったで哀(かな)しみで打ち拉(ひし)がれて全異世界が泣いちゃうよ？　もう、俺の好感度さんが宇宙の果ての境界の向こう側の宇宙に旅立って、めっきり音信不通で交信途絶の存在不明なんだよ……マジで」「ああ、確かに……いや、普通の恋愛は無理でも、お前なら次々に美人さん拾ってきそうなんだよ！」「大体、何で絶世の美人さんが落ちてんだよ！　美人さんが落ちてたとか見た事ねえよ!!」「しかも拾って来たら懐いたって、お前は犬猫レベルで美人拾い過ぎなんだよ！」「「で……女子はどうすんの、お前？」」」

　女子会とは違い毎晩長々と話さないけど男子だって男子会は有る。大体男子高校生らしい話しかしないが、重要事項は認識を共有し、それは変わる訳が無い。

「帰らせるに決まってるだろ。何でこんな家族も友達もいない、殺し合いしかないような世界に居させなきゃいけないんだよ。オタ達だって獣人国近辺で遺跡とか、それっぽい物を探してんだから、お前らも結婚ってないで探せ！　莫迦らしく穴でも掘って地底人の遺跡とか大判小判とかザックザク？　で、そのまま埋まれ？」「探せっつってもなー……迷宮は駄目だったのかよ？」「全くそれっぽいものも無いんだよ。まあ、直接帰すのが無理なら、あの白い部屋に侵攻出来れば……やっぱ教国かな？」

　手掛かり皆無。普通のお約束なら迷宮の最深部とか遺跡だろうとあたりを付けて探しているけど何も出て来ない。森にも迷宮にも手掛かりは何もなかったから、可能性でいえば教国だったんだけど……望みは薄そうだ。教会の大司教なシスターっ娘でも何も知らなかった。うん、伝承も伝説も取説もなんにも無しだ。

「もう、トラックを製造して轢いてみようか？　実験でお前らを？　うん、やっぱ転生トラックで轢くのが定番だし？」「「「試しで轢くな！」」」「あれは転移じゃなくて転生だろうが!!」「あと、それって轢いてみただけで実験の結果なんて分からないだろうが!?」

思ったより賢かった。転生トラック作戦には重大な穴が有り、車種や積載量が不明で何トンで時速何キロで轢けば転生なのか詳細なデータが無いから、車種を間違えるとバックトゥーザフューチャーの危険もある。現在轢いてから過去でも轢けて、二度美味しいデロリアン仕様転生トラックかー……ちょっと作りたくなって来た！

「教国はどうすんだ、付き合うぞ」「それそれ、どうせ女子には殺らせたくないんだろ」

「まあ……向いてねえよな。小田達だって向いてねえのに頑張ってるけどよ」「そう思うんだけど行くんだってさ、シスターっ娘たちと一緒に……一番危ない所をやる気なんだよ。だからお前らは獣人国の森で奴隷狩り狩りしながら待機の応援組？って言うか序盤は潜入と政治やら駆け引きやらで付いて来ても面白くないんだよ？」

帰れるのなら人殺しの経験なんて不要だ。有って良い事なんてきっと何もない。平和に笑って暮らすのに、そんな思い出なんていりはしないんだから。

「やっぱそうか……まあ、覚悟してるんだろうけどな」「覚悟はしてても帰った時に辛いだろうに……」「あれは、もうこっちで生きて行く覚悟なんだよ……きっとな」「「「こっちは滅びる可能性高いって分かってんのかな、女子達？」」」「分かってるから滅ぼさせない気なんだよ、本物の英雄と勇者は……女子さん達とオタ達だな」

甲冑委員長さんも踊りっ娘さんだって、世界が滅ぶ脅威だった。使役で弱体化してあの強さ、迷宮の底で闇に心を食われて迷宮の魔物を引き連れて氾濫していれば……それはもうスタンピードではない魔王の侵略だった。

迷宮皇に引き連れられて各迷宮の迷宮王たちが魔物を従え溢(あふ)れ出すって、それは人類にどうにかできるレベルの問題じゃない。戦っても勝てない、だから守り逃げるしかない。そのためには人々を救う本物の英雄と勇者が必要で、それを目指せるのは女子さん達とオタ達だろう。

「まあ……無理だよな」「ああ、強くなってLv1，000とかでも……まず無理だよな」

「いや、甲冑委員長さん達が3人で一緒に暴走してたら、それもう無理過ぎて……一緒に世界を滅ぼしちゃった方が早いんだよ?」「「「だよな」」」

そして迷宮皇級がどれだけいるのかもわからない。この世界は滅びていないのが既に充分奇跡だ。だけれど女子さん達やオタ達が目指すものは不可能な希望。それはパンドラの箱の中に眠っていた災厄の1つであり、最悪の残り物さんだ。それは、どっちも希望(のぞみ)望(のぞ)むだけの全く叶(かな)う気が欠片(かけら)も無いものなんだよ——希望って?

莫迦たちは滅亡が来たって、ただ殺すだけだ。意味も意義も無く、来たから殺す。そして自分達だけでやろうとするこいつ等は、英雄で勇者かも知れないけど本物ではない。それは殺戮(さつりく)者、何も望(のぞ)まず何の希(のぞみ)もない、ただ殺すだけの戦闘民族。その先が滅亡だって笑って殺しに行くだろう。だけど誰も率いないし命令もせずに、莫迦達(こいつら)だけで笑って死ぬんだろう。

そして俺は、その迷宮皇(さいやく)達を拾っちゃった。うん、手遅れだ。毎日魔王(さいやく)さん達にご飯を作って、日々魔王(さいやく)さん達に怒られてる英雄とか勇者とか居ないだろう。そして、危険だろうと脅威だろうと、必ず甲冑委員長さん達は守る。世界のためだって害を為(な)すならば敵だから殺す。

「「「……こっちは悪役かよ?」」」「まあ、殺られ役だって、こっちが殺れば問題ないか……死ねなくなっちまったしな」「ああー、墓場逝け(こんやく)おめでとう。お呪(いわ)い申し上げます? みたいな?」「「「祝え、呪うな! まあ、ありがとうよ。指輪もな」」」

しかし莫迦だから重大な運命の歯車の廻(まわ)り巡る因果の流転が横転して転覆事故で沈没中なのには未(いま)だ気付いていないようだ。故に告げてやろう、未来を宣告する運命(フラグ)というものを。

「でも戦争前に結婚の約束って……それなんて自殺(フラグ)?」「「「フラグじゃねえよ!」」」「いや、戦争前にここまで盛大に振られたら、フラグさんだって立ち過ぎて立派に建立(こんりゅう)されちゃってる勢いなんだよ? さて、部屋に戻ってお呪(いわ)いに彼女さん達の装備でも作ってやるか……寸法も覚えてるし? 見てはないんだよ?」「「「忘れろ! 記憶から消去しろ! でも金は出すから鎧(よろい)は頼む!!」」」「忘れたら作れないんだよ、まあまいどで、まあオメ?」

さて部屋に帰ろう。内職の合間に来たというのに、内職とはかくも増え続けるもので甲冑5つ追加って……儲(もう)かるな?

部屋に戻り、瞼(まぶた)を閉じて脳内に正確な3D図面を演算し算出する。今渡している甲冑だってかなり良い物なんだけど、自分の彼女には少しでも安全な鎧を身に着けさせたいだろう。莫迦たちへの結婚祝いはマッチョお姉さん用の甲冑で、マッチョお姉さん達への結婚祝いはドレスと私服で良いだろう。うん、きっと下着まで作ると莫迦たちが怒鳴り込んで来てうざいけど、莫迦たちしか見られない下着なんて差別だな？

そう、支給品の鎧は試作品の流用だからミスリル化をしていない。ましてあのお姉さんたちは殴り合い型。莫迦達の指導で回避に重点を置いた戦い方は学んでいても、身に付いた技は直ぐには直らない。うん、回避に慣れるまでは重くても装甲厚めで良いかな？

「しかし甲冑委員長さんも踊りっ娘さんも自前の甲冑だから、いっつも見たり触ったり揉んだり出来ない娘の甲冑ばっかり作ってるんだけど……やっぱ採寸無しだと精度が駄々下がるけど……触ると事案なんだよ？」（ポヨポヨ）

大柄だったが、その身のこなしは野生の獣を思わせるしなやかな身体つきだった。筋肉に覆われ鍛え抜かれていたけど、柔軟で引き締まった身体だった。うん、何かムカついて来た？　だって胸も大きく顔も綺麗で、野性的だが貴族の令嬢たる気品もあるお姉さん達だったんだよ！

「よし、フラグさんを応援しよう。絶対だ！　羨ましいやらけしからんやら、妬ましいやらあやかりたいやら？　全く異世界の不平等社会は男子高校生1人だけに彼女フラグが立たないでWでお妾さんフラグとか絶対に差別だよ？　こうなったら男子高校生権侵害委員会を招致という事で転移させて拉致るしかないかな？」（ポムポム）

甲冑はこんなもんで、後は本人たちが来てから調整で良いだろう。

「あと武具も揃えといてあげたいけど、ちゃんと戦闘するところを見た事が無いんだよ？まあ、剣と盾くらいなら身長と体形で適正値は割り出せるんだけど？」（プルプル）

しかし作り過ぎた贋作美術品が邪魔だ。絵もでかくて邪魔なんだけど、石像がうざくて部屋が狭い。あと何気に花瓶やお皿も邪魔だし、もう収納してしまおう。

さて今晩は何を着させて襲うべきなのか。然らずんば何を着て襲ってくるのかと熟考を重ねながら、水兵さん風のミニスカ衣装と新たなるチアガールさんを作製していると廊下を歩いてくる気配。そして扉が開くと同時に躍り掛かる2つの飛影さんを纏絲勁で受け流して弾き、体を入れ替えるんだけど――速い！　捕まれば終わる。纏絲勁とは捩りと捻りで力を生み出し、力を受け流す螺旋を纏うように弾く体術。その名の通り捩れ束ねられた糸を身に纏うよう足先から拳に至るまで力の糸束を描き大きな畝りとする螺旋を纏う剛柔相済な拳技。そうして力だけでなく呼吸と共に全身の運動を集約し、一致させる事により体の全ての力を制御する太極拳の技法だ。うん、チャイナさんとの相性はご不明なんだよ！

「ちょ、待って！って言うか俺のターンは！　どっかで俺のターン見かけなかった？　最近見かけないんだよね、俺のターン。どこに行ったんだろう……って速い、いつの間に装備がって……ぐうはぁっ、ちょ、まさか房中術対策に気功法を覚えちゃったの!?」

踊りっ娘さんの舞踏で身に付けた螺旋の動きが太極拳の螺旋と組み合わさり、全身の力を纏う太極拳の技術が魔纏により魔力や魔法を纏った究極の体技!って、迷宮皇級2人相手は無理！　1人でも無理!!　究極の体技を極める前に極めつきの相手で、しかも2人って無理ゲー過ぎだよ!!　体幹を捩り四肢で螺旋を描き、身体の円心と手足の捻りで円を描き螺旋を織り成し攻撃をいなす。

「「「只今戻りました♪」」」

静かに流れる大河は静流なれど、その質量は膨大で頑強な岩を穿ち大地を削る。そんな静かな力の流れを精緻な技法で纏め、全身一致させる剛柔相済の極みは現在つままれてベッドに引き摺られ中だ?　うん、捉えられない螺旋の動きを螺旋の動きで捕らえちゃったんだよ?

「もう太極拳で極めちゃったの?って言うか迷宮皇って究極なのに、さらに功夫を極めちゃって何者になっちゃうんだろうね?　だって武術って力無き男子高校生が強い力に抗う為に悠久の時の中で研鑽されて来たのに、強い力を極めちゃった迷宮皇さんが武術を極めちゃったら力無きか弱い男子高校生さんは抗う術すら無くってとっても可哀想なんだよ?　うん、聞いてないね……ま、まさか螺旋勁の技法を舌技にぃ！」

ぐはっ……強力な螺旋力が極め尽くされたようで、既に気功を修め身に纏った迷宮皇さん達は房中術で錬成された『淫気』すら凌ぎきり、逆に逆撃の凌辱の嵐を……それはもう男子高校生的概念の結実されし不朽の1Up茸は1Upしても1Upしても食べられ咀嚼されて、1Up茸さんの乱獲による絶滅の危惧が懸念されちゃって観念だった!　うん、

決して答えは出ない因果性のジレンマは混ぜたら解決するらしい。

102日目　早朝　魔の森

ズレる——咄嗟に地を蹴りつけ、その勢いで倒れかかった身体を無理やり引き起こして持ち上げながら軌道修正。だが、それもズレている。

変わり果てた肉体は今迄と違う反応で異なる動きを示し、数字では在り得ない異常な出力に身体は振られ、軸がぶれてブレブレに振り回される……力の収束方向が集わずに軌道が逸れて、移動すらも出鱈目だ。

身体を支えるべき足捌き自体が乱れに乱れている。ズレる度に地を蹴って修正し、また振れては蹴りつけて大きく優雅な舞踏の足捌きを目指すけど……実際はタップダンスさながらに地を蹴り続ける踏蹴の連打で転倒を防ぎ、その都度方向を修正し身体の傾きを調整する大忙しの舞踏乱舞にレボリューションを踏蹴しながら混乱必至の戦闘に大騒ぎ？

「う——ん、感覚もだけど反応もピーキー？」（ポヨポヨ）

やはり神経速度まで加速している。神経伝達という電気信号の反応では考えられない速度で情報が錯綜し、処理する『智慧』の思考速度を超えた情報が大渋滞で、制御がその場凌ぎで大騒ぎが大混乱で——混沌ってるよ！

「速度って筋繊維の収縮速度とか神経伝達や反応速度とか、構成要素が多すぎるのに曖昧過ぎなんだよ？」（プルプル）

　戦闘態勢を維持するのが精一杯の転倒体勢で、身を捻ってギリギリで攻撃を回避して体勢を戻す反動で……身体を捩り、間隙も無い攻撃の狭間に身を躍らせ宙を舞う。当然の事だが足元が覚束ない状態で『空歩』なんてすると、空中で足を滑らせもんどりうって後転しながら空転する。うん、無理なんだよ？

　身動きの取れない空中で完全に無防備な逆様な体勢で、魔物の攻撃を躱し逃げ回る。乱れ飛び、『空歩』であらゆる角度の空を蹴り付け、無茶苦茶に軌道を変えながら大騒動で飛び交い跳ね回り逃げ遂せる。

　捷い。身体の動作遅延が無くなり、思った時には反応して動き出している。だから思考が追い付かないまま混乱状態で制御に追われ、思考加速が飽和して余計に思考が乱れ遅れて行く。

　きっとゴブ達は「こいつ1人で何暴れてんの？」と思っているかも？　もしかすると「プギャー！　プッ、クスクス」とかしてるに違いない——マジむかつく！　殺ろう!!

「ゆったりと大きく円舞曲の様に舞い、激おこぷんぷんで刺す！」（ギャウウ！）

　体感と時間の流れが噛み合わずに滅茶苦茶なのだから、簡素に無駄な動作を削ぎ落とす。優雅に流れるような大振りの動きで良い、どうせゴブだし？

大きな動作で力ではなく型で杖を振るう——抜刀。力を抜き、弛緩したまま遠心力の流れに任せて杖が宙を舞い……俺が七転八倒？　目撃者は消そう！

「そろそろ帰ろうか？　みんなも起きて来る時間かも？」（プルプル）

滑るように進み、舞うように斬る予定で……現実は跳ねるように飛び出し、躓き転がりながら斬る。見苦しいがゴブ相手だからか皆殺しだ。

「うん、拍子を変えるより接続曲で小曲を繋ぎ合わせる感じの方が無難だし、相手がゴブなら充分過ぎるけど……これって相手が90階層台の迷宮王なんかだったりしたら、お笑い種の笑曲のまま諧謔曲でフルボッコされそうだな？」（ポヨポヨ）「いや、確かに急がば回れで型どおりに身体に馴染ませるのは有効だし確実だと思うけど、急ぐと転がるんだから回らなくても良い気がころころと湧き起こるんだよ？　うん、転がってる間に20匹は殺れたし、ある意味回転斬り？」（プルプル）

否定的な見解の不一致を見て展開が回転だ。分かり易い解説だと転がるなと怒られているようだ？　ゆったりと積み重ね、ゆっくりと馴染ませる。自然に意識と身体を同調させ、至極当然に一致するのが最良だ。だけど男子高校生とは最善を選ぶより最悪を避ける次善を選ばなければならないというベタベタな話もある。死なない為に強くなるのであって、強くなる為に死んだら意味とか生命が無い！

「まあ、答えは出ない因果性のジレンマで、あれって答えは無いとも言われてるけど『鶏が先か、卵が先か』と問うと、女子さん達なら迷わず親子丼と答えるし、孤児っ子達なら

オムライスと答えるし……因果性のジレンマの解が『一緒に食べれば良いじゃないの』なんだよ?」(プルプル♪)

だから一緒にやれば良い。訓練と実戦、調整と実験、思考と行動、強さと脆さ、お説教と八つ当たり。全ては原因と結果が巡り巡る流転する因果なのだからしょうがないんだよ? まあ、混ぜると解決?

そして、せめてＬｖ25の壁は超えておきたい。そうすれば又も再調整が必要だとしても上げないと不味い。女子さん達の新型女体型甲冑 改良密封型Ｍｋ＝Ｇの改装中に目に付いたんだけど……あのビッチーズの甲冑の疲労度が気になる。確かに下手に攻撃を避けるよりも甲冑で逸らす方が有利だし、実際に莫迦達はよくやっている。だけど莫迦達は莫迦だから要所要所だけを強固に作ってある甲冑だけど、ビッチ達は本来そこまで強引に戦うスタイルではない。あれが経験値分配で、俺に経験値を逆流させようと焦った結果で被弾しているなら危険だ。莫迦達は野生の勘で危機を感じ取れるけど、ビッチさん達に齧る才能はあっても野生の勘はないんだよ……うん、子狸の方がありそうだな?

「まあ、だからいっぱい戦って、経験と経験値ゲットで調整とＬｖ上げ出来て一挙両得で魔石も取れてぼったくり付きの美味しい戦闘? 殺ってれば慣れるし、慣れたら殺れるから何とかなるんだよ。だって多分なんて言うか常日頃から行いが健全な男子高校生的日常な日頃の行いから言っても、俺は良い男子高校生さんだから大丈夫的な? 感じ?」(ポヨポヨ)

転んでぶつかるから全身打撲は多かったけど、露出部の少なさで擦過傷は極小だし自壊は全く起きていない。そう、極小の露出部な顔面を擦り剝いただけだ。出力全開だと自壊が起きて壊れるけど、以前と較べたら微々たるもので全力の魔纏で次元斬の虚実でもない限りは致命傷にはならないはず。

「うん、ただ太極拳って空中戦に向いてないね？　自重と重力すら武器にする技法だから『重力』魔法と相性は良さそうだけど、足場が無い無重力に近い状態の空中戦だと螺旋の力で大回転に展開で転落して落下の悲しい現実が実に痛かったんだよ？」（ポムポム）

さて日も昇って来たし、切り上げて宿に戻ろう。甲冑委員長さんも、踊りっ娘さんも起きる頃だろう。そう、簡単に復活は出来ないくらいに念入りに徹底的に変質的に寝かし付けして来たんだけど、きっとそろそろ起きる頃だろう……怖いな？

そして、朝のジトに至る。うん、今日も清々しい爽やかな朝だ。小鳥もギャオスギャオスと鳴いて……大きい小鳥だな？　魔物なんだろうか？

（ジト―――――――――――ッ！）

き、今日もジト力高いな!?　昨晩は気功まで極めて襲われたし、新たなジト力も身に付けたのかも知れないが……もしかして目力限定でLvアップしちゃったの!?

「いや、復讐権は俺に有って、法治されていない無法地帯な深夜のお宿は復讐権が認められてるんだよ？　だって民主主義だと俺がずっと負けるんだから仕方が無い。朝の出来事が出来心で暴走して、朝の男子高校生も元気に発動で内部で発勁が大解放に経絡秘坑へと突入な朝の大運動会が開催されて頑張ったんだから……俺は悪くないんだよ？」

楊式太極拳の第三代伝人の楊澄甫の弟子である鄭曼青さんによると、左莱蓬老師曰く「力は骨より発し、勁は筋より発する」という。そして男子高校生からも色々と発して発して発しまくって暴発の連発で大発動だった。そう、気功法は奥が深い。だって深い奥はとっても気持ち良かったから仕方が無いだろう。うん、男子高校生だし？

しかし房中術は男女の陰陽の気をぐっちょぐっちょ混ぜて、ねっちょねっちょ練っちゃってアンアンと高め合うだけあって低ＭＰでも大効果で長時間の連続稼働が可能な恐るべき技だった。そして呼吸法を取り入れ一体化された技だからこそ、呼吸を乱し喘がせ嬌声をあげさせ絶叫に至らせれば、自然と内気功は乱れ喘いで身悶えて、それは素晴らしい眼福が目にも優しく麗しい素敵さで淫らな乱れで錯乱な風紀紊乱の乱舞の狂乱に乱発で連発の大爆発だったという朝のひと時だった。うん、爽やかだ？

「いや、あれは武道では『踏鳴』、中国武術では震脚に代表される『震』っていう反発力と身体の力を一体化させた技法で、これがまた『振動』魔法と相性が良くって、それはもう内部で男子高校生脚が震脚で大振動に震え回って大暴れな凄い破壊力だったけど……まあ、とっても良かったから、つい余計にちょっとだけ力一杯頑張ってしまったんだよ？うん、不可抗力？　的な？」

うん、ジトいな？　そして深夜に極められ昇華された技を、早朝から近くの森で試してみたけどゴブでは物足りなかった。そう、迷宮皇さん相手に滅茶磨き抜かれ、超頑張って鍛えられた技では圧倒的過ぎだったようだ？

「まあ、それに体術と高速機動を組み込んだら制御不能で転がっていたんだけど、割と森ではいっつも転がっている気もするんだよ？」（ポヨポヨ）

高速機動の勢いと自重の慣性力。それに魔力や魔法や効果を纏め、全てを一致させ一挙に解放する。それを最短距離を最速で最高効率で放つのが『虚実』。静から動へ、内なる練りから外への合力に、無から有へ——それが制御できていないと纏めようがなくて、そして全てを集約しないと俺の身体能力では弱すぎる。

「全く弱いから全部纏めて叩き付けて誤魔化してたのに、ちょっと強くなると纏められずに弱体化って、もう3歩進んで無限後退って退がり過ぎだよ！」（プルプル）

成長——ゆっくりとは進んでいるかもしれないが、あまりに遅すぎる。そう、俺は推理小説でも登場人物の欄を見ただけで犯人を見つけたくなるタイプなんだよ？　うん、結構当たるんだよ？　そして、ほら……遅すぎたんだよ？

「きゃあああっ、化粧品セット！　しかもボックス！」「私はオレンジ系が入ってる奴！」「ってピンク系のバリエーションはどれ!!」「涼しげな目元、ブルー系頂戴！」「うう ー、大人なパープル系……似合わなかったらどうしよう」「ブルーとグリーンはどれ、早く出して！」「ああっ、それ私の!?」「何個までなの？　何個まで合法!!」「抱え込むのは駄目！　取り過ぎだから分けてよ!!」「だが、パープルとピンクは譲れない！」「ボックスは人数分あるのに、中身が選択構成って……全部欲しい!?」「「そーだ、そーだ！」」「

「増産だー！」「パオーン？」「ぞ、象さんだ！」「いや、そっちじゃなくて追加注文！」「内職犯はどこ？」「あれ、さっきまでそこで潰されてたよ？」「遥君(レジ)はどこ行っちゃったの⁉」「こっちだよ～、今挟まってるよ～？」「うん、回転でいなそうとするから気を付けて！」「くっ、これが纏絲勁(てんしけい)！」「受け流されたら逃げられるからね、押さえ込んで！」「「「了解(ヤー)！」」」「こっちだ！」「あっち行った！」「突撃！」「「「了解(ヤー)！」」」（ぎゅううぅ、むにゅむにゅ、ぷるる～ん、ぐにゅぐにゅ♥）「「「確保！」」」

うん、遅すぎたんだよ。あと捩りと捻りの複合技な纏絲勁(てんしけい)を挟むって、それ誰が教えたの⁉　捩るとポヨンと押し返されて、捻るとプルンと弾(はじ)かれて、回転はムニュんと挟まれて可動域零(ゼロ)の密着状態って……ちょ、今の螺旋勁(らせんけい)をボイ～ンって無効化したの誰！　それ、どうやるの⁉　うん、運動エネルギーが吸収されて、ポヨ～ンって跳ね返って来たけど太極おっぱ……いえ、何でもないです！

（（ジト――――））「いや、今のは不可抗力にポヨ～ンって弾かれて、ボイ～ンって押し戻されて、受け流すはずが受け止められて吸収されて弾かれるっていう驚異の技術が体現されてたんだけど、触ったんじゃないんだよ！　うん、普通は体(たい)を入れ替えて逃げられるはずだったのに、ボイ～ンって押し返されて螺旋勁が無効化って何て奥義なの⁉　うん、螺旋の力がポヨ～ンって弾かれたよ？　凄いな‼」「「「有罪(ギルティー)、今のは完全に捏(こ)ね回してたよ！　判決追加注文(ジャッジメントリピーター)10％オフ(わりびき)に決定！」」」

そして無実のポヨ～ン罪で追加注文が確定したようだ。女子高生民主主義(デモクラシー)の横暴に敢然と反旗を翻したいが、男子高校生は民主主義の前に無力だった。だって、男子高校生の筈の莫迦達はむちむちスパッツさん集団を前に完全に空気だった……使えない！って言うかマッチョお姉さんたちに密告だな、怒られるが良い！

そう、朝から不可避の肉弾で追加注文包囲網に無念だった。そう、莫迦達が居てむちむちスパッツさんが黒色に戻って油断していたけど、色が変わっただけで攻撃力は変わっていなかったんだよ!!

そしてベーコンと茸のカルボナーラな朝食に三叉鉾と言い張る三叉鉾が唸り、八面六臂の疾風怒濤の獅子奮迅の大活劇にバケツを抱えた莫迦たちが蹴散らかされている。

「「「遥、腹減った！」」」「あれ、突破できねえよ、なんか食わせてくれ!!」「うん、女子さん達とLv差が付いてるし、何よりあのむちむちスパッツさんと肉弾戦する度胸と根性が無いと……朝ご飯は無いんだよ？　だってお前らさっき俺の事見捨ててたよね？　飢えるが良い！」

泣きながらグウグウと腹を鳴らして可哀想だったので、温情を掛け慈愛の心で茸弁当を定価の5倍で売ってやった。そう、可哀想だからベーコンだけ1欠片ずつ付けてやろう。

さあ、気も済んだし迷宮に行こう。

蛇詐称の牝鶏は微かに蝙蝠だがマングースな事実を本鳥は知らない。

102日目　朝　迷宮

今日は浅い50階層程度。俺はスライムさんがお目付け役の単独戦で、甲冑委員長さんと踊りっ娘さんは二手に分かれる女子さん達の護衛らしい。そう、化粧品セットでお金が尽きたようだが、どうして尽きても追加注文するのかは悩んでも無駄なんだろう。

地面を蹴り付け、踏み込む。その震脚から一息で突き上げる推力と、体重移動の加速を一体化させて――左手の杖で打ち込む。オークの攻撃を右手の杖で払い、受け流して踏み込み肘を入れて、体を捩り交差法で崩して蹴った反動で逃げる。

うん、『金剛拳』も持ってるから格闘もできるけど上層でしか使えない。身体能力は贔屓目に見てLv50程度は有るはずだし、そこに装備効果が乗って中層までなら格闘戦でも行けるくらいには充分強くなっているはずなんだけど……上層ですら崩せる程度にしか効いていない。

「上層なら一撃で死なない身体強度はできたんだよ？　いや、まあ普通はそうじゃないと迷宮は入れないよねという意見は置いといて、ちょびっとだけなら無理が利く身体になってるんだし、ちょっとなら無理しても大丈夫？　多分？　オークだし？」（ポヨポヨ）

だから強力な八極拳。ただし陸の船と揶揄されるほど遠い間合いでの戦闘に不向きで、その歩法の運用も細密な為に強力無比な代わりに超至近距離専門の武術。それでも八極拳独特の震脚からの推力移動と、体勢の急激な展開動作で練り上げられた勁力を攻撃源とする超高速で一撃必殺の威力は稀有。そして多種多様な変化と連携で無限に展開が広がる実戦技法で、超至近距離の攻防だからこその肘撃や靠撃といった近接での体当たり戦法的な技法も他派以上に重視され滅法強い。

巨体の振り下ろす棍棒。その内側に身体を入れ、減速せず肘を立て衝突する。肘打の一撃は動きこそないけど、その踏み込みの速度のまま相手の勢いと衝突する激突技。その衝突の瞬間に、沈み込む自重と震脚の突き上げが合わさる。

「うん、最短距離で最速にする虚実って、理論的には太極拳に近いかも？」（プルプル）

太極拳では弱点となる距離も『転移』持ちの俺なら縮地や瞬歩と同等以上の速度で詰められる。まして杖術なら間合いは広いし、杖も伸びるから最適なはずだ。

「まあ、急に形意拳とかはちょっと恥ずかしいし、蛇拳Ｗｉｔｈヒュドラさんとか夢が広がるんだけど……何故か功夫と違うものになっちゃいそうなんだよ？」（ポヨポヨ）

一瞬の近距離移動で全身の操作を完了させて集約させるって難しいんだよ？　どうやら異世界で、にょろにょろ触手蛇拳への道は遠いらしい？

振り向いて、頭を狙い打ち下ろされたオークの棍棒の軌道の外へと流れる。空振ったオークの肩にそっと手を添えて、体重をかけて一挙に引き込み……上体を下へと叩き落として、膝で顔面を蹴り上げ頭蓋骨を粉砕する。相手の重心ごと崩し、地面や膝に叩き付ける。功夫の技は破壊するか殺すかだから競技（スポーツ）には全く向かないけど、殺す事にだけはバッチリで便利な技だったりするんだよ？

「敵（オーク）の力を利用すれば、Ｌｖやステータスは無視できるっぽいな？」（プルプル）

　太極拳は攻撃と防御の両方が一手に含まれた技法であり、攻防において臨機応変で多種多様、展開に応じ千変万化する型が有る。だから読みと相手の動きの制御（コントロール）が重要になるんだけど、上層の脳筋なオークだと一撃で極められるから難易度はまだそれほどでもない。そして功夫全般が型の組み合わせの変化だからこそ、今の身体制御が覚束（おぼつか）ない俺でも……型だけを完全に制御できれば、それだけで自由自在に動けるのが利点。そう、今は即効性のある戦い方こそが必要だ。

　ただ殴っても、俺の力（ＰｏＷ）でオークは殺せない。だけど武術は効率よく破壊し殺す技だからこそ、力が弱くても殺せる。殺す為の理路を型にし、合力させた技だから破壊できる。故に危険すぎて中学2年生にしか愛好されないんだけど……当時頑張って覚えていて良かったな？

「上層なら杖を振り回しても当たれば死ぬんだけど、回避しながら一撃で狙うとなると結局は力より技になるんだよ？　まあ、技に耐えられる身体強度（ステータス）がないからこの騒ぎなんだけど、みんなオコだったけど別に弱くなったって良いんだよ？」

　半身から一手一足の基本の型。できる事だけを積み重ね、増やして拡（ひろ）げて足りなくなったら混ぜて引っ付け誤魔化して相手を騙（だま）し罠（わな）に嵌（は）める。うん、狡（ずる）すればどうにかなるだろう、大体誤魔化せば何とかなるというのが今までの経験から導き出された真実で、何とかしてどうにか殺せば死ぬ。死ななくても死ぬまで殺すからそれだけで良い。

「別に強くなりたい訳じゃなくって殺せればいいんだから、殺す為の力だけあればいいんだよ？　Ｌｖ上がらないモブなんだから贅沢とか言わないんだよ」（ポヨポヨ）

身体能力の強化こそが身を守る力になるけど、俺は滅茶Ｌｖが上がらない。だったら、ただ殺せるだけで良い。身を守る強さより、殺せる弱さで良い。

「オークは全滅っぽいし、さっさと行こうか？　さっさと強くならないと心配性の人達がすぐ心配を始めるんだよ。うん、でも寧ろあの押し競饅頭による心肺停止の昇天こそを心配して欲しいよね！」（プルプル）

掌を翳すように回し、齧りに来た狼の頭ごと巻き込んで勢いのまま体重を乗せ肩から当たる。捉えた瞬間に震脚で一気に力を集約して、頭部を一気に破壊する。

「ふっ、日々毎日ビッチからの囓々威圧と戦い続け、その隙に子狸に囓り付かれている俺に囓り付き攻撃など甘すぎるんだよ。だって、マジであの子狸って素早いんだよ！」（ポムポム）

靠撃は太極拳独自とも言える超接近戦の打突技だけど、それが『守護の肩連盾』と相性が良かった。これは肩盾に棘々を付けるべきなのかもしれないけど、あれって好感度さんに良くないみたいなんだよ……どうやら異世界は世紀末がまだまだ遠いようだ？

「４本足の狼さんな『ブラウン・ウルフ　Ｌｖ33』だけど、髭は剃らないらしい？　まあ、全身毛だらけなんだけど？」（ポヨポヨ？）

小さく早く全部を集約する。ただの型へ意義を与え、正しい体勢とその移動ができるまで繰り返す。

「獣さんだと勝手が違うって言うか、デカいけど姿勢が低いだけで難しいな……って、これ獣拳も必要っていうフラグ!?　虎形拳ＶＳ狼さんとか？　うん、でも酢を掛けたら終わるんだけど、わざわざ覚える必要あるかな？」（プルプル!!）

備えあれば患いなしか、深いなー。でもこの場合は虎形拳を習得するべきなのか、お酢を購入しておくべきなのか、どっちの戒飾（ぷるぷる）なんだろう？

「型通りの組み合わせだけなんだけど、結構ちゃんと動けるようになって来てない？　スライムさんからも心配性の人達に言ってやってよ？　ぷるぷるって？」（ポムポム！）「厳しいな!?　いや、戦えてるじゃん、今日はまだ転倒は2桁だし？」

転倒こそ多いけど、衝突はそのまま攻撃にできる太極拳ならではの解決方法で、衝突も安心な優しい一撃必殺で魔物さんもきっと安心なんだよ？　死んでるけど？

「魔石拾いが大変だけど、太極拳って飛び回らないから飛び散らなくって良いね？　うん、4人だと瞬殺過ぎて魔石集めてる時間の方が圧倒的に長いんだよ？」（ポヨポヨ）

滑るように円を描き、横一閃（いっせん）に斬（き）り裂く。うん、岩石とか相手に格闘戦は嫌なんだよ？　しかもメタル・ゴーレムだから金属含有率も高そうで、手も痛そうだから絶対に嫌だ！　革手袋（グローブ）は手甲（ガントレット）化しているし、この間こっそり『刻印の拳甲（ナックルダスター）　ＰｏＷ・ＳｐＥ30％アップ

打撃　昏倒（仙術）＋ATT』も複合したから大丈夫かも知れないけど痛いのは嫌だ！　割といっつも痛いけど、嫌なものは嫌だから——斬る。

「この『刻印の拳甲』って、名前のまんま刻印に効果付与できたから仙術仕様にしてみてるんだけど効果は全く分からないんだよ？　ファイアーナックルとか重力ナックルとかの方が良かったかも？」（プルプル）

低い姿勢で振り回される剛腕を掻い潜り、懐に入ると同時に震脚の勢いを乗せた一刀で斬り上げる。その勢いのまま半回転し、滑り込むように後ろから狙ってくるメタル・ゴーレムの左肩から右腰まで一気に斬り裂く。そして捻られた身体を戻す勢いで踏み込んで肘撃を入れ全滅させる。

「土手っ腹かと思ったらド鉄腹だった！　流石は『メタル・ゴーレム　Lv49』、肘が痺れたよ!!」

それでは50階層で最終階層。さあ、迷宮王に会いに行こう。会ってから殴るか斬るか考えよう。勿論、迷宮王さんが美人魔物っ娘さんだったら、それはそれで考えなければならない事が多いけど、迷宮皇さん以外で美人さんが出た事無いから100階層特典とか特別なのかもしれないな？　うん、100階層でみんな美人さんになるんなら育成しよう！　俺は迷宮育成者になる！って言うか『迷宮王の指輪』も持ってるよ？　居ないかな、魔物っ娘さん？

「うん、此処までフラグを立ててみたのに『コカトリス　Lv50』がめちゃ睨んでるよ……確かにコカトリスが雌で、バジリスクが雄だから超広義な意味合いでは魔物っ娘？」

（ポヨポヨ!?）

　蛇の女王と言いながら姿は雄鶏、だって頭に冠状の鶏冠が付いている？　翼は羽毛が生えてるけど蝙蝠の羽っぽくて……尾だけ蛇？

「蛇の女王って雄鶏で蛇要素って尻尾だけじゃん！　しかもさっきからコケコッケコケコ煩いんだよ！　何で蛇の王がケココッコケコ鳴いてんの！」（コケエエエエッ!?）

　蛇の女王と言い張る巨大な鶏が、身体を低く沈めシュルシュルと音を立てながら進む。

「それって、まさか蛇アピールなの!?　うん、コケコッコーって鳴いてた時点で無理で手遅れだよ！　もうリカバリーもフォローも絶対不可能だから!!」

　その体から流れ出る体液は大地を枯らす猛毒で、生息地が砂漠地帯というか生息してると砂漠地帯になってしまうという、通った跡には汎ゆる生き物を死に至らしめる致死毒が残留し、吐息は生き物を石に変えてしまうという蛇の女王……な鶏？

「いや、まあ岩しか無い迷宮だし？　砂漠っていうか岩場で、確かに岩だから枯れる心配はなさそうだけど、そう言えば睨み付けただけで死を齎す石化の魔眼だったはずなんだけど……だからさっきから睨んでるの？」（コケッ!!）

　鶏が蛇目で睨んでる？　うん、まだキャラが決めきれないんだろうか？

「いや、蛇詐称の牝鶏さんＬｖ50の迷宮王さんが迷宮女王なのか知らないけど、大迷宮でＬｖ99の猛毒とか浴び捲ってた俺に『石化』とか舐めてんの！って言うか魔物っ娘フラグ立てたのに鶏で、蛇の女王とか名前ばっかり魔物っ娘アピッて鶏じゃん!!」

異世界迷宮は、もっとフラグに優しい環境づくりが大事だと思うんだよ?

「って言うか何でピクピクして倒れてるの、まさか睨んだから睨み返したの不味かったの? いやほら、もう睨んでないから立ち直ろうよ? それで死なれると俺の好感度さんと可愛い瞳のイメージが大ダメージだから頑張ろうよ? マジ頼むから……って何で嘴から蛇舌出して最後まで蛇アピール!って、あああああっ!! 怒鳴らないから、怒ってないからね? 本当に頼むってば……あっ、HPが!」

でも絶対に鶏だよねと試してみたら、『蛇使いの首飾り:【七つ入る】InT40%アップ 蛇複製(3匹・身体から魔力で複製) 毒作製 鱗硬化 +DEF』に入った? どう見たって鶏なのに蛇と見做されたらしい……コケコッコーって鳴いてたのに!?

『コカトリス 魔眼(石化)呪術(石化・各種猛毒・状態異常) 体液(完全解毒・石化・各種猛毒・状態異常) 飛翔 補助(小)』

「って、ちゃっかり蛇枠に収まってるよ!!」(プルプル!?)

投げ捨ててやりたいけど、蛇のくせに飛翔補助(小)を持っていやがって惜しい!って、やっぱ鶏じゃん!! そして効果が『石化』は分かる、それが売りだし。そして毒だって有名だ、納得しよう。状態異常も分からなくもないし、解毒もセットなのだろう。問題は魔眼は諦めるとして……呪術。

「呪えちゃうの? うん、莫迦たち今どこの迷宮だろう。ちょ、用事思い出したから会いに行こう！　今なら滅茶お祝(のろ)いが出来そうだ！」(ポヨポヨ？)

でも、コケコケ鳴いてたよね？　うん、異世界は不条理だった……だってコケコッコーが蛇なんだよ？

鶏さんの蛇の女王詐欺は驚愕の真実で愛と友情の感動の物語だった？

102日目　昼　迷宮

また遥(はるか)君は浅いから大丈夫と言って、中層までの迷宮に行ってしまった。スライムさんがいるから万が一も無いけど、きっと今も躓(つまず)き転び泥と血に塗(まみ)れ杖(つえ)を振っている。Lvの上がらない遥君がずっとずっと磨き戦い抜いて来た、技術と体術。それを全部なくし、日常生活で転ぶほどに頼りない身体(からだ)で強さを求め戦い続けている。

「このまま行くよ！　迷宮王『キュラブル・サイクロプス　Lv87』、自動治癒持ちだから、一気に削り切るよ！」「「了解(ヤー)、散開！」」「右足貰(もら)うわ！」「正面引き付ける!!」「こっちで目を潰します！」「だったら左足だ!!」

私達(たち)が何を言っても聞いてくれなくて、帰ってきた柿崎(かきざき)君達に事情を説明し、止めるように頼んでも……「遥なら問題ない」と取り合ってもくれなかった。

あの襤褸(ぼろ)襤褸(ぼろ)の遥君を見てもないくせに！　あの舞うように消えていた遥君が、並みいる魔物を一瞬で斬り裂き、血飛沫を巻き上げながら返り血も浴びず、血風の中をただ茫洋とお散歩みたいにのんびりと歩いてた遥君が……泥塗れで、自分の血と魔物の返り血でどろどろになって這い回り、転げて蹲る遥君を見てもないくせに！

　だから速攻で予定の2迷宮を殲滅して、遥君をお迎えに行こう。行って何も出来なくても「お疲れさま」って言ってあげたいから。意味なんかなくっても、必死で戦ってる遥君の所に行きたいから。だからね——邪魔しないで死んで！

「始末して遥君をお迎えに行くよ！　殺れっ！」「「「了解！」」」

　サイクロプスの単眼を灼く閃光の爆発に隠れ、矢と『暗闇』魔法が時間差で飛び交い阻害する。正面には大盾を並べて、サイクロプスの振るう矛を跳ね上げている。そして瞬く間に削られていくサイクロプスの両足が自重を支えられなくなり、崩れて地に膝を突く。

　うん、さっさと殺そう。きっと泥塗れで遥君が戦っているんだから、今も諦めずに独りで足掻いてるんだから。

「首貰うよ！」「「「了解！　援護するから任せた!!」」」

　もう、『再生』持ちだって、『自動治癒』持ちだって、なんだって良いから早く死んで私たちを遥君のところへ行かせて。襤褸襤褸の遥君が独りで戦いながら待っているの！

「引き千切って豪雷鎖鞭——百撃！」

　音速を超えた衝撃波と共に、連撃でサイクロプスの首を穿ち続ける雷撃の鞭。傷口を灼かれ、抉られ、削り取られ、そうしてゆっくりと巨大な身体が倒れ……頭部が転がり落ちて行く。終わった、お迎えに行こう。

　そう思って迷宮を出ると……遥君がお迎えに来ていた……なんで鶏？

「コケコケコケーコココココケコケコケコケ！」（ポヨポヨポポポーポヨーポヨポヨポヨポヨ！）「いや自分でコケーって言ってるじゃん！　もうコケコッコな時点で自白してるよ絶対、コッカドゥードゥルドゥーってアメリカンに鳴いても鶏でしかありえないじゃん！　ちょ、ヒュドラさんも言ってやってよ、鶏が蛇の女王で良いの、蛇族の沽券にかかわるんだよ？」（シュ――ッ？）

　そう、蛇と鶏とスライムさんと口論中だったの？　今は論理的推論で鶏さんを論破に掛かるも、スライムさんの演繹法で論理を数珠繋ぎにしていく結論的擁護で蛇さんすら困惑の色を隠せない舌戦の応酬。だけど遥君は前提が真であるからといって結論が真であることは保証されないという帰納法で、演繹法の矛盾を突く攻撃に切り替えた。うん、物凄く賑やかなんだけど、迷宮の出口に立っているのは……スライムさんを頭に乗せた遥君1人なの？

（コケコケー！）（プルプル？）「ほら自分でコケコッコーって言いきってるって！　しかも羽バタバタさせてるし、大体鳥頭だけが発言してて尻尾の蛇さん無言じゃん！　ちょ、ヒュドラさんも尻尾の蛇に言ってやってよ、蛇の女王だから鶏を下克上すべきなんだよだよ？」（シャ――ッ!?）「いや、だって格好良く俺とヒュドラさんで蛇拳してる時にコケコケ言われたらどうするの？　『それ鶏拳、ぷぷぷ』とか笑われちゃうんだよ！　『コケコッ

コ拳、プークスクス』とかされるんだよ！　ほら、蛇拳に居ておかしいって事は蛇じゃないっていう、この完璧な論理的推論でも証明されてるし、それ以前にコケコッコーって鳴いてるんだって！」

込み入ったお話のようだね？　うん、置いて帰ろうかな……楽しそうだし？　しかも肩から生えてるのは右にヒュドラさんで、左にコカトリスさん。そして、頭の上にはスライムさん。うん、私達は何を心配していたんだろうね……この1人迷宮王連合軍に？

「頭の上には迷宮皇級で……これに触手さんは無限増殖で、ヒュドラさんだって100本まで増えるんだったね？」「まともに歩けなくってばたばたと転ぶとしたって……中層程度ならば無敵の1人転倒連合軍だったね！」

そう、こんな非常識を極めた生物（なまもの）は、迷宮の常識的な魔物さん達では倒せない。まともに歩けなくって転んでも、倒れていても……遥君は転んだらただで起きるどころか、落ちてるコカトリスさんを捕まえて武器にしちゃってたの？　そう、この非常識さは迷宮王ですら生温（なまぬる）いんだね！

「ああー、やっと出て来たよ。民主主義に用が有ってここまで急いできたんだよ？　これなんだと思う？」

そう言って指さす先にはコカトリスさんがドヤッと威張って、お尻をアピールしている？　何が聞きたいの？

「「「えっ？　鶏？　じゃないの」」」（コケーッコッコッコォコケーッ!?）

まさかの鶏さんからの抗議のコケコッコーで議論は伯仲し、論議は白熱してるけど傍から見るとどう見ても1人で賑やかな腹話術師さん。そして鶏を威嚇するが如き遥君の荒ぶる鷹のポーズ！　うん、鶏さんは肩の上だから分からないと思うの？　あと、肩に鶏と蛇を乗せて頭にスライムを乗せた荒ぶる鷹のポーズって……意味不明だけど、マントだからポーズすら良く分からないからね？

「喧しい、この蛇蛇詐欺め！　そうやって『私、私、わたし蛇の女王だけど』って電話をかけて罪の無い善良な蛇魔物さん達からお金を振り込ませようという悪辣な詐欺は全部すべて、すりっともにゅっとまるっとぷるるんとごりっとぷにゅんとお見通しなんだよ！　したいな？」（ポヨポヨ！）（コケコケコケーッ！）

何だか頭が痛くなるような悪質な漫才が繰り広げられてるけど、あれは迷宮王級のヒュドラさんとコカトリスさんで、どちらもS級指定の大災害級の魔物さんで……仲良く漫談していて良いような相手ではない気がするんだけど、頭上には迷宮皇級のスライムさんで滅亡級。そして本体は災厄級どころか、災厄より最悪で大災厄より大迷惑な滅亡級誘拐常習犯の張本人さんなの。

「長――――い&何か多いいいいぃの――っ、あと、喧しい――――――っ！　特にコケコッコを苛めてる人！」（ポヨポヨ!!）（コケコケ!?）

蛇さんと鶏さんには反省の色が見えるけどスライムさんは素知らぬ顔で、あと1名ほど自分は悪くないから関係ないと決め付けて傍観者のような顔をした大騒動の主犯さんがなんの反省も無く鶏さん相手に「やーいやーい怒られたー、ザマープププ」と無自覚な発言を行っている。うん、迷宮の中ではあんなに会いたくて心配だったのに、会っちゃうと心配は霧散して後悔しか残らないんだね？

「「一声で、流石は飼育係委員長様だね！」」「鶏さんと蛇さんとスライムさんと性王さんが一発で!!」「いや、性王さんは全く堪えてなさそうだよ？」「あれって……ハーメルンの音楽隊？」「それっぽいけど、鶏しか合ってない上にコカトリスだよ？」「まあ～音楽隊は出来そうだね～、昨日もヒュドラさんでラッパとラップでタップしてたし～？」「「うん、街の人達からのおひねり滅茶儲かってたね！」」

昨日リハビリとか言って表で何かしてたけど、あれって儲かっていたらしい！っていう事はまた宿代をつけてるんだね。帰ったらお説教しよう！

「って言うかさー……コカトリスってマングースさんの事なんだよ？　あれって古代希臘の文献で埃及のマングースを『後を追うもの』って呼んでたのが、羅甸語でコカトリスって訳されちゃって、古仏語のコカトリスになっちゃったんだよ？　うん、マングースなんだよ？」（コッ……ケコオオオッ!?）

自分の肩から生える鶏さんと激論を交わしながら街に向かう。遥君はいつも迷宮皇すら素通りの門番さんに疑問を呈していたけど、どうして門番さんはこの人こそを通しちゃうんだろうね？　絶対に辺境で最も怪しいのは遥君だよね？　うん、まだ喧嘩してるし!?

「そもそも埃及マングースの呼び名の『イクネウモーン』が元々蛇とか鰐を殺す動物とさ

れてたのが、中世英国(イギリス)でバジリスクさんと混同されて一緒にされちゃった結果、本来の意味とは逆になって蛇の怪物と思われちゃったらしいんだよ？　あと、コケコケ言ってるけど鶏(ニワトリ)の要素ってたまたま名前から雄鶏(cock)が連想されちゃっただけで、実は鶏は全く関係ないのに何でマングースが鶏の格好をして蛇の女王ぶってるの？」（コケッ……コ……ッコォ!?）

　歴史に隠された出自の秘密を知り、自我の存在を否定された鶏さんが己(おの)が存在理由(レゾンデートル)の喪失に茫然自失(ぼうぜんじしつ)と俯(うつむ)いて、悲哀に満ち絶望した面持ちで途方に暮れている。コカトリスとして生きて来た鶏さんの生涯が全否定され、自我の根幹を失ったみたいなの？

　すると、それを見て焦った遥君がいきなり伝説上の生物の存在意義を説き「ＦＴ(ファンタジー)なんてＦ(不思議)でＴ(適当)」と暴言を吐いて励まし(フォロー)を始め、スライムさんとヒュドラさんも励まし(フォロー)に加わって皆で鶏さんを励ます謎の感動の物語(ドラマ)が意味不明に展開中で……みんなで抱き合いながら感動的に和解中だけど、全部遥君の肩から上での感動的(ドラマチック)に盛り上がり中で、とってもシュールな光景なの？

　こうやって、いっつも心配出来なくされちゃって、大丈夫なんかじゃないのに大丈夫なんだって騙(だま)されて流される。でも、分かっていても、この光景を見ながら心配するってすっごく難しいの！　なんか4人で夕日に向かって走ってるけど、実際に走ってるのは遥君1人だし……でも、流石にそのまま門に行ったら、いくらなんでも門番さんに怒られるからね？　うん……怒るよね？

どうやらダガーには洗浄と除菌の効果付与が必要らしい。

102日目　夕方　宿屋　白い変人

久しぶりに手応えのある辺境の迷宮を堪能して、満足気な柿崎君達とは対照的に……死んだ魚のような目の修道士さん達。遥君に攫われて柿崎君達と一緒に強制迷宮踏破に参加させられたらしい。

ただ死んだ目だけど、憑き物が落ちたような顔。それは死を覚悟した凄惨な無表情な顔付きではなく、考え込むのが馬鹿々々しくなったような、さっぱりとした顔。

「私共は目が覚めました！　命を懸け死を覚悟して戦うより、取り敢えず殴れば良いんですね!!」「殉教も殉死も厭わない気概で居ましたが、殴ってから考えれば良かったのか!?」「救いを求める前に殴る、殴れば大体ＯＫ!!」「そう、神は『手を差し伸べよ』と仰っていましたが、拳骨で差し出せばよかったとは！」「そう、神がお与えになった試練なら殴って殺せば何とかなるし、ならなくても殴ってから考えれば良いのです！」「「「殴っても駄目ならば更に殴る、その果てに真理が有るんです！」」」「「「遥、腹減った！　飯はまだか!?」」」「マジで飯だけを楽しみに辺境に帰って来たんだって！」

壊れた修道士さん達を壊した柿崎君達が、壊させた遥君に語り掛ける。噂に聞く柿崎君達だけの時の野獣のような戦いに強制参加で、理性が破壊され野性が目覚めちゃったのだろう。だって何か宗教っぽい事言ってはいるけど、どれも殴るの以外が適当だよね！

「「何で修道士さん達が洗脳されてるの！」」「これ教会より悪質な教義の捻じ曲げが行われてるよ！」「何処の世界の神様が拳で『手を差し伸べよ』って言っちゃったのよ！？！」「それ、言ってたらそれって邪神だから聞いちゃ駄目な奴だよね!!」「一体それのどこが『大体ＯＫ』になっちゃったの!?　そして心做しか大人しくて真面目そうだった修道士さん達の口元はニヒルに歪み、目は危険な光を宿しているの!?」「「うん、めちゃ悪役っぽいね！」」

昨日までと違う顔。それは顔つきが変わったっていうより、別人格っていうかキャラ崩壊な劇画調なの？

「このおっさん達は勝てっこないって決めつけて、爆弾巻き付けて敵中で死ぬ気だったんだよ？　うん、勝手に自爆でみんなを逃がそうとか、英雄的な死に逃げて戦う事を諦めてたんだよ？　だから天然戦闘民族について行かせて戦闘民族状態にしたんだよ？　考えたりなんかしたら手詰まりなんだから、莫迦たちの莫迦さ加減を感染させてみた？　莫迦だな？」

あの思い詰めたような悲壮感は死を覚悟していたものだった。あの静かな微笑は諦め死を受け入れていたからだった。だからこそ死を有意義にする為に爆発物の取り扱いを習い、皆を守る為の自爆を準備していた。ああー……諦めたら怒られるの？　命を懸けたって駄目で、死んでも生きるって死んでも何とか生き返るくらいの覚悟じゃないと怒られるからね？　だって、その人の前で諦めは許されないの。

その人が諦めるまで誰にも諦めるなんて甘い事は許されないし、その人は諦めたりなんて絶対にしない。死んだって殺されたって諦めないし、絶対に死んでなんかやらない。だからこそ今も生き残り、今も鶏に餌をあげて……うん、なんだかコカトリスさんと友情が芽生えたようだね？

「うわー、もう駄目っぽいよ……なんかナイフ舐めちゃってる」「あれダガーだから、魔物さん刺しちゃってバッチいのにね？」「敬虔で心の優しい、清貧の志を持った良い修道士達だったのですが……あれは誰!?」「誰ってナイフ舐めてる人？　それとも修道服にトゲトゲ肩パッドを付けようとしてる人？　後は釘バットと……」「「言わないであげて、もうアリアンナさんの心のＨＰが０で泣きそうですから！」」

心優しい人だった、だけど強い心を持っていなかった。うん、気を強く持たないと悪いお手本が潤沢に豊富すぎて千万無量に悪事満載なの？　だから——遥君がこっちの世界にいるべき狂人と呼ぶ柿崎君達に感化されてしまった。

冷淡で冷酷、柿崎君達五人のイメージはそれだった。有名なスポーツ選手で、容姿も良いけどいつも冷めた感のある何処か鬱屈を感じさせていた５人は……脳筋だったの？　そう、最初は何て事を言うのって思ってたら本当に脳筋で、見た事も無い笑顔で気軽に気安く気楽に過ごしている全くの別人。

異世界に居るべき戦闘民族で、あっちではただの狂人だった——その本質こそが戦いを楽しみ、命懸けを悦び、殺し合いを親しみ、生き死にを愉しみ嗜む殺戮者。だから平和な世では命を燃やし心が震える事も無く、だからずっと冷淡で冷酷。そんな、ずっと退屈し鬱屈していた抑圧から解放された野人で脳筋でただの莫迦だと評され、そして脳筋と呼ばれ笑っている柿崎君達。

「遥、死ぬ、腹減った！」「マジもう無理、餓死る！」「肉、肉をくれ！って生肉って食えるか、犬じゃねえんだよ！」「ちょ、朝も昼も茸弁当って健康的過ぎて死ぬから、マジで血と肉が足りてない気がする！」「「「腹減ったよ遥、飯食わせてくれー！」」」

そう、退屈し鬱屈していた抑圧から解放されたら、元気いっぱいの脳筋だったの。これが、あの冷淡で冷酷の成れの果てで……うん、あれでもファン倶楽部とか有ったのにね？

「飯が食いたくば食わしてやろう。でも、ちゃんとおっさん達を下層で戦えるようにしたのか？　連れて行って覚えたのがナイフ舐めるだけだったら、晩飯はナイフ丼？　舐めずに一気飲み？　楽しそうだな!?」「楽しむな！　ナイフ舐めるのも教えてねえよ！」「ナイフ丼って……70階層台まで投げ込んだからバッチリだぜ」「おう、80階層も引き摺って行って参加させたしな」「爆弾も取り上げて、盾も奪ってダガーだけで至近戦させといたぜ」「「「まあ、向いてねえけど、死なない程度にはなったよな？」」」

一緒に組んでた小田君達は、あれは魔物に襲い掛かる狂獣だと言っていた。私達と一緒の時とは違う野獣の如き狂戦士。小田君達でも柿崎君達が本気だと連携が取れないと言い切る、魔物の群れに踊り込む狂気の群れに……連れて行かれ参加させられ投げ込まれて狂気に呑まれ、狂気が生まれて……ナイフ舐め出したんだ？

そして柿崎君達に罵詈雑言とお結びを投げつけながら、いそいそとご飯を用意する遥君。炒飯に唐揚げに八宝菜と酢豚に回鍋肉に青椒肉絲と酸辣湯に宮保鶏丁に炒麺、次々と並ぶ料理たちに大興奮のままお皿と散蓮華を手にしてテーブルへ突撃する。餃子に焼売に包子も蒸され並べられて、狂喜乱舞の舌鼓。何だかんだ言いながら柿崎君達が戻ってからお肉も多いし量もたっぷり、今日は品数も豊富で手も込んでいる。うん、戦が始まる！

「唐揚げと炒飯だけは死守するぞ！」「分かってる、朝の二の舞だけはごめんだぜ！」「や、奴らが来る前にバケツに！」「き、来たぞ！　速い！　むちむちのスパッツは化け物か！」「ぐはぁ、あとは任せたぁぁぁ！」「「「炒飯の独占は許さない！」」」「唐揚げもね！」「野菜も食べないと駄目だよ!!」「ちょ、唐揚げ皿ごとって、お前ら容赦とかないのかよ！」「「「ないんだな、それが？」」」「ま、まさに外道！」「ちがうよ、寧ろマジ天使？」「炒飯は無事か？」「マモレナカッタ」「「「いただきまーす♪」」」

うん、野菜も食べようね？　でもね、包子は譲れないの！

「あれ、包子は？」「おきのどくですが包子はきえてしまいました」「「「委員長！」」」「……もぐもぐ、むしゃむしゃ（ゴックン）」「「「飲み込んだー！」」」「えっ、肉あんはちゃんとみんなの分を残してあるよ？」「「「小豆あん全部食べたなー!!」」」

愉しく食事も終わり、お風呂の前のわんもあせっと。ナイフを舐めながら釘バットを担ぎ、棘々肩パッドを装備した修道士さん達が柿崎君達を相手に襲い掛かって死に掛かっている……80階層まで連れて行って鍛えたと言っていた。つまり足手纏いな修道士さん達は数に入れずに、5人だけで80階層の階層主を倒している。それを遥君は何も言わない、つまり女子20人と同等と認められている。

「「「お願いします！」」」（ウンウン、コクコク）

数多の剣戟と槍撃を弾き飛ばし、立ち並ぶ盾の障壁を掻い潜る。鉄壁の守りを敷いた堅牢な布陣が、瞬く間もない刹那で抜かれていく。白銀の美影身がマントを翻し、2本の細剣を煌めかせて剣の藪を薙ぎ槍の林を打ち払う。蹴散らされて行く前衛の応援に文化部が前掛りにされ、乱れた前線を抜かれ後衛のアリアンナさん達が狙われる。

「アリアンナさん耐えて、距離を詰めるよ！」「「「了解！」」」

乱戦では撫で斬りされるだけ、ばらばらでは太刀打ちできない。今は分断されそうなアリアンナさん達から遠ざけつつ合流。戦うのではなく常に複数で攻撃を掛けながら外へと追い出すだけで良い。なのに、その連撃すら受け流され払い除けられる……でもアリアンナさん達と繋がった。そのまま陣に組み込み直してアリアンナさん達も攻撃に加わり、5組の円陣で半包囲。だけど、それすらも切り崩されて陣は乱れ——うん、ボコられる!?

「「「ありがとうございました！」」」「焦っちゃ駄目って分かってても、ねえ？」「速くて的確だから、急がないと致命傷だし？」「でも急いで焦ると狙い撃ちされたよ！」

アンジェリカさんの有利な場所を奪い合う戦略的なボコで守備を鍛えられ、ネフェルティリさんの華麗な舞い踊る移動盾に翻弄され逆撃のボコで戦術的な攻撃を磨かれて、飛び入りのスライム教官の理解不能で千姿万態のボコで不条理さと瞬間の判断力を教え込まれたの。うん、３人とも気功法を覚えて絶好調で格段に強くなって試したかったんだね？って言うか究極の迷宮皇さんの至高の高みに、まだ上が有ったの!?

勿論やらかしたのは遥かなる苗字を持つ常習犯人さんだった。だって気功法を極め錬気できないと房中術で圧倒されるらしくて、深夜に３人が仙術戦争を繰り広げて毎晩鍛えられちゃったらしいの？　そして、お風呂女子会。

「「「かぽ〜ん♪」」」「ああっ、泡沫ボディーシャンプーが切れちゃったよ！」「あっ、私の泡を分けてあげまーす（ぎゅうっ、ぬるぬる♥）」「「「おおーっ、泡沫身体移し！」」」「泡沫で縺れて絡まるとエロいね！」「って、見てないで助けてよ!!」「いや、王女様直々だし？」「「「恐悦至極？」」」「ううぅ、こんな暮らしをしていたら清貧の心が挫けそう」「あっ、サウナさんがスチームミスト式になってる！」「「「おおー、スチームサウナ様だ！　ありがたやありがたや（拝）」」」「本当にまめですよね、こういう事だけ」「ちょいちょい改装されてるもんね」「何気にタオルの肌触りが日に日に良くなって、すっごい事になってるよね!?」「「「あの肌触りは病み付きになっちゃうよね！」」」「今日の餃子も新天地に至っていました。料理すら未だ上が有るんですね」「美味しかったー、あれは幸せになっちゃうよ」「アンジェリカさん、ネフェルティリさん、新作情報は無いの？」「ミュール　もう少し　化粧品の追加が先、です？」「「「ミュール欲しい！」」」「暑い日用の、服作る、そう……です？」「「「夏服だ！」」」「あと、肌、良くなる。クリーム、良かった……です」「ずっと、しっとり。日焼けもしない」「耐状態異常（微小）で、物理耐性付かない、って悩んで、ます」「あっ、そう言えばエルフの薬草学について聞かれました！」「ああー、まだ心配してるんだ？」「昔の人、『備え在れば憂いる前に殺れ』と言った、そうです。良い言葉です」「「それ、いってないから！　その人は昔の人じゃなくて、現役の殺っちゃう人だから！」」「また新たな捏造格言が」「あっちの世界の風評被害が深刻に」「格言、習いました、『因果大砲』やられたら吹き飛ばせ？　含蓄ある、良い言葉」「「既に凄く深刻だった！」」「因果は大砲で撃つ気で、解決する気は皆無なんだね」「応じたり報いたりする気は全く無いけど～、解決はしてるのかも～？」「「確かに因果が爆散して消滅してる!?」」和気藹々。ただの同級生だった、それが何時の間にかみんな掛け替えのない親友以上の家族になっていた。お互いを守り助け合い、命を懸けて命を預ける間柄。辛かった時を乗り越えて、みんなで笑い合いながら此処まで来たからこその仲間。親友で戦友で家族で同士で姉妹みたいで、遠慮も配慮も無く言い合って我が儘が言い合える同級生たち。これは、きっとこの世界に来なければ得られなかった大切な絆。

「「精神集中！　無我無心！　心身合一！」」「心、揺れたら、駄目。房中術は侵入されたら……溶けます」「「きゃあああっ！（ブクブクブク）」」「呼吸に合わせて気を巡らし、全身隅々に張り巡らせる」「隙は駄目、身体の中、蕩ける愉悦です」「「いやあああーん（ドッポーン！）」」

そして深夜の恐怖体験と共に、性王と戦った「性技の極み」の英雄譚を聞き、その技を学ぶ。そして気功法、これが無いと性王さんの房中術に狂わされたまま、脳も身体も蕩けて溶けちゃうって……身体を強化してたと思ったら、エロさも兇悪化されていたの。その名も全身を蕩けさせる波動の気『房中術』。うん、スチームサウナは気持ち良いし、気功法だって大事だけど……でも、乙女が裸で座禅って格好がはしたなくないかな!?

称号大賢者持ちなんだけど賢者タイムのスキルは無いようだ。

102日目　夜　宿屋　白い変人

雌雄は決した——こっちの美尻は甲冑委員長さんので、隣の愛らしい踊りっ娘さんのお尻と仲良しに並べてみた。余は満足だな?

古くからの戒めとして「人を呪わば穴二つ」とも言われるのは、どうやら真実だったようで、扉が開くと同時に功夫娘さん達との格闘戦に多勢に無勢の劣勢で、既に先に極められてしまった太極拳では抗いきれずに秘宗拳で悲壮に抵抗してみた? やはり至近距離で最強と言われる太極拳でも、経絡や急所を狙う人体破壊特化の秘宗拳は未見では捌ききれないようだな……だってツンツンしちゃうんだよ!

「水滸伝の燕青を祖とすると言われ、燕青拳との別名の他に迷蹤芸や迷踪芸の名で呼ばれる通りの迷走しそうな複雑な歩法が特徴で、その俊敏な動きからの急回転や急激な姿勢の高低で変幻に敵の攻撃をいなし懐へ飛び込む技法なんだけど……まだ練習始めたばっかりなのに、飛び込んだら近接戦最強の太極拳の名手2人って無理すぎだよ！」

まあ、格闘戦は時間を稼ぐだけで良かった。狙いは鶏さんの『呪術』による感度上昇で、接触戦で抵抗しながら呪った結果……穴が2つだったようだ。うん、良い言葉だな！

回避不能な接触状態から直接浸透な呪いで瞳は潤み、顔は赤く染まって呼吸も甘く乱れ。触れる度に重ね掛けされた感度上昇に呪術まで加わり、感度上昇五重奏で敏感に蕩けた身体の経絡や急所を狙う秘宗拳！　うん、揉みまわり、触って撫で捲った！　その効果は絶大で、格闘の劣勢を有り余るほどに補い、秘宗拳独自の手首を捩っていなしながら捻り込むように打つ手技で、揉んでこねくり回して『感度上昇』を掛け捲ったのだ！

既に荒い息で気功を乱し、身体は小刻みにだが痙攣している。最早、触れるだけで勝利！　生肌へ指先が掠めただけで身悶えして、体勢を崩してへたり込む。

「優位にさえなれば無限の手数で圧倒出来る――そう、無限の触手さんVer異形でWith蛇達&鶏さんのコラボも付いているんだよ！」「「ひいぃっ、んああっ!!」」

出してみた。鶏さんは場違いかと思いつつも触手さん達に四肢を拘束され、蛇さん達の『感度上昇』毒で甘噛みされて蛇舌に肌を嬲られて悶える女肉を……鶏さんの羽毛で優しく撫でてみると震え啼いて痙攣を始めた？

「ああ、そう言えば僅かだったけど、飛翔補助効果も有ったから……飛んじゃったのかな？」「「あああっ、あひっ、あふっ♥」」

効果は分からないけど、大変飛ばれてるようだな？　魅力的な吸い込まれそうな力強い瞳は見開かれて、瞳孔が飛び白目がちだな？　そして、もう震えわななく愛らしい唇からは舌肉と唾液が零れ出して糸を引き、きっともう天国まで飛んで……鶏さんGJ！

「さて、ノックもただいまも無しにいきなり襲い掛かって来るお行儀の悪い子には、お仕置きだよね？　お約束的に？」

突き出された丸い琥珀色のなめらかな肌の魅惑の双円を撫で揉み、白い肉の艶めかしい肌を嬲る。行儀とは本来生死を分かつ場での不戦を示す為の技法で在り、それが礼儀作法として昇華されて来たものだ。ここは使役者として厳しく厳格に心を鬼にして泣く泣くお仕置きをしなければならないだろう！

すべすべの内腿さんまですーっと撫でてみると、拘束されて身動き出来ない身体を震わせ仰け反って痙攣で、どうやら鶏さんの羽はとっても効くらしい。それが感度上昇効果なのか羽触りなのか、はたまた飛行効果なのか分からないけど天まで飛んで極楽を体験中で甚く御悦びの様に戦慄き悶えていらっしゃられますです？

「うん、異世界の戦いの中でスキルの探究は生死を分かつ重要事項で、くぱって分かって重点的に探究な研究が活き逝きと天獄の扉で中は極楽なんだよ！」

蠢く無数の触手と、柔肌を嬲る多数の蛇達に身体中を拘束され嬲り尽され、ピクピクと痙攣と硬直を繰り返し、乱れ狂う乱舞が続く。もう瞳からは意識も感情の色も消え失せ、顔には壊れたような微笑を張り付かせて息も絶え絶えに喘ぎ悶え……うん、明日のお説教は激しそうだ！

「しかし既にお説教は確定された、ならば元を取っておかなければ大損失だ！　取っておくと言うか、とっても素敵と言うか、とっても魅惑と言うか兎にも角にも丸くて可愛いお尻さん達だから、エロいるエロされるエロいるエロされる我は求め撃っちゃうなり!!」

――うん、痙攣＆悶絶＋昇天中ですやすやとお休み中だし内職でもしよう。見ていると男子高校生が男子高校生の本分を果たすべく、男子高校生の一分を以て男子高校生が過分に頑張るから内職で目を逸らそう。そっとタオルケットを掛けて、見えない見えな……見えちゃったよ！　うん、あと1回だけ？

「「きゃあああ……あんっ♥」」

疾風怒濤、我は駆け抜け駆け巡る蹂躙の使徒なり？　みたいな？　うん、男子高校生さんなんだからしょうがないんだよ！　うん、頑張った！

「よし、作業に取り掛かろう。途中何回も寄り道が有ったけど、今度こそようやく何とか隠せたから……もう、大丈夫？　見たいな？」

男子高校生にとって最大の試練とも言える厳しい戦いだった。だって上から隠すと長い美脚が魅惑で再戦だし、下から隠すと大山鳴動と誘惑で素敵な姿態を隠すのにいつも一苦労で大苦戦で思わず参戦で「終わらない夜は無いと言ったな、あれは嘘だ」っていうくらい夜が長いんだよ？　うん、思考加速するから体感は数十倍で、1日って長いんだよ……特に夜が？

そう、思考加速状態に入ると感覚も遅延する。つまり快感も引き延ばされて、結果薄められるから耐えられるけど。だからこそ希釈されても精神を破壊しつくす衝撃力のある快感が勝負を決め、劣勢になり精神が乱れて思考加速が切れると……その薄められていた感度が数十倍の破壊力に復元されてヤバいんだよ？　だから、この長い夜の果てには、もっと長いお説教が待っている予感が悪寒でおっかないんだよ？

「しかし年齢と彼女いない歴が共に16才の男子高校生さんが、結婚祝いの内職作業で5人分って……これってもう爆発を願わずに、即実行して良いレベルに可哀想な男子高校生さんだよね？」

　まあ、賢者時間に作ってしまおう。そして深い悲しみを無想に乗り越えベッドに潜り込み、さらに中奥へと潜り込んで抉り込んで引き籠もって無限連関の賢者時間作戦で頑張ろう！

「まあ、賢者時間外も、実は『大賢者』持ちだからずっと賢者時間なんだけど、男子高校生には諸事情な情動が大変なんだよ？」

　冒険者に近い少数で動く莫迦たちと違い、軍に所属するマッチョお姉さん達なら休憩も取りやすいだろうから重装化しても問題ないだろう。回避戦闘はまだ練習中で、被弾が多いなら防御力と耐久性と密閉性に優れた軽量甲冑が良い。まあ、そうすると蒸れるんだけど、甲冑を脱いで蒸れ蒸れマッチョなお姉さんが汗で濡れ濡れで出てきたら莫迦達も大変にお喜びだから……結婚祝いにも最適そうだな？

「うーん、戦闘スタイルは聞いても見てないと、稼働部位の細かな方向性とか音楽性の違いが不明で、まあ筋肉の付き方から言って水平な捻り(ひね)と屈伸の上下運動を加えた動きだとは思うんだけど、両手剣と大盾に片手剣を使い分けるっていうのが案外と難しいんだよ……構えから違うし、あと……あっ、パイルバンカーがいるんだった！」

一応、結婚祝いだから要望があるか聞いたら5人ともパイルバンカーだった。やはり男子高校生はパイルバンカー無しには語れない夢と希望と浪漫(ロマン)を追い求める生物のようだ。

「ただあのお姉さんたちは蹴りそうな感じだったし、脚甲の装甲形状が難問だな？」

製作において新規設計が最も時間と手間がかかる。理想(イメージ)を形に落とし込む時ほど膨大な可能性の取捨選択を迫られ、結局は兼ね合いだとしても命を守る装備に妥協点なんて有るはずが無い。絶対に答えの無い問いに対し、試行錯誤でより正解に近い解を探し近似値を求める。だって、あのお姉さんの誰かが甲冑ごと魔物に斬り殺されても、莫迦たちは誰一人として俺に文句なんて言わないだろう。だから完璧よりも上でなければならないし、究極より先でなければ話にもならない。誰も責めてくれないなら、その責は俺のものだ。ならば責任を果たすのが責務で、それは護(まも)りきる以外に決して取り得ない責任。だから難しいのなんて当たり前だし、時間が足りないのは思考加速すれば良いし？

平面は脆(もろ)い、力が流れず逃げ場がないから圧力で壊される。いかに球形に近い曲面を多用して組み合わせられるか。どの部位にどの角度から力が加えられても、衝撃を逃がし逸らす形状こそが理想だ。それを球体に非(あら)ざる人体に合わせて加工する、それが不可能だが最適を求める。うん球形さん最強だな？

「俺もLv30までいければ軽甲冑が着られるんだけど、未だ『布の服？』を超える甲冑は作れない。うん『7つ入る』って、あれ卑怯だよね？」

だけど、あんなの作れないし……強過ぎる装備効果は使用者に反動を返し、MP消費だって高まり大き過ぎる力や多過ぎる効果は逆に使用者の負担になる。うん、やはり万事何事も節度こそが大切なんだよ？

「あのお姉さん達も辺境のLv上げで変わりはするだろうけど……近接戦闘タイプだろうし、戦い易く確実に身を守るだけで良いかな？　まあ、それしか出来ないし、それこそが問題なんだけど？」

コンマ数ミリ以下の曲面の歪みを正し、厚みを揃えて衝撃の分散を一定に整える。魂は細部に宿る、仕上げの差こそが大きな差になり生死を分かつ。検分し、疑い粗を探して難癖をつける……これは人の命を預かり得るだけの仕上がりなのかと、これ以上は出来なかったと本当に言えるのかと。本当に此処が限界点で、これ以上の解はないのかと問い続け、可能性の数だけ疑い続ける。限りは無く終わりも無い。ただ時間と魔力だけが限界を迎える。

「うん、完璧には程遠い完全で、究極の足元にも及ばない極品だけど、最良を超えた最高の出来でしかない半端品だけど……できた？って言うか、この程度しか出来なかったけど、これ以上に至れないところまではできたな？」

そしてミスリル化で強化し、効果を高めて新たな効果を付与して行く。それこそが作り手にとって最も残酷な時間。ミスリルは手を掛け心血を注ぎ出来上がりを追求すればするほどに、その効果を高めて応えてくれる。逆に言えば俺がこの程度しか出来ないから、ミスリル化してもこの程度までしか効力を発揮できないと思い知らされる。己が未熟を思い知る作業であり、遠く及ばない先を見せ付けられる瞬間だ。

ただ無為に作業すれば時間は残酷に流れ去り、そこに何も残さない。全霊を込めた時にだけ、その濃密な時間の中でだけ教えられ残される課題がある。

「うん、永遠に続く課題を抱えた男子高校生さんなんだけど、夏休みが来ないから学校の課題は出ないんだよ？って言うか夏休み無しって、済んでから召喚しろよ！　なんか損した気分だよ!!　なのに夏休み無しで課題だけ異世界転移して来たら絶対に許さない!!」

鈍色に輝く5組の甲冑。表面に黒金を薄く張り、全体をミスリル化した軽量重装型だ。軽く動きやすいという矛盾した命題への解答の1つ、方向性は「命を大事に」。勿論、莫迦たちのは「ガンガン死のうぜ」と言わんばかりの弱い所は滅茶弱いけど強い所は莫迦みたいに頑丈という守る気無さそうな甲冑とは対極に位置する。だって、あんな莫迦げた甲冑って莫迦たち以外に使えない。うん、だってマジで莫迦なんだよ？

全身全霊を込めた内職は終わった。そう、今からは完全無欠の美と百下百全の麗しき十全十美の美女が2人揃って二十全二十美でお待ちかねだ！　うん、気絶してるけど？　されど玉砕瓦全の覚悟で男子高校生が完全燃焼の不死鳥の如く無限再生で全身全霊を込めた男子高校生の夜の第2章が始まりを告げるのだー！

レオン・フーコーさんは地球が自転している事を証明したかったというのに、何故だか重量制限オーバーが証明されてしまったようだ。

103日目　朝　宿屋　白い変人

ジトは良い。ジトはとても良いものだが……ジト睨みで涙目だ？　そして滅茶オコだ!?　まったくノックも無しに部屋に入るなり襲い掛かるのは行儀良くないよと、教育的指導しすぎたら逆切れだった。それはもうこってりとしっぽりとお仕置きだべ～と、ぬっちょりぐっちょりと頑張ったのにオコからのお説教が始まった！　しかも正座なんだよ？

「おや、伝令の兵隊さんが現れた。おっさんだから『たたかう』で良いのかな、『ボコる』とか『埋める』とか中々にチョイスに困る展開なんだよ？　えっと全部乗せで？」「乗せないで！　何で伝令に来ただけなのに、戦ってボコられて埋められる三択しか用意されてないの!?　伝令さんなんだから話を聞いてあげて！」

爽やかな朝に空気読まずに、清々しい朝の空気を加齢臭で汚染する汚染が現れたというのに攻撃は許可されずに不受理で不条理でご不満な朝だった。うん、朝から甲冑委員長さんと踊りっ娘さんのジト睨み半泣き付きの正座のお説教から逃げて来たというのに、ゆっくりと朝の優雅な八つ当たりも許されないようだ？

「王都からの部隊は早朝に新偽迷宮前まで行軍されており、現在はムリムリ城での休憩を済ませ出立。夕方までには街に御到着予定との事です」「ありがとうございます。では明日に第一師団と近衛師団の迷宮訓練を見て、明後日に出立の予定でよろしいのかをメロトーサム様にお伺いをお願いします」

　伝令さんは通訳の人に伝言を持って来たそうだ。なぜ伝言に通訳が必要と思われてるんだろう？　みんな異世界語が話せるのに不思議な事だ。王都まで直線で完全な平地に整地したから行軍速度も速いが伝令も早い。何せ道は地平線まで見通せるのだから物見櫓から『遠視』持ちの監視係さんが見つけるとすぐに分かる。

「ひゅーひゅー、お迎えに行くの？」「ハニー待ってたよ（キリッ！）とか言って？」

「ちょ、焼いて良い？　ちょっとだけだから、灰も幻想も記憶すら残さないよ？」「「それの何処がちょっとだ！　あと、言わねえよ、ハニーって何だよ!!」」

　何となくムカついてガン・トンファーを抜いたら、既に盾を並べて防衛態勢だった。莫迦のくせに小賢しい！　うん、室内じゃ焼けないんだよ……うん、焼くと看板娘が涙目でオコなんだよ？

「「ひゅーひゅー！　ここは婚約者らしく花束を抱えて、『会えない夜は長くて昨日は眠れなかったよ、マイスウィート♥』なの!?」」「「寝たよ、ぐっすり寝たよ！」」「そして、誰がマイスウィートなんて呼んだんだ!!」

やっぱりムカつくので修道士のおっさん用に作ったグレネード・釘バットを構えたところで……むにゅむにゅスパッツさん達にもにゅもにゅと羽交い締めで取り押さえられた。うん、放してくれないと殺せないんだよ？　グレネードなら盾ごとふっ飛ばして、釘バットでフルスイングでボコればバッチリなんだよ？

　そうして朝のむちむちスパッツＪＫさんによる肉弾サンドイッチ争奪戦が開戦されて、莫迦たちは悲しげに胡瓜サンドを齧っている。うん、野菜も食べないと駄目なんだけど、食べても別に莫迦は直らないらしい？

「迎え行かないの、もうマッチョお姉さんたちの分の甲冑と剣と盾はできてるよ？　何ならぼったくり価格で花束も売るんだよ、タキシードは舞踏会の時のやつがあるし？　あと白馬はいないんだけど、いつも俺の馬車牽いてたお馬さんが黒灰色になって更に大きくすくすくと育って、元気いっぱいに成長期で脚も8本に増えて頑張ってるから乗ってく？　馬鎧も標準装備で毎日魔の森でゴブやコボを蹴り殺して楽しく遊んでるんだよ？　うん、呼ぼうか？」「いや、迷宮行く……ってあの馬、やっぱ魔物だったんじゃねえか！」「そうそう、夕方には来るんだし……って、脚が8本ってスレイプニールだったのかよ!!」「甲冑ありがとうよ、何か無理させたな……って、どうりででかいと思ったよ!?」「「気軽に神獣を放し飼いすんなよ！　どうりで、あの馬って下手な迷宮王よりも迫力あると思ったよ!!」」

　全く何を言ってるんだろう。俺の言う事を素直に聞く優しいお馬さんで、呼ぶと何処からでも可愛く走って来る愛らしいお馬さんなんだよ？　まあ、何か普通の馬車よりもお馬さんがでかいけど？　うん、可愛いんだよ？

（何を言っても駄目よ、遥君あのお馬さんすごく気に入ってるから）（（いや、スレイプニールって迷宮王クラスだよな!?））（うん、でも懐いちゃって凄い甘えん坊さんなの？）（そうそう、いつも孤児っ子ちゃんたち乗せて遊んでるし？）（（あれって神馬じゃなかったか!?　何で飼い慣らされちゃってるんだよ！））

　さて、今日明日でLv25を目指したい。獣人国に向かうとLv上げはできないだろうし、その先は教国。何事も無く教皇だけボコって爺宛の着払いで白い部屋送りできれば良いけど、不思議な事に神が好きな奴に限って生き汚い。定番なお約束展開の「好きなら行っちゃえよ、えーいっ」という高校生らしい後押しで、爺の所へ背中を押してやらなければならないのだから面倒な事この上ないんだよ？

「さあ、獣人国訪問記念の猫耳、犬耳、兎耳のカチューシャに各種付け耳と付け尻尾で、これさえ在れば獣人さん達とも仲良し間違いなしか……逆に怒るかどっちかなんだよ？」

　人とは愚かしく浅慮なものだ。そう、大体なんとか記念とか限定品とか特別価格とか言うと飛びつくんだけど……商品に飛びつこうよ？

「遥君ウサミミ！　尻尾付きで！」「ねぇ、3点セットとかお徳用は無いの？　遥君！」「遥君、これどっちが犬耳でどっちが狼耳なの!?」「何で私にだけ狸用が作ってあるの!!」「象耳って象人族さんっているの……って、お鼻付きだ!?」「熊耳可愛い！　手袋とスリッパ付きがあざとい!!」「あーん、そのウサミミさんは私のなのー！」「パンダ耳って熊猫人族さんなの!?」「このペンギンさんパジャマは獣人族まったく関係ないのでは……いえ、買いますけど！」「ちょ、遥君、コアラのパジャマ作って！　無いのは有袋類差別だよ！」「鬼角と虎毛ビキニは無いの！　だっちゃ？」「ライオンさんパジャマ返してー、私が買うのー！」「この丸耳はヤバいよ、鼠族だけどなんか違う!!」「フォックスが、狐耳がフォックスフォックスなの!?」「パジャマも有るんだ！」「あっ、ケモミミパーカー販売!?」「「何処っ！　パジャマ欲しい!!」」「「きゃあああ――――っ！」」

　完全な計画だった。商品を並べて料金箱を置いて離脱！　そう、完璧な計画的安全策だったのに何で追加注文が始まって追ってくるの!?

「早いよ、買い終わってから注文しようよ！　あとウサギパジャマ50着あったのに何で足りなくなるの!?」「タレ耳って……セントバーナードだった！」「くっ、猫耳と思ったら虎耳。こ、これは罠だ？」「黒猫はどこー、クロちゃんが良いの！」「ちょ、パンダパジャマ私もいる！」「輪っかって……鼻輪！　牛さんなの！　需要あるの!?」「この鹿角はケモミミとはなんか違う！」「栗鼠シリーズ可愛い♥」「あー、栗鼠尻尾がモフモフだ！」「あっち、ケモミミ帽も出てる!!」「「きゃあああっ♪」」

　押し寄せるむにゅむにゅの壁に押し潰され、怒濤のぷにゅぷにゅに柔肉に覆われて呑み込まれて押し流される。こんな事も有ろうかと天井に魔糸を巻き付けて宙に逃げたのに、次々に抱き着かれて蓑虫状態で上がれない！

そして、彼女さん用に甲冑と指輪を作ってやったのだから、きっと助けに来るに違いないと思った莫迦たちは……そそくさと出かけて行った！　裏切りだ、莫迦ータス、お前らもか！

むにゅむにゅとむちむちスパッツさん達に抱き着かれて、フーコーの振り子のように円を描き揺れている女隊の球体。どうやらこの世界にも自転は有るようだが、ＪＫには自重が無いようだ!!

「羞恥心はともかく自重しないのは分かったんだけど自重は無くても自重が重い……ぐぅはあああっ！」「「「乙女に重いって言うな！　それは禁言!!」」」

禁言って禁句と何が違うのか分からないが、密接密着の超至近距離からの言論への肉体的な弾圧で集中攻撃って！　どうやら太極拳で発勁を身に付けたらしいが、その技は魔物さんに使おうね？　俺は無害な人族さんなんだよ……何かミノムシみたいだけど？

「いや、孤児っ子30人の山と較べても3倍は重いとして、孤児っ子たちが平均で20キロであると仮定して1人あたり……て、ぎゃあああっ！」「「「乙女の重さを計算しないの！乙女の体重は林檎3個分なの！」」」

それ絶対に計算合わないから！　トン単位の魔物を斬り裂き、搦め捕って拘束する魔糸さんが切れそうなんだよ？　撚り合わせて編み込んでなかったから強度が限界なんだけど……平均が50キロ超えてたらヤバ……うわあああ――、何をする――!?

地獄の亡者たちは天から垂らされた糸すらも引き千切るようだ。うん、重量オーバー？

（プチン……ドタッボテボテボテッ、ドタンッ！）

楽しそうにコロコロと転がっていたから生温かい目で見守っていたら怒られた？

103日目　朝　迷宮　入り口

浅い中層迷宮では埒が明かない、でも深層迷宮に一人で行くと怒られる？

今日もスライムさんがお目付け役で、また50階層未満の浅い迷宮を割り振られてしまった。そう、解決策は唯一つ……「てへっ、間違えちゃった」だ！　罪のない迷宮間違いならばきっとみんな納得で、角も立たないし道理も引っ込むし俺が悪くないことが証明される素晴らしい計略だ。だから間違えて一番深そうな迷宮に不幸な間違いでやって来たんだけど……間違える予定の迷宮を間違えたのだろうか？

「おかしいな、ここって一般冒険者さん立ち入り禁止指定の迷宮のはずなんだけど、この気配って人だよね？　戦闘中って言うか敗走中って言うか、逃げ回って追いかけ回されて大騒ぎで和気藹々で魔物さんと意気投合？　酒池肉林まで行ったら参加するのも吝かではないんだけど、おっさんと魔物の酒池肉林ならもう赤字覚悟で毒流し込んで水没させよう！　うん、油で水没で引火も良いかな？」（ポヨポヨ）

疾走る。取り敢えず前を塞ぐ魔物達だけ速度を落とさずに撫で斬りにして、気配のする地下20階層まで速攻戦と奇襲戦のみで斬り抜ける。上層なのにそこそこの数の魔物達。20階層に居る奴らは戦わずに一気に下りたんだろうか……既に戦闘が止んでいるけど、20階層に下り立ったと思ったら目の前に蜘蛛？

「蜘蛛って燻さないと厄介極まりないんだよ？」

魔物の種類とか効果とかではなく、ただ単純に生き物として手強い。糸で網を張るイメージだけど、実際にはほぼ半数の種が網を張らずに獲物を捕まえる。つまり罠なしでも素早く強く、挙げ句に毒持ちが多くて複眼で死角が無く、振動を探知する能力があるから奇襲も不可能なうえに8本の脚の先端には鋭利な爪があって、上顎にあたる鎌状の鋏角は先端が鋭く獲物に突き刺して毒を注入する。そして糸だ……その糸の強度は鋼鉄の5倍で伸縮率はナイロンの2倍、鉛筆程度の太さの糸で作られた巣があれば理論上は飛行機を受け止められるという驚異の強度で粘着性の糸罠も張るんだけど、その糸が空中機動にも使われる厄介過ぎる能力。

そして本当に怖いのは……頭が良い。蜘蛛の脳は基本的に頭胸部に有るんだけど、身体に占める脳の容積は非常に大きい。中枢神経が容積の8割を占め、中には脚の中にまで脳が満ちていたり、身体の割に巨大な脳で幼体の頭部が膨れ上がっていたりするものもいる、神経集合体としての巨大な脳構造を持つ判断力や思考速度こそが恐ろしい危険生物。それが魔物化して効果や魔法を持っていたりするのだから、燻さず戦うなんて蜘蛛よりも頭が悪いのだろう……うん、莫迦より滅茶賢いんだよ！

「いたけど……でかいな？」（プルプル！）

身体だけでも馬車程度の大きさで、その長い脚を広げれば階層の通路いっぱいの蜘蛛。そんな巨大蜘蛛が大きな口の両端の鋏角を開いて、左右から挟み突き刺そうと跳びかかって来る。この鋭い挙動と跳躍力こそが怖い……まあ、跳んでくれれば終わりだけど？

「上を取れば勝ちだよね……だって、蜘蛛さんの天敵は蜂なんだよ？」

空歩で宙を掛け上がって、蜘蛛の頭上に躍り出して自由落下を始める。蝿捕蜘蛛(ハエトリグモ)なんかは頭上の獲物も狙えるんだけど、跳ねてしまえば空中ではもう跳べない。尻から出す糸を巻き取って急停止(ブレーキ)から後退(バック)を始めてるけど……もう遅いんだよ？　意表を突ければ糸の立体機動は有用だけど、読まれていればただのバンジー。擦れ違うように頭部を叩(たた)き潰して破壊する。うん、蜘蛛って背中(うえ)からの攻撃に無力な身体構造なんだから、巨大化すればかえって不利なんだよ？

「おーい、蜘蛛の餌さーん？　蜘蛛さんから横取りしたけど、俺は別に食べないから安心してね？　まあ、人食主義(カリバニズム)的意味合いでは食べないんだけど、綺麗(きれい)なお姉さんに『私を食・べ・て♥』とか言われると男子高校生的には決して嫌いではない展開なんだけど、粘着糸でぐるぐる巻きの襤褸襤褸(ぼろぼろ)な蜘蛛の餌っ娘(こ)さんは食べないんだよ？　うん、食べるどころか食べさせる方っていうか、分かり易(やす)く言うと……僕の茸(きのこ)をお食べ？」

毒で衰弱しているけど命に別状は無いだろう、蜘蛛の保存食っ娘さんぽいし？

「うぁ……た、助け、て……みんなを、おねが……い。みんな、沢山の蜘蛛……に」「あ

あー、みんな死んだよ？」

　憔悴しきった顔で、必死に懇願する蜘蛛の餌さんの顔が凍り付く。そして愕然とした表情は崩れ去り、悲痛さを張り付けた顔が慟哭し咽び泣いて号哭する？

「そ、そんなぁ……あぁぁ、いやあああ（ムグゥ、アムッ、フガフガ）!?」「いや、みんなが沢山の蜘蛛だって言うからみんなは死んじゃったんだけど、確認できた3人は全員無事なんだよ？　まあ、状態は分からないけど死者は居ないんだけど、みんな蜘蛛さんは全員お亡くなりになられたんだよ……蜘蛛さんの仲間だったの？」

　蜘蛛の餌さんなのに仲間だったらしい？　取り敢えず泣き喚いていたお口が大きく開いたまま固まってるので、茸を押し込んで黙らせてみた？　うん、1本では足りないかと思案していたけど、お口が大きく開いていると思わず茸を突っ込んでしまうのは男子高校生的には仕方がないんだよ。そして生存者は4人だけ、後は間に合わなかったんだよ。

　疾駆し此処まで大急ぎで来た。ギリギリだったんだけど意義は充分あったようだ……うん、ジトだな？　これは中々に凄い眼力のジト目と言って良い。もぐもぐと茸を咀嚼しながらも視線が突き刺さって来る強力なジトだ！

「モグモグ、モグモグ、モグモグ……ゴックン！　ふううぅー……って、誰が蜘蛛の仲間なのよ！　なんでみんなが蜘蛛なの、人に決まってるでしょ!!って、みんなが……みんな、3人とも本当に無事なの！　本当なの!?」

　ぽろぽろと涙を零し、信じられないように、それでも信じたいと希望に縋りつくように詰め寄って……来ようとはしているけど、蜘蛛糸で繭玉状態だから転がって行く。うん、楽しそうだ？

「って見てないで止めてよ！　なんで黙って転がって行くのを見てるの⁉　そして何で『えっ？』て顔で驚いてるの‼　まるで私が転がって楽しんでるのを眺めていたら、文句言われて吃驚したような顔に見えるのはどうしてなのよ！　何処の世界に蜘蛛の餌にされかかって糸玉状態で転がって喜んじゃう人がいると思うの、いないわよ‼」

よく見ると雪達磨みたいで楽しそうだなと思っていたら、突然楽しそうに転がり出したら……普通は趣味なのかと思うんだよ？

「えっと、蜘蛛じゃない方のみんなは楽しそうに茸咥えて糸玉で転がってたから、邪魔したら迷惑かなって思案してたらこっちも転がり出したから……そういう趣味の同好会かと思うじゃん？　普通は？」「思わないわよ、どんな同好会よ！　あとみんなも絶対にこの状況下で楽しそうに転がったりしてないから、ってあの大量の蜘蛛はどうしたの‼」「あー、そっちの蜘蛛は不幸な事故で肩盾に頭をぶつけてなんかお亡くなりになったから南無三藐三菩提でお悔やみ申し上げます？　みたいな？」

うん、あれは悲しい事故だった――うん、肩盾で刺殺したらお亡くなりだった？

「申し上げなくて良いの、蜘蛛は仲間じゃないの……って、どうして蜘蛛が肩盾に頭をぶつけてお亡くなりになっちゃうの⁉」「えーっと、尖ってるから？」「……肩盾が？」「うん？」「……その尖った肩盾は、なんでぶつかっちゃったの？」「いやー……飛ばしたら刺さった？　みたいな？」「……あの沢山の蜘蛛全部に？」「うん肩盾が24連装になってたから、丁度良い感じで飛んで行って刺さる事故だったんだよ？」「……それって、あんたがやったんでしょ！　それの何処が事故で、なんで部外者みたいにお悔やみ申しちゃってるの、完全に犯人で24連続で刺しちゃってるよね、事故的な要素皆無でざくざく刺してて何で不幸な衝突事故みたいに無関係そうに語っちゃってるの!!」

うん、すっかり元気そうで、大きな声で騒ぎながら……転がっている？　やっぱ、楽しそうだな？

「うん、よく勘違いしている人が多いんだけど……盾って防御装備なんだよ？　ほら、俺悪くないじゃん？」「何でよ、あの硬い蜘蛛を貫通しちゃう肩盾のどこが防御装備なの、力一杯刺さってるじゃないのよ!!」「いや、ちゃんと肩盾で狙撃して穴を開けてから刺さったんだよ、大体は？」「もう、肩盾が狙撃している時点で全く防御装備じゃないし、飛んで行った時点で防御する気もないし……しかも、大体ってやっぱり狙撃と無関係に普通に刺さるんじゃないのよー！」

転々（ころころ）と絶叫する繭玉を転がしながら扉（ゲート）を開いて、地上に転がし上げる。後ろからスライムさんもぽよぽよと残りの糸玉を転がして上がって来る。そして4個並べてみたけど……うん、どうしよう？

「「「……………」」」「えっ、なに？」「なにって、なんで糸玉から助け出さないで転がして外に出して、挙げ句にどうしようかなみたいな顔してるのよ!!」「だ、駄目だよ助けて貰（もら）ったのよ」「ありがとうございました」「助かりました、お礼を申し上げます」

辺境に来たばかりの冒険者さん達だったらしい。乗合馬車に乗って辺境まで来たんだけど、乗客の冒険者の一団が一番ちんまい娘を攫って迷宮に逃げ込んで、それを追って行ったら……蜘蛛に食べられてたらしい。そう、女冒険者さん達を誘いこんで襲って食べちゃう気だった冒険者達は蜘蛛さんに襲われ食べられちゃうヤバい性癖だったらしい？

「その娘を攫った冒険者は頭腐ってるの？　なんで迷宮に逃げ込むの？　それで食べられちゃったって……よくそれで冒険者できてたね？」「攫った男達だって魔物除け装備や、魔物の嫌う粉を体に振っていたんですが」「それも20階層では効果が無くて、蜘蛛がわらわらと……」「それに私達だって20階層くらいで、あんなに一方的にやられるはずないのに……全然歯が立たなかった」「麻痺耐性の装備だってしてたのに……死んだ男達だって完全武装で挑んだのに何も出来ずに……」

装備は『状態異常減少（極小）』に『毒耐性（微）』……って『微』とか有ったんだ！　ある意味レアだし、そもそも状態異常も無効化ではなく減少っていうのが珍しい。ただ、減少しただけだと、いつかは麻痺る。そしてこの迷宮は深い。浅い迷宮と深い迷宮は同階層でも質も数も段違いなんだけど……辺境なら常識。だけど外の迷宮は浅くて弱いのばかりだったと莫迦達が言っていた。それなのに辺境外の冒険者が、いきなり深い迷宮で追い駆けっこしていたら……勝てない魔物に囲まれるよね？

「攫われて追い掛けたら襲われてるのに、誰がキャッキャウフフしてたのよ！」

　せめて街に辿(たど)り着いていればギルドで講習を受け、ちゃんと装備を更新して挑んだのだろう。それが事件(イレギュラー)で辺境外の常識のまま、辺境基準ですら危険で一般に入場許可を出していない迷宮に入ってしまった故の事故。うん、だって街の奥様(おばちゃん)達の服よりも装備がしょぼい、そして奥様(おばちゃん)達より弱い。うん、Ｌｖ28から35の冒険者って迷宮に入ったら駄目なんだよ？

「この迷宮は特に深くってＬｖ１００超えの集団にしか攻略許可は下りてないし、Ｌｖ30前後だと普通の迷宮でも許可って下りないんだよ？　うん、辺境用の装備に替えないと無理だから、その装備だと魔の森付近でもうヤバいな？」「ありがとうございます。来たばかりで情報も無くって……あれ、布の服に木の棒？」「そんな危険な迷宮……って、あんたこそ何でそんな普段着で！　Ｌｖは……って聞いちゃ不味(まず)いか」「俺？　Ｌｖ24で多分そろそろ遂(つい)にＬｖ25行きそうな気もしてるんだよ（ドヤッ！）」「「「あんたが危ないのよ！」」」「Ｌｖ１００以下は入れない迷宮に、何で普通に出入りしてるの!?」

　そう、迷宮に入るのには冒険者ギルドの審査と許可が必須。だけど、あれはＬｖの低い冒険者は許可がいるよって話で……俺は冒険者じゃないんだよ？

「しかもこのＬｖ１００以上の超越者(オーバー)限定の迷宮(ダンジョン)にそんな恰好(かっこう)で！」「それでどうやって20階層に行って、あの蜘蛛達を全滅させたの!?」「えっと、その凶悪そうな凶器(それ)がまさか肩盾？」

　肩盾と言うか『守護(イージス)の肩連盾　ＶｉＴ・ＰｏＷ・50％アップ　自動防御　物理魔法防御

（特大）全反射　吸収　楯斬（じゅんざん）　楯撃（じゅんげき）　魔撃　＋ATT　＋DEF』は、ミスリル化の際に両側3枚ずつで6枚の連盾だったんだけど、ちょっと魔が差したら12枚になった？　それでつい追加で魔を刺しまくっていたら24枚にまで増えたんだけど、流石（さすが）に実戦で24枚同時制御は初めてやったんだよ……うん、多すぎたから操作して防御に使うより、ただ突き刺す方がずっと簡単だったんだよ？

「いや、だって人を巻き込まずに一気に殲滅（せんめつ）ってなると肩盾（ファンネル）って便利なんだよ？」「それって本当に盾の話なの!?」「革手袋（グローブ）と革靴（ブーツ）以外は、マントも服も布で、木の棒を持ってるだけなんだけど……この肩盾は凄い超高級装備だわ！」「装備予算を肩盾に1点勝負なの!?」「普通は武器でしょ、って武器に使ってるんだ!?」「凄かったんだから。ジグザグに飛び交いながら蜘蛛を次々に撃ち殺してザクザク斬り払ってガンガン突き刺してたわ」「あんた、全然事故じゃないじゃないの！　何処の世界に散々撃ちまくって斬り払って、最後に突き刺す不幸な事故があるのよ!!」

うん、糸玉（これ）を街まで転がすのって面倒そうだな？　思いっきり蹴ったら届かないだろうか……いや、せっかく4個あるんだし4輪駆動で自走しないかな？

気を利かせて玉転がしで受付委員長にジトられてバリケードは駄目らしい。

103日目　昼前　オムイの街　冒険者ギルド

ずっと辺境を目指していた。そこは伝説の地、そこは悲劇の中心地。だから、いつか強くなり、辺境を目指そうと仲間たちと心に決めたのはいつの頃だっただろう。

だけれど冒険者業は過酷だ。収入が上がっても、上を目指せば稼いだお金は全てより良い装備の代金へと消えて行く。そうして少しずつ揃えた装備も時に壊れ、時に溶かされて、稼いでも稼いでも出て行くばかりで高級装備なんて夢のまた夢。

そんなある日、滅びに向かっていると言われていた辺境が巻き返したと噂が流れてきた。あの魔の森を一掃し、迷宮を次々に踏破し始めたと耳を疑うような話が飛び込んできた。有り得ないけれど辺境産の魔石や茸が本当に流通し始め、それで居ても立っても居られなくて辺境を目指し……その結果が盗賊まがいの冒険者に仲間を攫われて、迷宮に誘い込まれて襲われそうになった。

そして助かったが、運が良くはなかった。男達は巨大な蜘蛛に為す術もなく貪り食われ、私達は蜘蛛の魔物に糸で拘束されて連れ去られた。それは男達を捕食して満足した蜘蛛の保存食にするためなのか、幼虫の餌にする気だったのかは今となってはもう分からない——だって、蜘蛛は全て死に絶えていたんだから。

あれは夢だったんだろうか、朦朧とした意識の中で、蜃気楼みたいにぼやけた瞳に焼き付いた光景。最低の下衆で屑だったとはいえ歴戦のB級とC級の冒険者達が手も足も出なかった巨大な蜘蛛、それが宙を舞うように空を駆ける少年に一撃のもとに叩き落とされた。そして蜘蛛の鎌のような口角で貫かれて咥えられた、襤褸襤褸だったはずの私の身体は瞬く間に完治し他の仲間もみんな助かっていた。

1匹でもギルドが総出で倒さなければならないだろう、圧倒的な強さだった蜘蛛達の死骸。そこには黒衣の少年が笑っていた、ただ散歩でもしてるみたいに歩み寄り、何事も無かったかのように、気軽に世間話でもするように、もう襤褸襤褸で意識も消えかけていた私に語りかけて来た……蜘蛛の餌っ娘さんと。

それからは大混乱だった。色々言いたい事が有り過ぎるけど、オムイの街の冒険者ギルドに連れて来られた。全員が無事で、4人揃って。

「災難でしたね。ギルドとしても辺境で戦って下さる方は歓迎していますし、そのお気持ちに感謝します。最大限力になりますから、困った事が有れば相談して下さい」「「「ありがとうございます」」」

ギルドで保護されて事情聴取を受ける身だけど、受付嬢さんは優しく毅然と労わりを持って見ず知らずの余所者の私達に接してくれた。知的で気品を感じさせる綺麗な女性は私達には優しい目で、そして助けてくれた少年には呆れたような心配するような……だけど優しく敬意に満ちた眼差しで……ジトっていた。

「いえ、折角辺境に来ていただいたのに質の悪い冒険者に攫われ襲われそうになり、あげく深化中の迷宮で魔物に襲われて食べられそうになり充分過ぎるほど災難なのに……災厄に遭っちゃうなんて最悪でしたね。ですが辺境でもこの少年に関わるより酷い事なんてもうありませんから大丈夫です。辺境にこれより悪質な災厄はもうありません、辺境の災厄を全部足して纏めてもこれより全然可愛いものですから」「ちょ、冒険者だって言うから俺一生懸命苦労してここまで運んだんだよ？　折角街から迷宮に行ったのに、また街に連れて戻ってきた親切な通りすがりの好青年さんなのに扱いに悪意を感じるお年頃なんだけど不当待遇なんだよ？　そしてやっぱり掲示板が変わってないんだよ……ジトいな!?」

　罵り合うようで、それでいて気心が知れているような意味不明な会話の応酬。周りの職員も冒険者もヤレヤレといった雰囲気だけど、どこか微笑んでいるような感じがする。

　冒険者ギルドなんて何処も犯罪者崩れの荒くれ者が集まり、暇さえあれば騒ぎを起こし、それを監視するような職員の冷徹な視線を受けながら受付を済ませる場所なのに……ここはまるで違った。一目で分かる高ランクの冒険者たちが謙虚に礼儀正しく振舞い、ギルドの職員は親身に冒険者たちと会話を交わしている。

「朝は朝で散々延々と掲示板に文句を付けて清々しい顔でいなくなったと思えば、なんで冒険者でもないのに迷宮の中を平然と通りすがっちゃうんですか！　許可が無いんですからこっそりして下さい、何で堂々と迷宮から戻って来て魔石を換金しようとしてるんですか！　こっそりはどこ行ったんですかこっそりは!!」「「「……冒険者ですらなかったの⁉」」「でも、モグリなのになんか一番偉そうですよ⁉」

そう、その少年が冒険者ギルドに入ると一瞬で空気が変わった。Ｌｖ24だという少年一人の登場に、居並ぶ高ランクの冒険者たちが居住まいを正し椅子に深く腰掛け直して……目を逸らし(あっちを向い)ている？　冒険者ですらなかった少年を誰もが知っていて、そんな冒険者ギルドで当たり前のように過ごす少年。

「それに中層までの迷宮に行くと伺っていましたよ、戦えなくなっているというのに何で深層に行こうとしていたんでしょうね。そんな体で中層に行くのだって無謀極まりないのに……深層迷宮をすべて潰す気なのですか。もう今日明日しかないのでしょう。辺境の心配ばかりされなくとも、もう充分過ぎるほどに迷宮は安定しています」「いや、だって転がってたんだよ？　転がってたから気を利かして親切心で街まで転がして来たのに酷い言われようで俺のバリケードな心が傷つきまくりだな？」

そう、ここまで見た事も無いような巨大な馬に凄(すご)い勢いで転がされて……目を回して、気がついたら街だった。

「心がデリケートな方ならそれなりにも対応も致しますが、心がバリケードで覆われてしまうような心無い方はむしろ叩き壊すべきだと思いますが。大体助けたなら助けたで助けたような行動をして下さい！　なんで巨馬に跨(また)がり糸玉に捕らわれた冒険者を転がして帰って来て、どうしてそれで街の門が通れちゃったのでしょうね……ええ、あの門番さんには苦言を呈しておかないと」

そう、転がされるとは思わなかったけれど、辺境まで乗ってきた馬車の何倍も速かった。

「いや、コロコロ同好会の人だって聞いたから気を利かしてコロコロと運んできて、お馬さんも頑張ってくれたんだから今はご褒美で外でお菓子食べてるんだよ？　うん、お馬さんは悪くないよ？　大きいけど良いお馬さんだよ？　可愛いんだよ？」「お馬さんは全く悪くないんです、お馬さんに楽しく玉転がしさせた人が問題なんです！」

　助けられて、助け出されるかと思ったら繭玉状態で街まで運ばれ、冒険者ギルドの人達からようやく出して貰えた。でもね……そんな同好会は知らないわよ！

「コロコロ同好会とか作ってもないし、入ってもいないって言ってるでしょう！　聞いたから、って一体誰に聞いたのよ!?」「亡くなられた冒険者達は自業自得の報いですが、20階層でそこまで強い魔物が出るなんて……深層迷宮となると下手に調査にも入れませんね」「強いのは強いんだけど蜘蛛だったから厄介だっただけなんだよ？　まあ、階層が広かったから燻して弱らせられるかは微妙だけど、あそこは潰すから問題ないよ？　うん、あそこは今日中に潰しちゃわないと委員長さん達に取られちゃうんだよ？　莫迦達まで戻って来て迷宮不足の危機だから、こっそり今日中？　だから同好会の人たちは置いて行くよ。あそこで蜘蛛さんの餌倶楽部まで始めてたから、かなり多趣味みたいで困ったものだったんだよ？　うん、でもコロコロ同好会は見てたら案外と楽しそうで、思わず入会しそうになったから辺境でも流行りそうかも？　みたいな？」

　なぜか冒険者でもない少年があの地獄のような迷宮に戻ると言い、ギルドのお姉さんも心配そうではあるけれど何も言わず見送る……あっ！

「助けてくれてありがとう！　ちゃんとお礼言えてなかった、みんなを助けてくれてありがとうございました」「「「改めてお礼に伺います。本当にありがとうございました!!」」」

心が壊れ、恐怖すら麻痺し、絶望し放心し、ただ竦むだけだった。なのに、その絶望の象徴だった巨大蜘蛛はあまりにあっけなく死に絶えた。心を縛っていた恐怖も気が付けば消え失せていた。まあ、怒鳴るのに忙しくてそれどころじゃなかったんだけど、怒鳴って吃驚して騒いでるうちに恐怖に侵された心は元気になっていた。

「ああ、コロコロ同好会への勧誘？　うん、ちょっと心が揺れてるけど、あんまりコロコロしてると最近ちょっとコロコロ気味でお困りな団体に怒られそうなんだよ？」

転がされたし、変な同好会にされてるし、結局最後まで蜘蛛の糸から助け出してくれなかったし、まだ事故だと言い張っているけれど……どう考えたって助けられた。なにより蜘蛛の牙と爪に抉られて、穴だらけになっていたはずの私達の身体は、傷一つなく治療されていた。なのに何にもしてないし関係ないと言わんばかりの態度で、頭の上で手をひらひらと振り、振り返りもせずに行ってしまった。たった一度も名乗りもせずに、たったの一度も……名前も聞かれずに？

受付嬢さんに遥さんと呼ばれていた黒いマントの少年。冒険者でもなく、Ｌｖ24と辺境外ならば新人程度。辺境では迷宮にすら入れない、粗末な村人装備で道行く街の人よりも見窄らしい格好で、何故だか肩盾だけ豪華な少年。命を助けられたのに「通りかかったら転がっていた」と言われ、「だから転がして来た」と転がされて「みたいな？」と締めくくられて終わりにされた。

そんな少年が、超越者と呼ばれる伝説級のパーティーしか立ち入ることを許されていない深層迷宮に行こうとしてるのに……誰も止めない。冒険者ではないのにギルドでは顔馴染みで泰然と振舞い、居並ぶ高Ｌｖ高ランクの冒険者たちが逃げ惑うように村人のような格好の少年に道を譲っていた。

そうして理解も不能で、装備もなくし途方に暮れていた私たちに勧められたのが「冒険者ギルド新人融資コース」。講習を受けながら指定された依頼をこなして行くというプランで、宿代や食事代もギルドに保証されていて返済が済むまでは依頼料から差し引かれて行くという親切プラン。緊急時の「茸保険」も付いていて怪我や病気にも安心で、武器装備まで貸し出しされるという冒険者に優しい制度だった。

みんなで頭を下げてお願いすると、訓練場で簡単な実力テストとそれに応じた武器の貸し出し。そしてその武器がとんでもなかった。ゴロゴロと積まれた効果付きの迷宮武具に一流の鍛冶師の作に違いない名剣や名槍に神々しい鎧やマントが山積みだった。

「これは『冒険者ギルド新人融資コース』の出資者の方針で、『怪我して働けなかったり死んだりしたら大損なんだから武器装備に薬はドドーンと持たせてガンガン稼がせた方が大儲けで、尚且つ提携した宿屋や雑貨屋にお金が落ちるお大尽様システムだー！』なんだそうで。不思議なことに全く赤字が出ずに、ずっと黒字収支ですが元金が膨大なので全く回収の見込みが無いのに出資者は小銭を貰っては『大儲けだー、ぼったくりだー、お大尽様だー!!』と騒いで満足してるお得なプランです。そして……この制度のおかげで当ギルドでは死傷者数が激減し、死者は無く重傷者も全員完治。そして全員がその装備の力でぐんぐんとLvをあげて返済を終えておられます」「馬鹿げた話に聞こえますが理には適っているわね」「でも……その人って小銭しかもらってなくない？」「そうか、全員が無事に帰って来るなら、武器は無くならないから投資分は減ってない！」「消耗品だって……なるほど、そっちが『茸保険』で装備も此処まで高級だと逆に壊れないし、だから怪我しない!!」「つまり損せず武器を貸し出して小銭がずっと入って来るっていう事になる……って、でもこれ売れば一生遊んで暮らせるわよね？」「「「うん、でもそれ以前に説明の口調に物凄い既視感が？」」」

ありがたすぎる制度だし、正直すごく助かる。得過ぎると怪しさを感じるけど、よくよく考えてみれば相手も損はしていないどころか利益は上げているみたいで、これはきっと噂の辺境の王オムイ様が出資し、冒険者を育てているんだろう。だから利益は僅かで良いと、滅びに向かっていた辺境を立て直し、その元凶だった王国の腐敗を一掃したという王国の生ける伝説である辺境王……「冒険者ギルド中級お助けコース」も有るらしいし？

そしてお礼を言う為に助けてくれた遥君という少年が滞在している宿も聞いて、ひとまず紹介されたギルド裏の格安宿に向かう。助けられたのも有るけれど、とんでもなく高価な薬を使って貰ったわけだし、その代金を稼がないといけない。明日から頑張って稼いで、節約して薬代だけでも返せるようにならないときちんとお礼にも行けないからね。

近代文明的な高度な論理的説明では毎回どう鑑みても俺は悪くないという結論を導き出してみたがオコだった。

103日目　昼　迷宮　地下38階層

糸玉コロコロ同好会のせいで思わぬ時間を取ってしまったが、お馬さんは玉転がしに喜んでいた。うん、楽しかったようだ？

「さて、今日中に終わらせないと、こっちの迷宮に間違って入ったっていう俺の罪のない間違いが怒られそうだから一気に行こう」（ポヨポヨ）

全く人とは誰もが間違いを犯すもので、3秒以内に入ればノーカンで罪だけ憎んで俺は無罪という俺の108の座右の銘の1つが全否定で怒られるんだよ。心狭いな？

迷宮に踏み入ると空気が変わる。その空気を鼻から吸い、口から吐く。正しい呼吸、その循環で練り上げられる錬気が自然に全身へ満ち、身体を1つの太極と為す。ついでに魔力も混ぜ込んで循環させると身体能力に補正が掛かり、魔纏とは違う純粋な体内からの身体強化状態だ。その上から魔纏で一気に魔力も魔法も能力も気功も纏い、内外を合わせ身体合一に纏めあげる……うん、もう上層で時間を掛けなくて良いし一気に行こう。

「まったく、外から纏って中で練って1つに纏めるって、『智慧』さんも超ご多忙に制御中だけど……これだと30階層台は暴走状態だな？　うん、魔石が残ってないんだよ？」

（ポヨポヨ）

　上層は早かったが弊害が発生中。これは以前に制御が暴走した時の状態と同じか、近いもの。魔物が魔石も残さずに叩いた瞬間に消滅して、大赤字な戦闘になっているけど、当てれば死ぬから早い。とくに魔石を拾わなくて良いから滅茶早い。まあ、MPの浪費も酷いけど『魔力吸収』でカバーできる範囲だ。

　上層の取り零しは気にせずに、どんどん下る。『世界樹の杖』は3メートル程度に伸ばして長棍へと変え、遮る魔物を消し飛ばしながらサクサクと進む。俊敏で激しい動きが特徴的な、身体の近くをクルクルと回す舞花棍で長短自在に打ち払い先を目指す。今は型だけで良い——まだ身体と意識の乖離は多々あるけど、この情報を基に『智慧』さんが演算して意識と身体を調整し制御している。だから、ただ感覚を摑んでいく。

　魔纏に薄く重ねるように『転移』魔法を極僅かに重ね合わせると、途端に速度が増して制御が複雑化する。自壊現象までは起こしていないけど全身に負荷が掛かり、錬成された身体の強度を錬気による内気功で強化してなんとか耐えられている均衡状態。

「まあ、その制御しきれない分が暴走状態の原因なんだけど……魔石は惜しいけど、自分の身体が壊れるくらいなら魔物さんに過大に壊れて貰おう？」

　薙ぐように回転させ、払うように回す。吹き散らすように乱舞させ、回転と動きを止めずに棍の制空権を作って進む。球形状に身体の周りを棍の暴風が吹き荒れ、ある種の絶対防御状態でそのまま突っ込めば魔物さんは巻き込まれ事故でお亡くなりになる。まあ、魔石も無くなって消え失せる？　若干の勿体なさも感じつつ50階層、この迷宮は潰しきれない内に90階層を超えてしまっている気がするから階層主も油断できない。

「その分経験値は高いはずだけど、やっぱ魔物が手強いな！」（プルプル！）

　素早い咬み付きに攻めあぐねる。厄介なのは「リフレクト・スナッピングタートル　Lv50」の反射特性な鰐亀さんだから、普段なら反射効果を無効化して確率で圧倒して攻撃するから反射系は得意なんだけど……今回は勝手が違う。制御できない乱れた状態のまま攻撃して、万が一にでも反射されると死ぬ。超絶的破壊力の紙防御力なのだから、ちょびっとの反射がちょこっと掠っただけで即死する。

　だから、余分な効果を抑えた制御された一撃に集中する。滴り落ちる水滴のように、一点に集約されて纏る一撃。水滴が石に穴を穿つように。一点に集中させて注ぎ込んで制御する。そう、できるはずだ……何故なら滴らせるのも、水浸しにするのも、穴を穿って抉って集中するのも超得意で毎晩鍛えて全身全霊で極め尽している！

　力まず緩まず在るがままに為し、囚われず揺るがず為すがままに在る。

　身体が感じるまま、思念が為すがまま、身体の中と外を流れる乱流に逆らわず、呑まれず抗わず流されずの流れを作る。

　円は転を為し、交われば螺旋に至る。自然体で在れば自然と必然に至り、至らないなら致せば良いじゃないの！　全を一つに一致させて、一と為す。禅の精神と太極の思想と男子高校生の心が一つとなる！　そう、亀が咬むな、死ね！

大亀の超硬度の甲羅に、何の抵抗も無く溶け込むように杖が吸い込まれる。効果による『反射』も許さず、強固な甲羅の護りも許さず、俺に咬み付いて噛ろうとしたのも絶対に許さず世界樹の杖が甲羅と心臓を貫き通す。

「そう、俺に咬み付こうとするものはビッチでも小狸でも鰐亀でも許さないけど、狂暴なビッチとか悪辣な子狸に比べれば硬くて反射する亀など恐るるに足らず！」（プルプル）

結果だけ見ればコロコロ同好会の蜘蛛の餌っ娘たちはギリギリで間に合ったが、瀕死に近い傷だらけの状態だった。麻痺毒で意識が朦朧として痛みをそれほど感じず、記憶が朧気で精神的後遺症は免れたようだったけど、それは結果論で運が良かっただけだった。そして助ける必要もないし、どうせおっさんだったから良いんだけど……攫った方の冒険者たちは手遅れだった。そう、俺は間に合わなかった。

慎重な制御が求められ咄嗟に動かせない身体では、いつか本当に大切な時に間に合わなくなる。だから本気で身体制御を身に付ける必要が在るんだけど、俺は大体今迄の経験かららいって死にそうにならないと本気が出ない？

「どうも俺のやる気さんって追い込まれると本気出すタイプっていうより、追い込まれるまで何もしない傾向がみられるんだよ？」（ポヨポヨ）

ならば死と隣り合わせより、もうちょっとヤバい状況間違いなしな迷宮ならばきっと解決するはずだ。だから俺は俺のやる気さんを千尋の谷に突き落とし高みの見物しようと思っていたら、よく考えたら他人事(ひとごと)ではなく我が事で我が身だったんだよ!?

「ほら、やっぱり俺ってやればできる子っていうか、追い込まれてヤバいとできる子なんだよ？　うん、これ絶対無理だなっていうくらいになると本気(マジ)なんだから、余裕があると躓(つまず)いて転んで転がり続ける俺の生き様がザマーなんだよ？」（ポルポル！）

　怒られた！　どうやら下層に行くのは反対な粘体(スライムさん)で御無体に軟体(ゴムたい)な体当たりで、お怒りぽよぽよだ？

　どうやら中世程度で止まっている、こんな異世界では俺の近代文明的な高度な論理的説明(ロジック)が理解できないらしい。

　１．死ぬくらいじゃないとＬｖも上がらないし、身体も制御できない。うん、安全策では全く進んでいない？

　２．現状で90階層級の深い迷宮なら滅茶死ねる。逆に言えば80階層級ならギリギリ何とかなるかもしれない。死んだこと無いし？

　３．ここでなら死ぬかＬｖも上がり身体も制御できるかの2択しかないという事は、ここで死ななかったら全て解決。問題解決(エニシングオーケー)？

　うん、完璧な三段論法だ。そして、ここからがなぜか通じないのだが、俺は生まれてから一度も死んだことが無い。つまり確率論上、俺は１００％死なない。うん、大丈夫そうだ？　たまに『救命』が発動してＭＰがごっそり無くなるから、ほんのちょっとだけ一瞬ちょびっと死んでるのかも知れないが、一瞬だけだから3秒ルールにも抵触していないのに分かって貰えない？

「うん、俺って死なない限り不死なんだよ？　凄くない？」（ポヨポヨ……）

きっと俺がLv25になれば甲冑委員長さんも踊りっ娘さんも、スライムさんだってLv50になれるはずだ。ただLvは10刻みに壁が在るけど、おそらく25刻みでも大きな壁がある。そのせいで俺はLv24で止まっているから、使役されている迷宮皇さん達だけが倍のLv48から上がれなくなっている。つまり、デモン・サイズ達だって上位化したからどこかで止まるかもしれないし、ビッチ達だってビッチ・クイーンとかに上位化したらLvアップが止まる危険性が有る。うん、まだらしいけど？

そしてLv100ほどではなくてもLv50を超えるのは重要な壁で、Lv50から一気に強化され効果も伸びる。甲冑委員長さん達は俺が使役して連れ出してしまって、そして頑なに使役の解除を拒む以上は安全性から言ってもLv50を超えさせて危険性を減らしてあげるのは責務だ。それは命が賭かっている重要な事なのだから命を懸けるのは当然で至って普通の事だよね？

「まあ、死にそうにはなるだろうけど、大体いつも死なないし、安全の為には危険も止むを得ないんだよ？」（ポムポム！）

まだお怒りで、今度はポムポム体当たりに変わったようだ。はっきり言って甲冑委員長さんたち3人ならば危険なんて在り得ないだろう、だってあの3人より危険なものが在ったら異世界はもう駄目だと思う。だけど踊りっ娘さんは教会に捕らえられていた……つまり何があるか分からない。分からない以上は最大限の安全を求める必要が有るし、今できる最大限の強化はＬｖ50だ。そう、現状最大限の安全の為なら、ちょっと死にそうな危険くらいは黙認されるべきだろう。うん、だって安全って大事なんだよ？

「ぐぅはああっ！　ちょ、今の体当たりは強すぎでハード突っこみが直撃だったよ！　いや、心配し過ぎだって？」（ポヨポヨ！）

　なのに、どうして安全が大事だっていう俺の説明が理解されないんだろう？

「いや、心配してくれるのは分かるんだけど、Ｌｖ25の壁を超えるのは俺の安全にもなるんだよ？　うん、俺達の居た世界では安全第一っていう名言が有って、多分安全の為なら死をも恐れるなっていう素晴らしい言葉で……って痛っ！　大丈夫だって！　そう、俺達の居た世界にはフラグっていう絶対的な真理が有って、結婚フラグを立てたから今は莫迦たちしか死なないから俺って超安全なんだよ？　マジだって？」（プルプル！）

　50階層台も棍術で圧倒出来ている。身体の制御を優先するからギリギリだけど、ちゃんと躱せているし、巧く纏めて誤魔化せている。大型の魔物さんが出て来なければ舞花棍の防御は堅く、攻防一体の棍術というか杖術で捌けて倒せている。

　だけど、そろそろ勢いでは消し飛ばせなくなり、制御された魔纏での技ならば斬るも撃つも穿つもできても、今の乱れた魔纏と身体制御では徐々に決めきれなくなり始めている……そう、魔石が残ると嬉しいけど、拾うのは面倒なんだよ？　だから手堅い手数よりも研ぎ澄まされた技術を、ただ型通りの模倣演技ではない、流れを纏め制御された技が必要だ。

　だから、準備運動は終わり。型をなぞるのではなく、思うがままに無意識で当然のように動いてくれないと……だからこそ自然体。

「ひゃはあああっ！」（ポヨポヨ！）

　うん、初心に帰ったり、自然体になるとつい叫んじゃうんだよ……なんでなんだろう？

「いや、これはなんだか調子が出るって言うか、初心忘れるべからずな基本に立ち返ったらひゃっはあで悪気はないひゃっはあなんだよ？　ひゃっはいな？」（ポムポム！）

　だから制御しようと意識せず、自然体で感じるがまま無意識下で至極当然に動く。思うがままに動くそれこそが必然（ひゃっはぁ）……うん、言っちゃうんだよ？　何でだろう？

　世界樹（ユグドラシル）の杖を片手で握り、だらだらと弛緩（しかん）しぶらぶらと歩む自然体。うん、なんかだらしない奴（やつ）みたいだ！　そして跳びかかる蛙（かえる）さんに合わせて足を一歩踏みだし、なんとなく流れで斬り裂きながら通り過ぎる。気分で次の蛙も斬り、勢いで隣の蛙も殺（や）る。別にカッとなって殺ってはいないし、反省も後悔もしていない。ただ思うがまま気が向くがまま斬り回る。うん自然体だ、この境地に至ればひゃっはあなのも仕方あるまい。

　舞い荒れる蛙たちの雨を斬撃で吹き散らし、舞い狂う乱斬りで闊歩（かっぽ）するぶらり辻斬り（つじぎり）なお散歩だ。相変わらず身体は急激な反応を示し、思いがけない速度で動き出す。だけど慣れて来たから、こんなものだと合わせ、都度都度に調整してつらつらと斬り回る。

身体と反応を抑え付けるのではなく、好きにさせて慣れる。それが普通で当たり前になるまで、ならないならならないで合わせて誤魔化し慣れて行く。

「しかし両生類さんなんだから沼とか池に居れば良いのに、何で床の上に居るのかな？」

この59階層の「パンツアー・フロッグ　Lv59」は突然跳ねる。予兆も予備動作も予約（アポイントメント）も無しに跳び込んでくる。これが足場の悪い沼で、潜み隠れて突然一斉に襲い掛かれば強いんだろう？　沼っぽい暗灰色の保護色なのだし、隠れて装甲化された蛙さんが弾丸のように飛んで来れば避（よ）けきれないし、沼地に足をとられれば躱す事もできないんだろう……なのに床の上から跳んでくる？　だから斬り落とす？

「どうも迷宮って向いてない魔物さんが多いよね？　まあ、だからこそ氾濫（スタンピード）が怖いんだけど、逆に言えば迷宮の中でなら倒し易（やす）いんだよ……だって床がツルツル過ぎて、ちょいちょい足滑らせて跳躍に失敗してるよね!?」（（ゲ、ゲコゲコ!?））

感じは摑めて来たし、躓（つまず）いても転んでいないからセーフ。蛙と衝突（ぶつ）かったのも僅かだったし、それもちゃんと肩盾で受けた。衝突の瞬間に震脚からの肩撃でふっとばしたんだから攻撃とみなせば無問題（セーフ）。これで60階層の階層主さんに通じるだろうか……まあ、通じなかったら押し通ろう。うん、押して駄目ならまかり通ろう？

ラブコメ展開を邪魔して破壊して妨害する為ならば本気を出す。

103日目　昼過ぎ　迷宮　地下96階層

60階層も事も無く、70階層すら難も無く、80階層からやや被弾は有ったものの直撃も無く、HPも半分以下になる事も無いまま満身創痍に90階層へと至った。ちょっと痛かった？

制御できてはいないけど、太極拳の型が姿勢制御の狂いを調整して助けてくれる。そして体捌きで制御の乱れを誤魔化して、技に繋げられるようになってきた。徐々に徐々に身体が思うがままに動かせている。まだ乱れに乱れているけど、その乱れが予測できるようになり、その乱れ自体に合わせるのに慣れ始めている。

80階層の階層主戦こそ制御の乱れから体勢を崩したが、それでも終始有利に進められた。この迷宮は深いし強いけど相性は良い。隠し部屋の装備品も多く、お財布にも優しい良い迷宮だ。そうして深層域では苦戦しつつも、慣れてきた身体制御で戦い抜けた。

完全には至らなくても、もう日常生活レベルの動きは問題ないだろう。激しく動いても乱れる程度で、制御不能には陥っていない。そう、気を良くして最終層の96階層で迷宮王戦。

ただ、思いの外早く済んだと思っていたら、最後の最後で終わらない戦いに突入だった。

ただ、時間が無いのに時間ばかりが過ぎて行く。思考加速で鈍く流れる時間が身体に纏いつく。それを振り払うように七支刀を振るい、剣戟を薙いで豪剣を斬り落とす。

「まったく早く帰らないと莫迦達がいちゃついてるかも知れないっていうのに、ガタガタガタガタと煩い骨惜しみなく良く邪魔する骨だな？って言うか骸骨だから夫婦喧嘩は犬も食わないらしいけど、骨なら咥えそうなんだけど……通りすがりのワンちゃんかコボでもいればご自由にお齧りくださいって紙でも張ってやるのに全く使えないコボどもだよ。うん、でも莫迦なら投げたら咥えそうだな！」

　黒い斬撃が掠めると身体が重くなり力を奪われる。そして神剣ですら決めきれず、暗黒の靄へ威力が吸い込まれていく。そう、また闇を纏ってやがる。暗黒のように黒く禍々しい闇を纏った骸骨っていうのが、甲冑委員長さんの初登場時を思わせるけど弱い。凄まじく強くて、上手くて速くて知性すら感じさせるのに全然弱い。こいつは囚われている、だから闇の力を得てもこの程度だ。甲冑委員長さんは抗っていた、闇の力を押し止めても、もっと強く、もっと速く、もっともっと偉大だった。

　だから、この程度に負けてやらない。抗いきれずに闇に呑まれた弱者程度に負けたら、甲冑委員長さんの使役者として名折れも良い所だ。

　卓越した技量と研鑽された剣技は称賛に値するほど見事で、強く流麗……地の底で闇に囚われなければ名のある剣士だったのかも知れない、だけど闇に呑まれ心を無くしてしまった剣士の名なんて知らなくて良い。ただ闇を払い、屠り、静かに終わらせよう。

（ポヨポヨ！）「駄目だよ！　絶対にその闇に触れたら駄目、バッチいから触るのも食べるのも駄目だって。あとでお菓子あげるから待っててね？　うん、すぐに終わらせるよ……って、正統な剣技から吹き矢っていうのがあくどい！　それ邪道で全然正統じゃないじゃん!?　まったく骨格から言ってもおっさんだし骨折り損のくたびれ損の魔石で大儲(おおもう)け？　よし、頑張ろう。スカル・ロードかなんか知らないけど、魔石を売り飛ばして俺のお大尽様ロードの礎に変えてやる！　でも、何故(なぜ)だかお大尽様ロードはいつも行きどまって、直通の見通しが困難な見解なんだよ？　何でだろう？」（プルプル……）

　暗黒の剣先を翻す途切れる事の無い連撃の軌道。息をする間もない連続技だが、骸骨だから息しなくても良いんだろう。汚い！　魔物汚い！　流石(さすが)は魔物だ。

　剣尖(けんせん)は舞うように方向を変え、絶え間なく軌道を変えて躍り掛かる、その——合間合間に吹き矢って!!

「空気読まないのはともかく、息してないんなら吹き矢吹くなよ！」

　無限に軌道を変えて突き込まれる変幻自在の剣……の、影から見えづらく一切の予備動作も無い、一瞬で至近距離から発射される吹き矢。そして斬っても斬っても斬り払えない膨大な闇の深さ。深淵(しんえん)のような虚無の眼窩(がんか)には、もう意思も無くただ闇だけが在る。

「うん、やってて良かった太極拳？」

　防御も堅く、瞬間の一撃を以(もっ)て迎撃し、守りが同時に攻撃に転ずる太極拳の無限の攻守。きっと、あの剣技だって連綿と受け継がれて、ずっと研鑽され続けて極められた対人の剣技なんだろう……だけど太極拳の歴史を前にすれば、そんなの最近のどうでも良い流行のようなものだ。その一手一手に数千年の歴史を刻み、研鑽され研ぎ澄まされ昇華されてきた技法の前にはただの小手先の技。そう、どっちかって言うと吹き矢がうざい！

　撃ち合い、斬り合い、払い合う。攻撃は掻き消されても、掠める度に闇が消えて逝く。闇の剣は躱しても受けても傷を受ける。その傷が力を奪い、気力を削り、魔力を蝕んでいく。再生が効きにくいから、闇の穢れにこっちも消耗する。

「っていうのが問題だったんだけど……傷は治りは遅いけど、魔力も気力も内気功の循環と錬成で呼吸と共に練り上げられ蓄積されて行くし、体力だって毎晩めっちゃ頑張ってるんだよ！　うん、あれは再生を司り象徴する神獣ヒュドラの力で、今なら鶏さんも付いているのに毎晩接戦な絶戦な凄い聖戦なんだよ！」（ポヨポヨ!!）

　まあ、闇が危ないから魔力体の触手さんは出せないし、魔手さんも使えない。だから物理で殴るしかないんだけど、結構得意なんだよ？

　正中線に至る剣閃だけを払い、斬り落とす。左右を削ぐ剣先は躱し、肩盾で流す。それでも傷は増え血が流れだす……再生の効きが悪いから失血にこそ注意が必要なのに、血流を止める訳にもいかないし、できたらそれはまた人族としての危機だ。そう、人族であるためにも、男子高校生としても熱く流れる血潮はアピっておかないと不味いだろう！

　あっちも速いがこっちも速い。ＳｐＥは倍以上負けているけど、速度の遅れは『転移』による瞬間移動で加速して追い付いて追い越せる。そして純粋な肉体速度で負けたって『身体錬成』で超高速化された神経による超反応がある。それを思考加速で引き延ばされた時の中の、時間遅滞状態(スローモーション)でなら……絶望的なステータスの差を覆して、追い付き追い抜いて無理矢理斬り裂ける！

　技量は負けているが狡(ズル)なら勝っている。あの変幻自在に剣を翻し、剣先を舞わせるあの剣は回避が難しいけど……あれは大回り。だから最短距離を最速で穿(うが)つ虚実なら後出しでも斬れる。

　だが全力状況の虚実は、その刹那の鋭さと引き換えに錬成と気功で強化された身体すら尽(ことごと)く自壊させていく。何より、その一瞬の制御の乱れを逃がさずに切り込まれ、斬られ続けて治し続けて限界状況(シリアス)な戦いになる……そう、茸(きのこ)を咥えて食べながら戦うシュールな状況になっちゃうんだよ？　勿論(もちろん)、事前にちゃんと炙(あぶ)ってお醤油(しょうゆ)を垂らしてあるから準備は万端だ！

　スローモーションの世界の中で弾(はじ)き合う剣と剣。

　魔力の火花が舞い散り視界を満たす。

　まるで決まった手順をなぞるように、最速で正確に剣を払い、薙ぎ、弾き、繰り返す。

　足を止める事なく、互いに体(たい)を入れ替え、有利な位置と有利な時期を奪い合う

　牽制(けんせい)し互いの有利を潰し合い、僅かな不利を狙い手数を重ねる。手の内を読み合い、手段を択(えら)ばず手の内の限りを尽くし合う。うん、吹き矢がズルい！　地味にあれで劣勢に追い込まれるんだよ!!

　消耗戦は望む所だが、ちょっとじり貧。身体制御の乱れで身体が振(ぶ)れる。それが僅かな

振れでも軸や重心がずれ、動きが遅れて剣線が乱れていく。

自壊覚悟で『木偶の坊』の外部操作も併用し、壊れながらも身体を操りズレを強制的に補正しているんだけど……僅かな乱れすら許されない状況下で、高速の移動と連撃を繰り広げる持久戦だと乱れが拡がり修正が追いつかない。その隙を突かれ、ダメージが蓄積されて行く。

舞い翻り軌道を変える剣先を見切る。読み切り、未来を視て、七支刀を薙ぎ舞わせて翻して弾く。心眼である『羅神眼』には『神眼』『未来視』『魔眼』『慧眼』『瞳術』の他に、技を読み取り無効化し盗みとる『写技』がある。極めるのは無理でも真似て意表を突き崩すくらいはできるから、この間に身体の修復だ。

異世界の遠い過去に地の底に落ちた骸骨ならば知らないだろ？　誘い驚かせ視線と思考を誘導し騙し勘違いさせる為に研究され極められた、感覚と視覚を操作する総合技術。急に自分と同じ技が返され読まれているように対応されて疑ってしまった。さっきから窺うように慎重な手が増え、無意味なフェイントが多用されて余計にあしらい易く読み易くなっている。疑心暗鬼に陥り居もしない鬼の影を追い疑いに心が乱される。魔物って正直者が多いよなー？　うん、ただの奇術なんだよ？

己が剣を信じ、磨き抜いて来た——その至高の剣技は無様なまでに乱れて崩れ去った。疑う心が剣を曇らせ、信じられなくなり、研鑽された剣技を自分で崩してしまった。分かり易く言うと騙されて、信じてはならない心の中の疑いを信じてしまったんだよ……うん、闇は軀の技を信じきれなかったんだよ。

こっちは再生が追い付き始めて、向こうは闇が徐々に消滅ていく。血が足りないのはどうしよう？　まあ、茸を囓りながら栄養補給して、濃縮ポーションも用意してあるんだけど試験管を咥えながらの戦闘は危なそうだな？　うん、試験官は囓っても危険そうだし、ビッチと子狸にも言い聞かせておこう。

「って言うか鶏さんも骨粗鬆症とかそういう呪いとか無いの？　骸骨相手なら滅茶効きそうなんだよ？　だって死んでるくせに健康そうな骨太で中々に骨のある魔物さんで骨しか無いんだよ？」（コケコケー!?）

無いらしい。ただ骸骨さんと剣って言うか杖は相性が悪い。肉を斬る為の武器なのに肉がないし、突くと擦り抜ける時があって危険だった。そんなお悩みにも便利な『七支刀』へ変化させて突き払う。突起が多くて便利だし、各突起に属性が個別に付与できたりする。うん、最近気づいたんだよ？

そしてまあ、よくよく思考を重ね論理的に考察しつつ真摯に観察すれば……左側の2番目の突起が結構効いてる気がする。そう、聖魔法が使えるのを忘れてたよ！　うん、効くよね絶対？　考えてみれば定番中の定番だったのに、相手と殺し合いしながら回復とか普通思いつかないもんなんだよ……寧ろ自分の回復で大忙しだし？

「やっぱ、お約束って大事なんだな？」（プルプル）

七支刀を全て聖魔法に切り替え、魔纏も聖魔法成分多めの聖だく大盛り『浄化』効果乗

せで挑む。向こうの剣が乱れて技が荒くなっているし、ここで決めておきたいところだけど気負うとこっちもまだ制御が乱れる。でも、この流れを切りたくない……相手が疑心暗鬼で挙動不審な悩める骸骨の間こそが好機。

翻り舞うように変化する剣筋に、更に太極拳の四十二式太極剣を交ぜて攪乱して剣の変化を惑わせる。刀は猛虎の如しと言われる鋭く速い、小さく体の流れに剣を合わせる体術寄りの剣技。お遊び程度にしか使えないけど、その変化について行けずに骸骨の剣筋が迷走していく。

「だって、もう死んでいるんだよ？」

どれだけ生前に卓越した技量と経験を持っていても、今は闇に喰われ、もう心は死んでいる。だから未知の新たな剣には対応できないし、変化もできない。だって成長は生者のみの特権なんだから……心を失わなかったから、甲冑委員長さん達は今も元気に気功法まで覚えて使役者をボコっているけど、お前はもう無理なんだよ。うん、だからもう自由になって眠っとけって。うん、闇はもう……消えたから。

「おやすみ、お疲れ骸骨？　まあ、お疲れ」

闇の力が霧散した、そして骸骨の最後の一刀は愚直な斬り下ろしだった。

ただ美しく整った剣筋の烈火の剣。きっとこれが本物だった。最強の一撃だった。だが、もう骸骨に偽りの生命も無く、闇の力も闇の魔力も無い。ただ生前に極められた美しく儚い最後の一刀。それを斬り落とし骸骨に終わりを告げる。うん、もう良いんだよ？

「うん、襤褸襤褸なんだけど、あの最期のは受けてあげようよ？　いやまあ、受けられないのは分かってたんだけど、もう力なんて残ってなかったんだよ……あれが生涯の最期に見せてくれた生きて来た証で、あのまま崩れて朽ち果てたら何一つ残らないんだよ？　うん、斬られたけど、ちゃんと視たよ。痛いな？」（ポヨポヨ！）

特に最後の一刀は骨も朽ち、崩れ砕けながら力も無いただの一振りだった。ただ華麗な斬線だけを残してて朽ちて果てて消え去った。だから受けた。

あの襤褸襤褸だった骸骨の最期の力無い一刀は斬り落とし。ただ、美しい斬線を残して逝って……まあ、斬られた？

「うん、だってあれって、もう俺を殺す力なんて残っていなかったんだよ」（ポヨポヨ）

闇が消えると、骨は風化し崩れ始めていた。もう、剣を振るう事すら出来なかったはずだ。なのに闇から解放された髑髏は、あの一刀を放った。放ってみせた。きっと何か意味が有ったのだろう、きっとあれは見せてくれたんだろう。うん、多分あの骸骨さんの想像を絶するほど……俺が脆かっただけなんだよ？

「さあ、急いで帰って莫迦たちのラブコメ展開を邪魔して破壊して妨害しないと！　急がないといちゃついて『らぶらぶ♥』とか言ってるかも知れないんだよ!!　よし、斬ろう！　そして焼こう!!　ああー、マジむかつく。想像しただけで殺意が湧き起こり中なんだけど……身体が修復してからじゃないと見付かったら怒られる気がする!?」（ポムポム）

怒っているけど、ちゃんとスライムさんはＬｖ50になっている。ならば俺のＬｖもきっと25になっている。うん、甲冑委員長さんも踊りっ娘さんもLv50の壁を超えたはずだ。ほら、やっぱり安全は大事なんだよ？　まあ……ちょっと死にそうだけど？

脳を支配しようとしても筋肉で脳が関係ない脊椎反射生物なら安心だ。

103日目　夕方　宿屋　白い変人

お説教。私達は異世界にやって来てから、一体どれだけのお説教をして来たんだろう。そして、これからも一体どれだけのお説教を繰り返すんだろう。それはきっと無限に近く、それはきっと全部無駄なんだろう……だって、全く反省していないの！

（ポヨポヨ、ポヨポヨポヨポヨ、ポヨポヨポヨポヨ！）

スライムさんが怒ってる。遥君は中層までの浅い迷宮に訓練に行くと言いながら、深層の迷宮に行って96階層の迷宮王と戦い、また死にかけていたそうだ。

そう、お説教なんていくらしたって何も聞いてないの！

「いや、違うんだって？　なんか間違って深い迷宮に行ったら蜘蛛の餌さんが居たから街まで転がしてギルドに渡して、改めて間違って潜ってみたんだけど間違いは誰にでもあるんだし罪のない間違いを責めたら可哀想なんだよ？　うん、間違いさんが？　だって間違い探しで間違いを見つけて間違ってるって怒るなんて間違いさんが可哀想で、思わず自分探しの旅に出ちゃいそうなのに自分が間違いな間違い探しで、だから間違いさんよりマッチョガイさんでも怒ってた方が良いんだよ？　うん、何かおっさんが胸の筋肉ピクピクさせてたらボコりたくなるんだよ？　だから怒るなら間違いよりもマッチョガイさんで、古くから『マッチョガイを憎んで間違いを憎まず、マッチョお姉さんと仲良くしてる莫迦達をもっと憎もう、羨ま妬ましいな！』っていう格言も有りがちであながち間違いではないと思うんだよ？　うん、俺は悪くなくて間違いが悪いんだけど、マッチョガイのせいで妬ましいから莫迦達の所為に違いないんだよ？　無罪だな？」「「「有罪に決まってるでしょ！」」」「何で何度も何度も間違いなく間違えに行くのよ!!」「「「どうしてスライムさんがこんなに怒るまで戦い続けちゃうの！　あと、マッチョガイさん何にも悪い事してないじゃないのよ!!」」」（プルプル！）

遥君の服は破れない。身体は大怪我をしても回復茸で治してしまうし、怪我した端から『再生』する。だから昔は騙されていた……だけど治っているだけで、全然大丈夫なんかじゃないかった。人が壊れても壊れても修理したから大丈夫なんて、そんな訳が無い。なのに壊れても壊れても何度でも何度でも立ち上がり戦う、相手が壊れ尽くすまでずっとずっと壊れながら戦い続ける。そんなの全然大丈夫なんて言わないの!!

「治癒をかけるね～、でもね～許さないよ～」「わ、私も！」「回復なら出来ます。でも……こんなのって」

何でもないような顔で、ぼーっとしている。これが普段なら忙しいとか疲れたって騒ぎ、痛かったって喚いてぼやいている。だけど大丈夫だったって、全然問題なかったって文句を言わない時は……全然大丈夫じゃないの。また地の底で壊れ続けて、壊され続け身体をずたずたにされて戦い、ぐちゃぐちゃにされながら戦い続けた。そして迷宮の王が先に壊れ果ててただけだったの。

「ちょっと、あんた何したのよ！　全然……全然効かないじゃないの、どんだけ壊れてんのよ!!」「どうして回復が……効きが悪いの？　これって……」

前より悪い。だからスライムさんがこんなにも怒っている。深層とはいえ迷宮王相手にやられ過ぎている、自壊ではなく攻撃を受けて身体を壊されていた。今迄なら掠っただけで死ぬと言っていたのに、今は避けられず躱せない身体で、身体を壊されながら戦った。おそらく自壊もしているし、それはHPが0にならなかったというだけで、壊され壊れる度に再生して壊れ続けながら殺し合っていただけだった。

「闇だった、のですか？　傷が、瘴れて……います。だから……独りで」「えっと、なんか闇って言うか、暗いって言うか靄ってた？　だから、あんまり近づいちゃ駄目なんだよ？　いや、すぐ治るし？　いや何か訓練にちょうどいい感じだったからつい？　まあ、ちゃんと倒したし？」

一方的に狩るのでも、耐えられずに壊れたのでもない。迷宮の王と弱いまま殺し合いをしなければならないほど弱体化していた。生命線だった技術と身体制御を失った遥君は、脆く壊れやすく……ただ死に難いだけだった。壊れても壊れても死なないからずっと壊され続け、壊れ壊し続けて迷宮王が先に壊れただけだった。

「闇　迷宮王　強かった、ですか？　こんなに、なるまで……Lv100？」「なんか強いって言うか、ウザいって言うか面倒だった？っていう『スカル・ロード Lv100』で剣持った正統派だと思ったら吹き矢を吹いて来たんだよ！　まあ、上手くて速くて技術も有ったけど、もう闇った陰キャだったんだよ？　でも賢そうだったから莫迦たちと交換したかったんだけど、スカル・ロードさんも莫迦とのトレードはプライドが許さなかったのか、返事を返さずに吹き矢を吹いて来るからボコってみた？　まあ、闇は消せたし？　うん、ちゃんと死んだんだよ？　強かったな」

茫洋と何事も無くのんびりと欠伸をして見せている。でもね——もうみんなの『気配探知』だってＭａＸなの。その遥君の気配で、乱れて狂った魔力が襤褸襤褸の身体を無理矢理再生しているのが分かっちゃうの。

ずっとずっと騙されてたけど、いつもいつも誤魔化されてたけど、それがどれほど酷い惨状で、どれだけ惨たらしい目に遭い壊されて来たか……分かっちゃうの。だからみんな怒って、だからみんな泣いてるの。遥君はどんなに痛くても辛くても泣かないから、みんなが泣いているの！

「「「お前、そんな凄いの居たなら呼べよ、交ぜろよ、残しとけよ！」」」「ああ、遥がそんなになるんなら勝てねえけど、やってみたかったよな」「「「お莫迦は黙ってて！」」」「「「酷えっ!?」」」「そっか、莫迦達なら闇に囚われる心配が無かったんだよ!?　だって莫迦だから支配される脳が筋肉なんだよ。うん、その手が有ったか……こいつ等なら闇に取り憑かれても莫迦だから気付かないし、支配しても脊椎反射で勝手に動く脳筋生物だから全く問題ないんだったよ。寧ろ、闇が嫌がりそうだな？　うん、莫迦が感染りそうで闇が逃げそうなのが問題だった!?」」「「「お前は俺等を何だと思ってやがんだよ!!」」」

　何でもないように軽口を叩き合う男子。分かっていても何も言わないし、何も言わせない。ただ分かり合ったように、普段と変わらずじゃれ合って……痛い顔や苦しい顔を見せない男の子。笑って誤魔化し、笑い合って終わる軽口の応酬。

　だけど分かり合えている。それがちょっぴり羨ましくて、それがやっぱり切ない。それは男子が女子には絶対に見せてくれない顔だから。

　在り得ないくらいにやられて、持ち堪えられた原因はヒュドラさんなんだろう。あれは『再生』を司る蛇だから、そのスキルで無理矢理に再生し続けて死ななかった。

だから、こんな死ぬよりも痛くて苦しい残酷な目に遭い続けて、壊されても壊されても再生し続け延々と壊され続けて襤褸襤褸になったけど……無事でいてくれた。そして遥君はスライムさんを撫でながらお風呂に行った……きっと後でお菓子もあげるんだろう。うん、御機嫌を取る気満々だね！

「怒らなくって良いの？」「でも休ませてあげないと」「どうせ怒っても聞かないし？」

「それでも……Ｌｖを上げたんだね」「うん、アンジェリカさん達が急にＬｖ50になってたって」「その為にあんなになるまで……」「「「（モグモグモグモグ）美味ぇぇー！」」」

「「「黙って食べてて！」」」「「「お、おう……」」」「大体、男子はなんで止めないの！」「無駄だ、聞かねえよ」「そうそう、それに遥なら大丈夫だって」「だな、女子が心配し過ぎなんだよ」「ですが、あれが人が正気で耐えられる状態ですか!!」「遥が一度だって耐えられないって言ったか？」「だって……何で1人で全部を……」「「「はあ？　俺たちが弱いからだよ」」」「そんなのは分かってるわよ——だからって、だからってなんで！」「言っても無駄決めてる　だから、付いて行く。だから、ずっとずっと」「きっと……自分は、どうでも良い、です。気にも、していません。だから、言っても分かってない、です」「でも、冒険者の救助もしたみたいですし」「「「4人とも女性って……」」」「でも、名前を覚えてないんじゃなくて聞いてないから無罪って言ってたね？」「うん、助けられた人も困ってるだろうね～？」「しかも、呼び名が蜘蛛の餌っ娘って……」「「酷すぎるよ（泣）」」

　もう遥君はたった1Lvを上げるのに、命を懸けなければならない状態だった。きっともう限界は近い。きっと、それはもうすぐ。

　それが強くなれないだけなら良い。また戦えない身体になるのかも知れないけど、それでも良いの。だって、もう制御不能になるか自壊するかの違いだけで、とっくに遥君の身体は限界なんて通り越しているんだから。

　だから遥君が壊れ果ててしまう前に、取り返しがつかなくなる前に追い付かないと……だから悔しい。みんな魘されて夜中に飛び起きる。それは血だらけで動かなくなって冷たくなっていく遥君、それは硝子細工みたいに粉々に壊れて砕け散って行く遥君。それは私たちを守って串刺しにされて斬り裂かれていく遥君の夢。夜中に涙を流しながら震えて飛び起き、頭を振る。それは夢だ、ただの悪夢だって。

だけど今が夢の中みたいだから、現実が分からなくなってしまう……だって血塗れで死んでいて当然だった。砕け散るように消えてしまっても当たり前だった。何度も何度も死なない方がおかしいくらいの事しかしていない。それでも生きて帰って来てくれる今の方がよっぽど夢のようだから、毎日がそんな幸せな夢の中みたいだから……怖いの。

「強くなれば良いし、強くなるしかないの！　私たちが遥君と並べるくらい強くなれなかったら、私達には遥君を心配する資格すら無いんだからね!!」「うん、遥君に言うこと聞かせたかったら、遥君に勝てないと意味なんて無いんだもんね！」

だって私たちはまだ96階層の迷宮王を倒せない。だから、みんなで早くご飯食べちゃって、そして訓練してちょっとだけだって強くなる！

「でもでも襤褸襤褸の遥君が用意した鳥さんと茸の炊き込みご飯だから、残しちゃ駄目だし、全部食べないと女子の恥だからね！」「「うん、いただきます！」」

普通なら集団訓練にはあんまり参加しない柿崎君達も、今日はアンジェリカさん達に扱かれる気みたい。みんな自分の弱さが悔しくて当たり散らしていたけど……本気で自分自身に怒り狂い、身を焼き尽くさんばかりに鬼気を纏っているのは柿崎君達だった。

さっきまで遥君と巫山戯合っていた顔からは笑みが消え去り、その瞳には冷たい怒りしかない。早速アンジェリカさんが5人をご指名で、私達はネフェルティリさんに扱かれよう。うん、どっちも地獄だから問題はないの。

「ぐはっ！」「ちょ、がはっ!!」「しまった……迷宮皇さん達もご機嫌斜めだ!?」「「「ああ……しかもLvアップしてたんだったな!?」」」

打ち込み、斬り込み、薙ぎ払う。もっと速く、もっと強く、ひたすらに全員で打ち込みボコられて目が×で積み上げられる。柿崎君達はたった5人で頑張っていたけど私達より先に積まれていた。だけど、今日1日でLv110まで上げて来ていたし、やっぱり強い。だけど負けられない、この悔しさだけは絶対に負けちゃいけないの。

「お目目×の人達は、さっさと汗流して着替えないと領館に行く時間なんだよ？　うん、俺は料理の依頼が入ってるから遅いと置いて行くんだけど、莫迦たちはそのままで良いか？　うん、『らぶり～♥』とか見せ付けられたらムカつくし、もう莫迦焼定食でお持て成しだよ！　なんか『超らぶらぶ♥』とか言っていちゃつきそうだし、先に焼いちゃおうか？　二度手間だし？」「「焼くな、言わねーよ！」」「言った事もねーよ！　お前は俺らをどんなキャラだと思ってんだよ!?」

そう、第一師団さん達をお出迎えの時間。その為に今日は早めに迷宮で切り上げて来たのに、頭を冷やすのに時間が掛かっちゃったじゃないの！　そして原因な張本人さんはお風呂上がりのさっぱりとした顔で、呑気に何事も無いように悠然と泰然と我関せずと茫洋にのんびりだった。うん、お説教は全く無意味だったんだね！

「「「急いでお風呂済ませてお着替えだ！」」」「きゃあー、パーティードレスいるのかな？」

「いらないから、夜会服で良いから早く!!」「乙女の身嗜みに突撃!」「「了解!」」

女子は乙女の身嗜みで大忙しだけど、柿崎君達は余裕を見せながらもそわそわしてるから……遥君から妬みの火炎弾攻撃を受けている。うん、演習場の厚い岩盤の地面が熔けているから、あれは掠っただけで骨まで焼き尽くされそうな豪炎だね。遥君の本気の僻み攻撃で早くお出かけしないと宿屋さんが炎上の危機だね？　うん、急ごう!

もにゅもにゅだらけで誰が誰だかわからないが頭を齧ってる歯形だけは齧られ覚えがある。

103日目　夜　領館

見つめ合う恋人達。その視線は結び付いたまま、ゆっくりと歩み寄り。指先が届くか届かないかまで近付き、互いに手を伸ばし……一瞬で反転して、素早く盾を構えやがった！ちっ、鋭いな!!

「いや、盾が邪魔だから除けてくれないと焼けないんだよ？　うん、彼女いない歴＝年齢な男子高校生さんの極炎魔法が身を焦がすんだから盾を退けてくれないと焦がせないんだよ……お前らの身を？　こんがりと？　邪魔いな？」「「焼くな！　焦がすな！」」「ジェラシーと極炎魔法は違うもんだよな!?」「それはただの魔法攻撃だよ!!」

赤からオレンジへと変わり、やがて青く輝き色は消えて白光に近づく……炎の弾丸。

うん、ちゃんと5発(人分)用意してあるのに、あの盾に穴が空くと俺が直さなきゃいけないんだから構えられると焼けないいじゃん？　そう思っていたら羽交い締めにされて、むにゅむにゅの柔山な双子連山に押し潰される!?

「ちょ、そこに山があるからって、登ると事案な山があっ、ぐわあああっ！」「「「お邪魔しました、続きをどうぞ！」」」「ほらほら、ぶちゅうっと？」「うん、遠慮なく『会いたかったよマイハニー♥』を」「しねえよ！　お前等(ら)は一体俺たちを何だと思ってるんだ！」「「「えっ！　莫迦(ばか)っぷる？」」」「「「お前ら絶対に遥(はるか)の影響受け過ぎだから……かなり遥に似て来てるぞ。言う事も考え方も」」」「「「……………嘘(うそ)だ！　在り得ない！」」」「うん、ちゃんと『人族』だもん！」「もう、吃驚(びっくり)させないでよ!!」「そうだよ、乙女の風評被害だ！」「女子への悪評の流布は禁止されてるんだからね」「あれ、ベッドシーンはまだなの？」「ちゃんと優しくしないと駄目だよ？」「そして徐々に激しく？」「「「きゃあああっ♪」」」「「「おい!!」」」

　いや、退(ど)いてくれないと焼けないんだよ？　うん、燃え上がるような熱烈な炎上(バッド)シーンも準備は万端だから、先(ま)ず頭を齧(かじ)ってる子狸(こだぬき)さんを退けてくれないかなー？　うん、無数のもにゅもにゅだらけで誰が誰だかわからないけど、頭を齧ってる歯形だけは齧られ覚えがあるんだよ！

「「「お前ら、実は中身おっさんだろ！」」」「ぶちゅーってなんだよぶちゅーって!?」「「「あれ、今許し難い言葉が聞こえた気が？」」」「「「うん、遥君焼いちゃって良いよ？　こんがりと芯(ホネ)まで」」」「「「すみませんでしたー！」」」「さーせん、勘弁してください！」「って言うかさっきの白い炎ヤバいって！」「あれ、死ぬ死なないのレベルじゃないヤバさだったよな!?」

　赤は600度で、橙色(オレンジ)で800度。今まで見た異世界の火魔法や火炎魔法はここまでだった。これは炎の色温度を赤や橙(だいだい)しか知らないからイメージできないせいだろう。1，000度以上の黄色い炎なんて鍛冶師さんとかの職人さんしか知らないだろうし、1，300度の白色から1，500度を超える眩(まばゆ)い白熱色に至っては未知のようだ。

　これは練炭や木炭で1，000度がせいぜいなのだから仕方が無いけど、現代人が使うガスコンロなら1，700度はあり、マッチや花火なら瞬間2，500度まである――うん、火魔法こそが無意識下の現代知識チートで、普通に持っている知識(イメージ)が既に異世界の常識外(チート)なんだよ。うん、灼(や)きたいな？

「やあ、遥君。急に仕事を頼んですまないね。なにせ急遽(きゅうきょ)1，000人単位で美味(おい)しい物ともなると、辺境中の料理人を集める訳にもいかなくてね。だが、この辺境の為(ため)に軍が集まってくれたのだから、せめて歓迎会くらいは辺境の領主として持て成しをしたくて無理を言ってすまないねって聞いてるかい？　そもそも呼んだのに、何でさっきから埋まっているのかな？　おお、これは委員長殿。来て頂いて早々にアレなのだけれど、下でモガモガ言っている遥君の通訳を頼めるかい。あと、何でうちの娘や王女様まで一緒になって埋めてるんだい？　流石に重……いえ、何でも在りません！　御越し頂いて、大したお持て成しもできませんがどうぞどうぞ!!」

　辺境王とか軍神とか異名が付いていた割りに弱かった！　だが、さすがは妻帯者だ「重」だけで止め切った！　うん、あと一文字で命は無かったな。怖いんだよ？　でもマジ重い……ぐわあああああっ！

「ああー、指輪！　指輪を嵌めてあげちゃってる!!」「「「きゃあああっ、婚約おめでとう！」」」「「「ありがとうございます♪」」」「「「うぇ？　婚約って何!?」」」「……その指輪って婚約指輪だからね、ペアでしょ？」「「「まじで？」」」「「「うん、左手の薬指で決定。ぴったしだね」」」「「「ちょ、遥。お前、護身用って！」」」（モガモガモガバカ？）「だって『永遠の愛』って古語で彫刻されてるし！」「「「きゃあああああっ！」」」「「「それ、今初めて聞いたよ！」」」（パンパーカパー、パンパカパー♪）「「「蛇がトランペット演奏してますよ!?」」」「うん、気にしないでね？　あと、あの蛇さんは鑑定しない方が良いからね、心臓に悪いから」「あーっ、甲冑にまで『君をずっと護りたい』って古語で刻印してある。飾り文字で」「わぁ、こっちは『ともに生きよう』って」「こっちなんか『大切なあなたへ』だよ！」「よく見たら甲冑や盾の文様も筆記体の英文になってるよ、えっと『I like to keep my life over you.（お前を一生かけて守っていきたい）』だって！」「キャアアアッ、素敵！」「本当だ～、凝ってるね～？　こっちは～、フランス語で『La vie en rose avec toi.（あなたとのバラ色の人生～）』だって～」「く～っ、この女殺し！」「「「フランス語読めねえし書けねえよ！　今、初めて知ったよ!!」」「この盾の『Je marche la vie ensemble.（人生を共に歩もう）』も素敵だよね」「あーん、英文でシンプル直球の『Love you now and forever.（今もこれからもあなたを愛しつづけます）』も！」「わあ、バルバレラさん達、顔が真っ赤。可愛い」「だって『Tous les deux.（いつも二人で）』なんて言われたら」「いやいや、『Pour Amour. Pour Amour.（愛を込めて、愛のために）』も良いよね」「やっぱり！　剣の鞘にも『I'm happy when you're happy.（あなたが幸せだと私も幸せです）』だって！」「でも指輪に短く『My only love.（私の唯一愛する人）』って素敵で最強だよね」「「「遥、お前なんちゅう恥ずかしい事を！」」」「最強はやっぱりこの『Je t'aimerai toute ma vie.（永遠の愛を貴方に）』だよ」「「「ひゅーひゅー♪」」」「俺たち、何で遥の善意なんて信じちゃったんだろうな!?」「「「ああ……疲れてたんだよ」」」「「「お幸せに――――！」」」「「「ありがとうございます♥」」」「もう手遅れだがな……完全に」

　黙々と料理を作って並べ回り、大量生産の怒濤のお御馳走の乱流がテーブルを満たし溢れていく。視界の端ではイチャイチャらぶらぶと莫迦達があっちでそっちでとイチャついてやがるし、健気に働いてる俺に飯の催促とはいい度胸だ！　うん、BBQの串を太く重くして良く研いで、これなら魔物であろうとも一撃で……うりゃ？

「うりゃじゃねえよ！　それ絶対に料理用の串じゃないよな!?」「なに、その一応お肉刺してありますっていうだけの投槍は!!」「あと、この至近距離で投げんな！って離れて投げろって意味じゃねええよ!!　投げんな、怖えよ!!」

食いつくかと思ったら、餌だけ取って回避！　賢くなって、知能がお魚さん並みに近付いているだと!?

「いや、普通彼女のいない哀しみの男子高校生が直向きに働いてる所に、彼女と腕組んでらぶらぶアピールでやって来たら投槍な態度や行動は無罪なんだよ？」

マッチョお姉さんは普段の精悍な顔つきの面影も無く、莫迦の腕に抱き着くように腕を組んで肩に頭をちょこんと乗せて幸せ満面の嬉しさが溢れそうな笑顔だ。

「「「お前のせいだよな、お前の！」」」「そして投槍な態度じゃなくて、槍投げてたよな!!」

イチャイチャしながら、いちゃもんまでつけるとは不届き千莫迦だな。

「ええー、人聞きが悪いな？　莫迦なのを人の所為にしても莫迦は直らないんだよ。うん、焼こうよ？　だって、ちゃんと俺は飾り彫りはどれにするって聞いたよね？　お前らが『どれでも良い』って選んだんじゃん。ほら、俺は何にも悪くないのに、見せ付けられて当て付けられて虐められてる可哀想な男子高校生なんだから灼熱魔法が燃え上がってお前らに引火も不幸な事故なんだよ？　焼こうな？」

酷い言い掛かりだった。全くきちんと引き渡し時に現品で確認を取り、文句の付けようもない説明責任を果たしているんだよ。大体お前らはしょっちゅう国際試合とか行ってたんだから英語とか喋れるだろうが！　自己責任だよ!!

「焼くな！　でも、まあなんかすっげー喜んでるし、多分一生口では言えねえだろうしな……ありがとうよ、指輪と甲冑」「ご丁寧に剣の鞘にまで……まあ、ちゃんと人生だろうが戦場だろうが共に歩めば良いんだろ、歩めば！」「言いたいことは山ほどあるが……武器も甲冑も一級品だった。これ以上心強い守りはねえよ、ありがとうな」「「「遥様、生涯大切に使わせて頂きます。ありがとうございます、命尽きるその時まで伴侶と共に頂いた武具と共に在ります」」」

うん、これって絶対惚気られてるよね！　これを焼かずして何を焼けば良いと苦悩しながらＢＢＱを焼く？　うん、欠食女子高生達に追加を強いられてるんだ！

「いや、甲冑や武具は壊して投げ捨てて良いんだよ？　それって命尽きない為のもんだから、命を守って壊れたならそれが本望なんだよ。うん、一々武具と命尽きないで、ちゃんと生きようね？　おめ？」「「「ありがとうな（ございました）」」」

見せ付けられた、目の前でいちゃつかれた！　悔しい、妬ましい、羨ましい!!　厳密にはあと腹立たしいし、怒りの乱切りで野菜炒めと焼うどんを作りながらデザートの為のアイスクリームを用意する……そう、アイスクリームまでの道のりが長かった。まあ、生クリームの安定供給と冷蔵保存までが長かったんだけど、ようやく生クリームが流通し始めたもののバニラなんか無くて、何かの乳と何かの卵黄に砂糖と思われる何かと生クリームに違いない何かが材料なんだよ？

「生クリームさんを温度魔法で冷やしながら振動魔法で泡立ててる!?」「「「えっ!!」」」「寝かせておく間にボウルに卵黄を入れて、振動泡立てで溶いて砂糖を加えて、しっかり馴染むまで延々擦り混ぜるって……あれは！」「うん、鍋に牛乳らしき何かを入れて、やや弱めの中火で鍋の縁をフツフツさせてる!!」「「「何事なんだよ？」」」「あっ、さっきの卵黄と砂糖を加えて、泡立て器をガンガンに振動させてるよ！」「弱めの中火で混ぜてる鍋の縁がフツフツとしてる……あれは大体85℃！」「「「火から下ろして、すぐにボウルに移し魔法で冷やしながら掻(か)き混ぜるって間違いないよ!?」」」「ああー、細かい泡が表面いっぱいにできるまで超高速振動で冷凍魔法でゆっくりと凍らせるって」「「「あれってミルクアイス様だよ!!」」」

うん、あと何回か手動でやってみたら、後は智慧(ちえ)さんが覚えて、魔手さんを制御し大量生産ができるだろう。そして周りでは音楽が流れ始め、フロアでは莫迦たちがワルツを踊る。うん、お前ら舞踏会の時は面倒だって逃げたよな！

「あいつらって踊りっ娘(こ)さんの模範舞踏を一度見ただけで覚えて、後はその場で調整してみせたのに、練習も本番もバックレてたくせに彼女が出来た途端これだよ！」

しかし異世界の音楽はどうも荘厳さに欠け洗練されていない。曲調も単純な繰り返しが多く盛り上がりにも欠けて冗長だ。蛇(ヒュドラ)さんのトランペットとトロンボーン、ついでにサクソフォンにテューバとフルートにオーボエにクラリネットとファゴットを伴奏に加えてみる？　うん、単純だから簡単に即興で入り込む。実は素人集まりの楽団で演奏できる単調な曲の組み合わせに、即興(アドリブ)を入れて華やかにするスタイルなのだろうか？　だが、主役はあくまでも舞踏。旋律(リズム)を壊さず流れを作り、アイスクリームも唐揚げも串焼きも作る。うん、プレッシャーが凄(すご)いな!?

そうして――楽団さんに合図を送り、一気に曲調を変える。マッチョな莫迦っぷるさんのラブラブないちゃつきタイムなんだから、お上品にワルツで終わりでは寂しいだろう。即興だけどシンプルで簡単な弦楽と、複雑な管楽器のタンゴ。お姉さんたちは莫迦たちにリードされて、顔を赤らめ縺れ絡まるように見つめ合う。照れながらも抱き合い情熱的に踊り、徐々に踊り方も覚えて鍛えぬかれた肢体で大胆に躍動的に求愛の踊りを舞う。そう、愛情の激しさのままに激しく舞い踊る情熱の舞踏だ。

「「「おおーっ、情熱的」」」「うん、似合ってるね！」

どうせ莫迦たちは気の利いた事なんて言えやしない。だって莫迦だから？　だったら脳筋らしく肉体言語で語り合えばいい……あぁー、悔しいし妬ましいし羨ましいし腹立たしいし、なんか超ムカつく！　華やかな情熱の音を奏でる中、愁いを帯びた悲し気な男子高校生的な悲哀のサクソフォンが鳴り響く。ついでに鶏も鳴いている……うん、鳥さんは早く寝ようね？

万に近い兵隊さんたちを腹いっぱいにさせて、デザートにアイスを出せばお仕事は終わりだ。でも、この雰囲気で終わって暇になるとまた踊らされそうな気がするんだよ？　よし、プリンも作ろう……クッキーでも焼こうかな？　だって、なんか視線を感じるし？

103日目　深夜　宿屋　白い変人

艶めかしい汗に濡れた肌が、荒い吐息とともに上下する。優雅な曲線美の頂点が呼吸と共にぷるぷると震え、桜桃が食べたい今日この頃だ。いただきます？

「あっ、ああっ、あぁ、あっ！　あああああっ！」

こっちはアイスクリームより白く滑らかな白い肌。アイスクリームもとっても美味しく大好評だったんだから、きっとこっちはもっと美味しいのだろう。あむぅ？

「きゃあああっ、ぅあぁっ！　ああんっ、あっ……ぁうぅ!!」

さて『治癒』と『回復』と『活性』で復活の呪文。もちろん感度上昇と催淫も付けておこう！　夜はまだ長く朝はまだ遠い。思考加速は時間を分解し夜は永遠へと引き延ばされ、拡張された時の流れの中の永い永い夜が始まるんだよ。

なのに、もう『治癒』でも『回復』でも動かない。元気に痙攣してるんだけど反応が無い。やはり感度上昇の5重奏はやり過ぎだったのだろうか？

「実はコカトリスさんだけで『呪術』と『体液』の二重掛けで、実質は感度上昇の6重奏だったのかも？　うん、手遅れそうなお顔だけど？」

男子高校生の暴走特急が環状線で螺旋を描き、太極の錬成で大爆発な大騒動で甲冑委員長さんも踊りっ娘さんも大変だったようだ。まあ、大惨事？

「きっと、この瞳には天国が映ってるのかな……黒目が無いし？　また、だらしなく舌を出しっぱなしで……涎も拭き拭き？　うん、房中術の活性でも『治癒』でも『回復』でも駄目って事は、身体じゃなくて意識が融けちゃってるのかも？　全く、若い子女がこんなはしたない格好で……って、まあ俺がさせたんだけど？　うん、エロいな？　こんなに垂らしちゃって……こっちも拭き拭き？」

被害甚大——原因は莫迦達だ。散々いちゃつきタンゴで見せ付けておいて、改めて紹介だとマッチョお姉さん達を連れだってきた。そしてマッチョお姉さん達がお礼にとダンスを申し込んで来て、結局5人と踊ると……その後ろに30人くらいは並んでいた？　そう、結局女子全員にエルフっ娘もいて、甲冑委員長さんと踊りっ娘さんに王女っ娘とメイドっ娘でメリメリさんにムリムリさんまで乱入でシスターっ娘達まで勢揃いで延々と踊らされた。

会場に数千単位で男がいるのに、1人で過酷な過重労働で過大な疲労もあれだったけど、ずっと密着状態で男子高校生的にもキツかったんだよ！

だって、舞踏会の時の豪華絢爛なドレスではなく、シンプルな夜会用のドレス。シンプル故に身体の曲線を優美に描き出す、光沢のある彩が色々と大変な事になっていたのに密着されたら生地が薄いんだよ？　そうして罪のない純真無垢な男子高校生さんは、薄布1枚挟んだ女体な肉体がムニュンと押し付けられ、柔らかに潰れグニュグニュと当ててんのよの全身密着(フルバージョン)で激しく引っ付いたまま動き回る生殺し(ダンス)。それが終わる事なく延々と数十人が交代で続く、生殺しの無間地獄(ダンスナンバー)が男子高校生を嬲(なぶ)るが如(ごと)く繰り広げられたんだよ！

　そして房中術の効果なのか、気功法の成果なのか、満身創痍(まんしんそうい)で疲労困憊(ひろうこんぱい)だった身体は密着して踊る度に色々と元気になって、途中から元気になり過ぎて大変な事になり、溜(た)まりに溜まった元気を大急ぎで宿に戻って大解放で大放出で大激戦の大乱闘に大騒ぎの大乱に迷宮皇のお二人がダウン中なんだよ……うん、だってヤバかったんだよ？

「うん、絶対に迷宮よりも疲れたよ!!」

　問題点はやはり房中術の副作用なのか、舞踏(ダンス)の相手がみんな顔を真っ赤にして目を潤ませ、蕩(とろ)けるような妖艶な表情になっていた？　うん、房中術の効果で元気になったんだろうか？

「房中術は男女の気(陰陽)を交換し循環させて、混ぜ合わせて高め合って気力を回復する意味合いを持っているんだから……きっと健全で健康的なダンスだったんだよ？　うん、毎朝ラジオ体操も太極拳もしてるから、健康な身体の健全な男子高校生の精神なんだよ？」

　さて、今晩は寝込もうと思っていたのに、元気いっぱいでＨＰもＭＰも共に完全回復(フル)してしまった。心做(こころな)しか体の調子が上がった気までするけど、まあＬｖ25で壁を超えた効果も有るのだろう。気力が身体の隅々まで漲(みなぎ)るような活力を感じるし、もちろん男子高校生も活力やあんな力(エロい)やこんな力(Ｈな)が漲りまくってるんだけど……迷宮皇さん達の復活はまだまだ遠そうだ？　うん、冷たそうだからシーツも交換しておこう。

さてLvの確認もしなければならないが、きっと数字上の上昇は微々たるもの。寧ろ25刻みの壁を初めて超えた事による身体能力への補正効果上昇の方が効果は大きいはず。これで身体が強く速くなり、スキルの効果も上昇し……うん、制御どうしよう？

商国が完全に崩壊すればオタ莫迦達を教国に進めて囮にしてほっとくという策も使えたのだが、王国と獣人国を放っておくわけにもいかないから戦力が足りない。質は迷宮皇級トリオで過剰に足りてるんだけど、数が絶望的だ。だが戦力の分散は愚策、シスターっ娘と女子さん達は本隊として固めておきたい。

「うーん、俺がお忍びで潜入を目指しつつ、女子さん達がヤバい時は陽動と攪乱で囮も兼務で、後もう一手あれば……いや、陽動は別に人間じゃなくて良いんだから、適当に魔物でも生け捕って投げ込んで大混乱？」

うん、怒られそうだ。序盤は舐めてかかって来るという定番の鉄板展開だろうけど、今のシスターっ娘達の戦力が分かれば搦め手でくるだろう。

「それこそが女子さん達にはどう考えても苦手な展開だよね。殺し合いも会話で、話し合いも戦略だっていうのが女子さん達にはいまいち分かってないんだよ？」

きっと交渉の使者が来れば話を聞く。それが時間稼ぎでも、足止めの罠でも話し合おうとする。根本が騙し欺き裏切る事に向いていない。言葉は無料だから口だけならどんな良い話でも持って来るけど、約束を守る保証がない相手との交渉に意味なんてない。そう、話し合いを求める資格があるのは約束を違えない実績を積んだ者だけだ。

「しょうがないな、別動隊を持って行くか？　そうなると辺境の配備を動かさないといけないんだけど、王国が安定してるんだから大丈夫かも？」

　まあ、備えあれば嬉しい悲鳴とも言うし、手札は多いに越したことは無い。教国が無能にも権威を笠に着て強硬に振舞い、駄目なら兵隊で威圧してくる鉄板展開のごたごたの内に速攻戦に持ち込みたい。教会が師団単位で動けば殺し合いは避けられないし、そして敵地では搦め手に嵌められかねない。

「そうすると潜入にしても馬車禁止っていうのがねえ？　うん、久々の遠出なのにお馬さんになんて言えば良いんだろう？」

　あのくりくりした可愛いお目目で「置いて行くの？」とかされたら、きっと俺は良心の呵責に耐えられない。それならもうお馬さんに装甲馬車を轢かせて教国に突撃で蹂躙の方が心が痛まなくて良い！　教国全部轢き逃げしたら解決しないかな、お馬さんも喜ぶし？

　しかし今日の隠し部屋の宝箱はなかなか良い物が揃っていたからミスリル化してバーゲンで戦力アップでお大尽様なんだけど、骸骨さんのドロップが微妙だった。そう、あの『スカル・ロード　Ｌｖ１００』は剣を持った正統派で、研ぎ澄まされた斬撃が突如翻り剣先が舞うように軌道を変化させる千変万化の奇剣でもあった。そんな正当過ぎる剣筋からの変化が凄まじくて、手を読ませない見事な戦術的な剣だったのに……吹き矢を吹いて来るのが面倒だったんだよ？　うん、ドロップが吹き矢だったんだよ？

「うん、正統派だった割りに最期まで真っ当さが感じられない骸骨さんだったな？」

戦闘用の吹き矢は奇を衒(てら)えて、尚且(なおか)つ予備動作も気配もないために至近距離なら脅威だった。だが難しいからこそ使い手がいない武器で、吹くのは当然。ただ口に何かを咥(くわ)えているだけで呼吸は難しくなり息は乱れる。

そして単発で、戦闘中に弾込めなんて出来ない。熟練者だと口の中に矢をストックし、口内で舌を使って次弾を装填するというが、つまりは使いこなすのが異常に難しい武器なんだけど……ドロップされた？　厄介な武器だけに売るに売れず、だからといって使いこなせそうな売り手も思いつかない？

「対人戦には有効なんだよ……うん、滅茶(めちゃ)ヤバかったんだよ？」

厳しかった。何せ顔を向けられただけで危険で、それを躱(かわ)す態勢に入ると今度は剣でやられる。結果、剣にも吹き矢にも意識が集中できない悪辣で合理的な武器だった『魔吹矢(ブロウガン)　各種状態異常　影矢　魔矢　矢強化　矢加速　矢隠蔽』。吹き矢は長いものでは3メートルを超えるというが、これは狩猟用ではなく戦闘用の長い煙草(たばこ)みたいなただの筒。実弾なら驚異的武器だったし、魔力弾であれ甲冑の隙間や目を狙われればこれほど恐ろしい武器も無いだろう。

「魔弓だと格好良い感じなんけど、魔吹矢(ブロウガン)ってどうなんだろう？　微妙どころか、かなり駄目な方寄りな気がするんだけど……良い武器だな？」

試してみたが戦闘で使うのは無理そうだ。面白いのだけれど、激しい動きの中で口呼吸禁止って辛(つら)いんだよ？

「うん、鼻息が荒いと怪しい男子高校生と見做（みな）されて、通報される危険性も考慮すべきだんな？　うん、俺だって鼻息の荒い怪しいおっさんが寄って来たら焼くし、きっと寄って来なくてもヤバそうだから焼くんだよ？」

　そう、呼吸法と最悪の相性だった。ただ、蛇（ヒユド）さんにやらせてみたら上手（うま）かったから、これは蛇（ヒユド）さんに装備で持たせても良いかなと思いながら鶏（コカ）さんの嘴（くちばし）に咥えさせてみたら——天才現る！

　実弾も魔法矢も凄まじい速度で射出され、窓の外へと消え去って行く！　街は無事だろうか？

　まあ、その威力も狙いも然（さ）る事ながら、その恐ろしさは飲み込んでいる。つまり吹き筒は見えないまま、嘴を開くといきなり発射される予期できない攻撃だった。しかも実弾（吹き矢）もボリボリと飲み込んで貯蔵しているし……でも、肩に鶏キャノン装備の男子高校生。うん、無いな！

　蛇（ヒユド）さんも鶏（コカ）さんも身体のどこからも出せるし、引っ込められる。それが近距離だけでなく遠距離攻撃が付き、何より蛇（ヒユド）さんも鶏（コカ）さんも制御要らずの自動攻撃が可能だ。肩盾は自動防衛のみなので自動反撃手段は貴重、しかも『石化』はもちろん『猛毒』や『致死毒』が付与し放題の危険な吹き矢になっている。うん、でも魔物さんへの攻撃に感度上昇はいらなさそうだな？

「さてと、ステータス」

NAME：遥（はるか）　種族：人族　Lv25　Job：--

HP：610　MP：678

ViT：499　PoW：514　SpE：670　DeX：581　MiN：627　InT：696

LuK：MaX（限界突破）

SP：3995

武技：「杖極（じょうきょく） Lv2」「躱避（たひ） Lv9」「魔纏（まてん） LvMaX」「虚実 LvMaX」「瞬身 LvMaX」

「浮身 Lv9」「瞳術 Lv2」「金剛拳 Lv8」「乱撃 Lv7」「限界突破 Lv5」

魔法：「止壊 Lv3」「転移 Lv9」「重力 Lv9」「掌握 Lv9」「複合魔術 Lv8」「錬金術 Lv9」

「空間魔法 Lv7」「仙術 Lv2」

スキル：「健康 LvMaX」「敏感 LvMaX」「操身 LvMaX」「歩術 Lv9」「使役 Lv9」

「気配探知 Lv8」「魔力制御 LvMaX」「気配遮断 Lv9」「隠密（おんみつ） Lv9」「隠蔽 LvMaX」

「無心 Lv9」「物理無効 Lv7」「魔力吸収 Lv8」「再生 LvMaX」「疾駆 Lv8」「空歩 Lv8」

「瞬速 Lv9」「羅神眼 Lv7」「淫技 Lv8」「房中術 Lv3」

称号：「ひきこもり Lv8」「にーと Lv8」「ぼっち Lv8」「大賢者 Lv2」「剣豪 Lv8」

「錬金術師 Lv8」「剣王 Lv2」「性王 Lv7」

Unknown：「智慧（ちえ） Lv6」「器用貧乏 Lv9」「木偶（でく）の坊 LvMaX」

装備：「世界樹（ユグドラシル）の杖（つえ）」「布の服？」「皮のグローブ？」「皮のブーツ？」「マント？」

「羅神眼」「窮魂の指輪」「アイテム袋」

「獣魔王の腕輪　全能力上昇補正　PoW+81%　SpE+77%　ViT+41%」

「魔術師のブレスレット」「黒帽子」「英知の頭冠」「万薬のアンクレット」

「禍福のイヤーカフ」「守護（イージス）の肩連盾」「魔術師のブレスレット」「魔吹矢（ブロウガン）」


身体能力は１Ｌｖ上がっただけでは微増。ただ、通常チートな異世界人でも10前後ずつしか上がらない数値が、20から30は上がっている。何より伸びなくなっていたＶｉＴやＰｏＷが20以上も上がってくれている。

「うん、僅かでも助かるんだよ……捥（も）げて飛んで行くと不便だし？」

スキルは短期間過ぎて殆（ほとん）ど変化は無いけど、『剣王』がＬｖ２で剣豪のＬｖ９からＭａＸを超えて更に１アップだ。あの骸骨の見せてくれた技、そして戦い抜いて得た経験が膨大だったのだろう、うん、これでギョギョっ娘に並んだから大きな顔をされずに済む！後でギョギョギョギョギョギョと驚かしてやろう！

準備万端には程遠く、備え足りずに憂いばかり。だけど、今できる事はやりきった。世に云（い）う「人事尽くした、手前（てめえ）は殺（や）る」の境地だ。つまり後は殺るだけなんだけど、結局教会（あっち）の隠し玉が分からなかったのが痛い。甲冑委員長さんもだったけど、踊りっ娘さんも過去の記憶は朧気（おぼろげ）だったんだよ。

地の底の光も音も無い暗黒と静寂の闇に囚（とら）われ、永い永い年月を抗（あらが）い続け、ずっと耐えて戦い続けて来た。その弊害だと思うんだけど、ポツリポツリと細かな事は思い出すらしいから記憶を喰（く）われてしまった訳ではなさそうなんだけど——まあ、失った記憶の情報なんかよりも新しい記憶（おもいで）を沢山山盛りで積み上げてあげる方が重要だ。よし、今日も貢物でも作ろう。

だって、失（な）くしたものは取り返せないかもしれないけど、新しいものくらいは作ってあげられる。それは使役者としての務めだし、きっと喜ぶだろう。何より美人さんだから可愛い服は見ていて俺も楽しいし、一挙両得で二兎（にと）追うものはニューバニーさんだ！　でもメッシュのバニースーツはエロい!?　先生、エロりたいです!!

「うん、寝てるけどちょっと試着だけでも……（ごそごそ、ごそごそ）!!（ピキーン）」「きゃああああーっ!!」

頑張った。うん、メッシュバニーはとっても良い兎（うさぎ）さん達だった！

禁句なのに本物出て来るとかやっぱり異世界でも空気を読むのは大切なようだ。

１０４日目　朝　宿屋　白い変人

プロメテウス。それはティーターンの神でありギリシア神話に登場する男神で、特に有名なのは人類の幸せを信じ、大神ゼウスの命令に背き火を与えたプロメテウスの火の話だ。

神々の間では禁忌とされていた天地創造の力をも持つ「神の焔」を未熟な存在である人類に渡し、そうして人類は火を基盤とした文明や技術など多くの恩恵を受けたが、同時にゼウスの予言通り火を使って武器を作り戦争を始めるに至ったという物語。

そしてもう一つの有名な話は後日談だ。巨人なプロメテウスさんは人間に与えようとオリンポスの火を盗んだ罪で超残忍な罰を受ける。それがコーカサス山頂に鎖で繋がれ、毎日鷲に無限に再生する肝臓を囓られ続ける永遠の責め苦で、それはもうプロメテウスさんは苦痛に叫び苦しんだという……まあ、何が言いたいかと言うと朝起きるとプロメテウスだったんだよ？

「いや、朝起きたら変身とか転生とかそんなチャラいもんじゃない、また『プロメテウスの神鎖』で縛られてるんだよ……硬いな？」

鷲さんは来ないが、代わりに左右から美の女神が唇で啄ばみ、肝臓ではないが男子高校生さんが「食べちゃうぞ♥」とくちゅくちゅとお口がお食事中で、ちゅぱちゅぱと舌に味わわれてじゅるじゅると唇に咀嚼でぢゅぽぢゅぽと残忍な罰を受けてるんだけど……火とか盗んでないのに、無実の男子高校生冤罪な毎朝の責め苦で受刑中だった！

「ちょ！」「ちゅっ♥」「ぐはああっ！」

不死の再生力を持つというプロメテウスさんに負けじと、途切れること無く再生する男子高校生が舐めしゃぶられて殲滅され、ねっとりと起こされてちゃぷちゃぷとまた倒される。

「うん、絶対俺の『再生 LvMaX』ってこのせいだよね？ それはMaXから限界突破だってしちゃうよ!?」「「くちゅくちゅう♥」」

力尽き、MPが尽きると同時に跨り俺を見下ろす壮絶な美しき2つの笑み。本番はこれかららしい……酷いな？ ぐをぉがぁあぁあーっ！【受刑中です♥】

MPが枯渇するまで吸い取られ、HPが消滅しそうなほど絞り出され、男子高校生さんも俯く激しい朝の目覚めだった。

「うん、目が覚めるのが先か、永眠しちゃうのが先かの過酷な『食べちゃうぞ♥』に食べられて完食されて枯渇中だよ！ うん、お腹がすいたから朝ご飯にしよう？」（ウンウン、コクコク♪）

ご機嫌だ。ニコニコ笑顔でスマイルさんだ。なんだろう、この男子高校生の胸を締め付ける敗北感は！ よし、今晩は復讐だ！ まあ、毎晩復讐だ？

「まったく房中術の無限再生を枯渇させるって、房中術の存在意義を全否定な強力な口撃だったんだけど……二人とも舌で纏絲勁を極めちゃうって、それ絶対に永き歴史を紡ぐ太極拳でも歴史上初なんだよ！ エロいな!?」（テヘペロ♪）

食堂に下りて行くと孤児院の保母っ娘なお姉さん達とムリムリさんも来ていて、そしてジトってる？ ああ、第一師団と近衛師団が王国の孤児を一緒に移送して来てくれたから食事が間に合わなかったの？ うん、頼んでたのに言うの忘れてた？ テヘペロ？

「……お、俺の可愛いテヘペロが完全にスルー！って言うか目を逸らさないでくれるかな、何か心が痛かったんだけど孤児っ子軍団がお腹を空かせてるならご飯が先だな？」

　辺境への歓迎も込めて、孤児っ子名物ケチャップ尽くしの孤児っ子様ランチだな。

「「「「「「「「「いただきまーす」」」」」」」」」

　多いな！　まあ、茫然としてるのが孤児っ子Ｎｅｗ達で、孤児っ子Ｏｒｉｇｉｎ達が甲斐甲斐しくお世話をしている。泣きながらご飯を食べる孤児っ子Ｎｅｗ達を見て涙ぐむ孤児っ子Ｏｒｉｇｉｎ達と、お世話しながら泣きじゃくり顔をぐしゃぐしゃにしている女子さん達と、バンバンとお代わりさせて食べさせる莫迦達。うん、大騒ぎだ？

「「何で前もって言わないのよ！」」「いや、居たら連れて来てね？って言っておいたら急にいっぱい来て吃驚した？　みたいな？」

　うん、朝から素晴らしきジトに室内が満たされている。最近は孤児っ子たちまでジトるし、日に日に増えて行く保育士のお姉さん達にまでジトが浸透中で……うん、ジトいな。

「遥君、服が大量にいるよ」「ああ、こんな事も有ろうかと思って作ってあるんだよ？」

「遥様、部屋数にも限りがありますが」「ああ、こんな事も有ろうかと思って増築してあるよ？」「ねえ遥君、この生活用品の山はなに？」「いや、こんな事も有ろうかと思って作りだめしてあるんだよ？」「「全然全くさっぱり一切合切これっぽっちも、急にいっぱい来て吃驚してないよね！」」

　非常物資の備蓄は内職家として当然の備えだというのに、濡れ衣も甚だしい事だ。だって、いくら有ったって足りないんだよ……争いや貧困が無くならない限り、永遠に物資なんて足りる訳がないんだから。まして今から戦争が始まりかねないんだよ？　そして、孤児と難民を生み貧困の原因が戦争なんだよ？

人は増え過ぎれば食料の為に争い、結果として人口が減少し調整される側面があるのは事実。だけど発展中で人手不足の辺境以外でも、土地は空いていて食料生産も順調に増加しているというのに戦争するなんてデメリットしかない。

欲だの面子だのと下らない事で殺し合うのは自由だし、なんなら推奨するし、手伝っても良い。だけど、そういう下らない奴に限って自分は戦地には赴かずに、安全な場所で戦争の尊さを賛美し謳いあげるのが世の常だ。だからいちいち扇動者のところまで出向いて殺しに行かないといけないから面倒だ。古今東西宗教は神の名で命令するだけで、大元は出て来ないで煽りやがるから超ウザいんだよ？

無能は罪だ。だけど無能極まりない王弟のおっさんは己が無能の罪を己が首で収めようと、無能にもノコノコと辺境まで無価値な首を無意味に持ってやって来た。激しく果てし無く無限の無能さだったけど、代王として愚かなまま戦争を止めてみせた。

だが教国は無能なうえに恥知らずで超絶ムカつくが、先に寄らなければならない獣人国に至ってはマジムカだ。モフモフでなかったら行きたくもないんだけど、通り道だしケモミミなんだよ？　うん、明日には出発予定だが獣人国は素通りしたいくらいだ？

「今日は手分けして第一師団さんと、新しくやって来た近衛師団の演習だからね！」

「「「了解(ヤー)！」」」「迷宮と魔の森に挑むのは明日からだからね」「結構大忙しだね？」

冒険者も増えているし、魔の森の浅い所だけでも間引いていれば繁殖は抑えられるらしい。早期発見で迷宮は浅い内に潰すし、中層迷宮は踏破を目指しながら成長を止め、深層迷宮は上層の魔物だけを刈って成長を遅らせるらしい。うん、大変そうだな？

つまり問題なければ明日出発。獣人国に使節団として挨拶に向かい、そのまま俺達は教国へと向かう。教国をどうするかは情報も少なく未定だけど、ひとまず教皇派は潰すし、邪魔する奴も潰すし、あとムカつく奴も潰そう。

まあ、明日の事は明日の事で、今日の事が……何故(なぜ)か絶対に甲冑(かっちゅう)委員長さんと踊りっ娘さんが俺について来ると言い編制に困ってる？　話し合いの結果甲冑委員長さんと踊りっ娘さんが女子さん達の教官に就く代わりに、俺は指定された迷宮まで送って行かれて見張りとしてスライムさん＋尾行っ娘が付いて来るそうだ？　うん、何の意味が有るんだろう？

厳重に女子さん達に取り囲まれて連行され、朝ギルをすませて中層迷宮に連れて来られた。うん、途中にも良さ気な迷宮が有ったのに駄目出しされて入れなかったんだよ。昨日もちゃんと深層迷宮を潰したというのに不可解だ？

そして迷宮(ダンジョン)上層ではする事も無く、無為に魔物の石像を壊して回る。飛び回って逃げる鳥の魔物さんを相手に追いかけ回るのは面倒だなと思っていたら、気を利かせた鶏(コカ)さんがアピってきたので任せてみたら吹き矢で石化で落下で魔石だった？

「うん、相手が弱ければMP消費も許容できる範囲だし、雑魚（ざこ）狩りには良さそうだけど……自慢気にコケコケ鳴いてるけど蛇の女王は諦めたの？」（コケコケ!?）

ただし心に深い傷を負い、未（いま）だマングースは禁句となっている、うん、蛇でも鶏でも良いがマングースは駄目らしい？　動物魔物界でも差別問題は深刻なようだ？

ステータスこそ上昇したけど、高々Lv1分では誤差程度。もともと根幹がズレてるんだから今更誤差など気にもならない。石像を壊すだけだし？

そうして房中術を得てから『魔力吸収』が更に高まり、早朝にMPやいろんなものが枯渇してたけど迷宮を攻略（ぶらぶら）してるとすぐMPは満タンだ。元々アイテム袋さえあれば魔力バッテリー効果でMPは無尽蔵に近いのに、深夜早朝の戦いではアイテム袋を取り上げられ、絞り出されて朽ち果てるプロメテウスさんより過酷な厳罰に毎朝すっきりとお目覚めだったんだよ？

「じゃあ、スライムさんと蛇（ヒユド）さん鶏（コカ）さん触手（にょろ）さんが活躍しまくって瞬殺で40階層まで来ちゃったし、ここからは俺のターンだからね？　流石（さすが）に調整くらいはしときたいし、一気に殺（や）って、あと何か所か回ってみようか？」（プルプル）

せめて中層迷宮連旅（ツアー）か深層迷宮に迷い込まないと儲（もう）からない。明日からは無料（タダ）働きの味噌（みそ）醤油（しょうゆ）仕入れの旅だし、噂（うわさ）では昆布や鰹節（かつおぶし）なんかも有りそうで、未確認情報では柚子（ゆず）や蜜柑（みかん）といった柑橘系（かんきつけい）も確認中なのだそうだ？

「って言うか尾行っ娘が何で付いて来てるのかは不思議だったんだけど、何でさっきからちょいちょい参加しちゃってるの？　迷宮は危ないんだから、下手に魔物さんに近づくと齧られるんだよ？　まあ、齧られる件に関しては迷宮よりもお宿が危険との経験から子狸の魔物疑惑が深刻なんだけど、飛び道具は良いけどあんまり前に出たら駄目だからスライムさんから離れないようにね？」「すみません。私たちは戦闘系のスキルが殆ど取れないから……でも、看板娘ちゃん達を守る力が欲しくて、戦って守れるようになりたくて。せめて遠距離戦くらいと思ってるんですけど……中層だと攻撃が全然通じてないです」

　尾行っ娘一族は代々戦闘系スキルが取れなかった人達が集まってでき上がったらしく、遺伝なのか環境なのか隠密諜報特化のスキル構成で戦闘力は低い。だから危険に備えて防衛装備と逃走用兵器は支給してるけど、敢えて強い武器は持たせていない。だって有れば戦いたくなる、そして戦えれば護りたくなる。それは逃げられなくなる事を意味する。

「戦うのは戦える奴に任せて、一緒に逃げてやれば良いんだよ？　逃げられるんだから敵のいない方向を見つけて、囲まれる前に敵に気付いて、罠だって見つけられるじゃん？　手を引っ張って一緒に逃げてやればいいんだよ。戦うのや殺し合うのは、それしか出来ない莫迦とか莫迦とかあと莫迦にでも押し付けておけば良いんだよ……うん、あいつ等って押し付けられてもいっぱい貰ったら喜びそうなくらい莫迦だから、得意な事は得意な奴に任せれば良いんだよ。だって莫迦たちに諜報とか情報収集とかできると思う？　隠れず堂々と偵察に行ったら乱戦で敵全滅な偵察って、もう見に行かなくて普通に攻めろよっていう話だよね？　うん、莫迦だな？」「でも、遥さんは教国に潜入して偵察に行くんですよね？」「うん、得意だし？」

王国の王宮にもずっと潜入で仕入れ作業だった、安心安全な得意分野なんだよ？

「…………えっ!?」「いや、『えっ』って何？　俺は隠密系のスキルはほぼ制覇で、いつでも地味にいつも地道にこそこそと暮らしてて超得意なんだよ？」「そう言えば……スキルだけいっぱい持ってた!!」

そう、俺のスキル構成は高速移動型のこっそり隠密な至近戦型の魔法使い。未だに何をしたら良いのかよく分からないんだけど、こっそりは得意だ。王都の王宮だって毎日のようにこっそり内緒で仕入れに行っていたし、魔の森でだってこっそり後ろから撲殺は得意だったのだが、何故だか俺がこっそりって言うとみんなが「えっ！」みたいな顔をするんだけどいったい俺を何だと思ってるのだろう？　密偵な索敵型なんだよ？　多分？　した事ないけど？　うん、なかったな？

「索敵型は先導するのが仕事で、戦闘職にはできないんだから戦闘は戦闘系か莫迦な顔したやつに任しとけば良いんだよ。あとは地雷でも撒（ま）いて逃げれば充分なんだよ」「でも遥さんは索敵も戦闘もしますよね？　全然忍ばずに、派手にがあーっと、どっかあーんと？」「あれは索敵でこっそり接近だけど、近接な暗殺者型の魔法職で大量破壊特化な接近戦闘特化のひっそり斬殺な斥候なんだよ？　みたいな？」「それって『こっそり』とか『ひっそり』つけてるだけで、大殺戮（だいさつりく）する気満々ですよね！　斥候が1人で正面から突撃して暗殺で皆殺しって、全然隠れても潜めてもないから実は隠密スキル全くいらないですよね!?」「いや、俺はこっそり殲滅してるのに、相手が空気読まずに反撃してくるからひっそりな全面戦闘になっちゃうんであって、相手が空気読んでひっそり全滅してくれれば良いんだけど、いちいちギャアギャア騒ぎながら死ぬから俺のこっそりなお忍び感が毎回台無しなんだよ？」

最近は看板娘といい、尾行っ娘といい中々のジト目だ。まだ中学生くらいなのに、なかなか将来性を感じさせる成長著しいジト目さんコンビなんだよ？　そうして、おしゃべりしながら有線操作の肩盾が宙を舞い、『ロック・バード　Lv44』を24機の華麗な連携の空中戦で撃破中。ただロック・バードだから死ぬと岩が降って来る。

石化させなくても岩だから、実は死んだ後の方が厄介だった。しかし岩が鳥の形して飛んでいる不条理を見ると、異世界だなと感慨深くもあるんだよ。

「だって、このロック・バードが元の世界に転移したら物理厨さんが激怒で叩きまくって、大炎上で三日とたたずにロック・バードさんって絶滅するんだよ？」（ポヨポヨ）「それ、どんな国だったんですか!?」

そして最下層――45階層で出会い頭に迷宮王へ強烈無比な魔弾が撃ち込まれ、迷宮王は身体の中心を撃ち抜かれ石化し砕け散って崩れ落ちて逝く。

うん、迷宮王が「サーベル・マングース　Lv45」ってコカトリスさんの地雷踏み抜いて、激怒の『魔吹矢』な鶏破壊砲が炸裂だった？

「うん、精神的外傷でナイーブなお年頃な鶏さんなんだから空気読もうよ？」（コケエエッ!!）

長い牙も持ったマングースさんは本来なら蛇とも鶏とも天敵なはずなのに、何も出来ずに瞬殺だった。うん、やはり異世界でも空気を読むのは大切なようだ。うん、だってマングースは不味いよ……絶賛禁句中なのに？　うん、本物出てきたら駄目なんだよ？

見た目に騙されて愚かにも手を出し謳られる、いと哀れだな？

104日目　昼　迷宮

第一師団と近衛師団の仕上がり次第だけど、予定通り進めば明日には出発。つまり今日が最後の調整だから、ようやく間に合ったＬｖ25のＬｖアップ効果を身に付け使いこなすためには調整戦闘だ。

「は、遥さん、もう3つ目ですよ！　いったい1日に何個迷宮潰す気なんですか!?　あと深層は駄目ですよ、お姉さん達に言われてるんですからね。もうお菓子も貰って食べちゃったから駄目なんですよー!!」「うん、大丈夫なんだよ。だって、俺が行っちゃ駄目なんて言われてる所に行く訳ないじゃん？　うん、ちゃんと間違えてるだけだから無実だなんよ？」（プルプル！）

間違い自体は罪だ。だけれどあれは事前にきちんと考えず、ちゃんと調べないで不注意で起こされた間違いだから罪なんであって、俺の間違いはちゃんと用意周到に緻密に調査され計画され細心の注意の払われた非の打ち所の無い確信的な間違いだから罪は無いんだよ？　うん、革新的だな？

音もなく空気を裂き、不可視に近いほどに細い魔糸が無数の魔物たちを切断して行く。一対多なら有効な技だから重点的に調整しておこう、深夜にも滅茶調整作業されて大活躍されているんだけど頑張ろう！　ゆっくりと歩きながらなら、近距離限定で数百本の魔糸が宙を舞い薙ぎ払える。距離を延ばすと制御できる数は激減し、延ばせば延ばすほど操作性と威力は落ちる。そして高速移動すると魔纏に『転移』が絡みだすから、一気に『智慧』の演算領域が圧迫されて崩壊してしまう。だから魔糸の制御は近距離で数十本、延ばすと十数本。中距離まで離れると数本がやっとで、複雑な操作も不可能で脆い。

有為で有用な技だけど、操作と制御が重い。だけど大人数の対人戦で、数の暴力を斬り裂くのには有効なスキル。跳ねるように軽やかに駆けて宙を舞い、魔糸を縦横無尽に振るう。重力魔法で自重を減衰させて、空歩で宙を蹴り駆ける空中機動を駆使して群がる魔物達に斬閃を刻み付ける。

バラバラに分解して撒き散る魔物の残骸は、やがて魔石の雨へと変わる……地味に痛いな？　Ｌｖが上がり身体制御が困難になるかと懸念していたんだけど、杞憂に終わったようだ。

うん、空中で何回か足を滑らせ踏み外し、何度か魔物に突っ込んだけど壁にぶつかったのは1回だけだった。うん、かなり制御できてきた。実際、魔糸の操作が無ければもっと楽に進み、転げ落ちる前に立て直せただろう……多分？

「やっぱ空中戦になると身体制御の難易度が上がってキツいね？　魔糸もだけど『重力』も厄介で、『転移』が絡むと一気に制御がバグって、対人戦闘でスキルの応酬と数の暴力による包囲や人海戦術に備えたかったんだけど……時間切れかな？」（プルプル）

あの自爆おっさんの事もあるし、狙撃や遠距離に対する手札がまだまだ足りていない。人間は考えて上手に戦う、手の内を読まれた技は弱点が分析され対応される。そして人は魔物とは違い多種多様なスキルを使い分け、装備や魔道具を揃えて戦略的に攻めて来る……これに対処できなければ俺のステータスだと簡単に死ぬ。上昇したと言っても元々が脆すぎるんだから。

甚だ不満ではあるし、止めさせられるものなら今でも止めさせたいけどシスターっ娘達に女子さん達までついて行く気だ。だけれど、そんな美少女大集合の大集団なら、必ずあの教会なら捕らえようとして来るから手は読み易くはある。捕縛なら遠距離からの必殺攻撃や、人の波に紛れ込んでの暗殺なんてしない。きっと教会らしく下衆に捕らえて、外道に連れ帰ろうとするはずだ。

「まあ、あれって連れて帰っちゃうと齧られるんだけど、見た目だけなら凄い美人さん揃いだから捕まえようと動くんだよ……でも、ご飯の用意できるのかな？」（ポヨポヨ）

その美女に見えるものが、元の世界では恐怖と畏敬の名で知られていた事も知らずに手を出すのだろう。その名も「女子高生(JK)」、触れると実に危険な最恐最悪と恐れられし傍若無人を通り越した暴虐武人な悪鬼羅刹(あっきらせつ)の代名詞だとも知らずに、きっと見た目に騙(だま)されて愚かにも手を出すんだよ……哀れだな？

「女子さん達には隠蔽効果付与のベールも持たせたし、全身が耐状態異常付与だし問題は物理的な罠(わな)なんだけど……マジで尾行っ娘もついて行くの？　確かに罠が心配だったから助かるんだけど、危ないんだよ？　装備はすぐ揃えられるけど……あー、だからＬｖ上げを兼ねて見張りしてるの？　で、投擲(とうてき)兵器の練習をしていると？」「はい、一族の恩人が敵地に踏み入るのに、のうのうと安全な場所から見ているなんて嫌です！　もう既に一族の手練(てだ)れが教国内で諜報(ちょうほう)と拠点作りを始めています、きっとお役に立ってみせます。お邪魔には決してなりません！」

　ありがたいんだよ、なにせ情報こそが命なんだから。だけど戦闘力の無い尾行っ娘一族を敵地潜入させるのは危険すぎるから反対だった。潜入なんてバレたら敵中で孤立状態になる自殺行為な危険な行動。念のために町くらいなら焼き払って逃げられる孤児っ子装備を改良した多弾頭拡散殲滅(せんめつ)弾頭入りの逃亡用ジェットブースタ内蔵ランドセルも支給したし、いちおう物理攻撃特化の粘着接着(トリモチ)グレネード麻痺(まひ)混乱毒付与装備も持たせたけど心配だ。あまりに心配なので耐精神操作系のコンタクトも着けさせて、幻覚麻痺作用のあるチャフも大量に持たせて、念には念を入れて魔の森特産の各種猛毒茸(きのこ)の粉末詰め合わせご贈答セットも膨大に持たせてはいるが戦闘力が無い。うん、護身用のスペツナズナイフには『貫通』と『物理魔法防御1回のみ無効』も付けたし、服だって女子さん達の軽鎧と同等近くまで防御力を引き上げ支給したけど絶対に安全とは言いきれないだろう。うん、やはり広範囲を大破壊できる安全装備も……。

「なにを考えてるのか口から洩れてますけど、私達って戦闘力無いのに都市レベルの破壊力を持っちゃってみんなビビってますからね！　もう、あれで充分過ぎて逆に怖くて使えないのが最大の心配なんですよ!!　前回だって足止めの手榴弾で、迷宮から氾濫する魔物の大群が壊滅していましたよね？　魔物さん達は足止めされたまま二度と動きませんでしたけど、あれって足止めって言うんですか!?」

だが、迷宮王は倒せなかった。飽和攻撃で圧勝できたのはLv20までで、Lv30以上の魔物には大ダメージで限界だった。あれは辺境外の浅い迷宮の氾濫だったから、辛くも時間を稼げて間に合ったけど……その時点で尾行っ娘も、その父おっさんも完全に詰んで死にかかっていたんだよ。つまり、あんなのでは全然不十分だった。

既に40階層だけど、蛇さん鶏さんの自動防御と、吹き矢による自動攻撃に任せてただ歩いている。尾行っ娘は頭にスライムさんを乗せ無敵の警護で安心だし、跳び掛かってくる豹の大群は大量のヒュドラに咬み殺され、飛び掛かる蛾の群れは石になって落下して砕け散った。

上層の魔物では相手にもならずに、蛇さん鶏さんがやっておしまいという前に殺られちゃって壊滅状態なんだよ。肩盾にも自動防御が有るのに、全く出番もないまま50階層に向かう。

用意して、握れるだけ握って持っていた弾頭を全て投げ付けて放つ。実弾頭付きのファイアーバレットの全弾一斉発射。弾幕で階層主を圧倒して、一気に間合いを詰める。49階層から階段を駆け下りた勢いで、そのまま50階層を駆け抜ける。

加速そのままに世界樹（ユグドラシル）の杖（つえ）を横一線に薙ぎ払い——気と魔力によって高められた身体能力による加速のまま、瞬間の『魔纏』で超加速した勢いから放たれたファイアーバレットに穿（うが）たれ、それでも果敢に身構える巨大な熊さんを横から真っ二つ。

決まったな、これで止まれれば完璧だったんだけど、最後は速過ぎて足運びが制御しきれずに縺（もつ）れて転がって壁に激突したけど、階層主を一刀両断にして、そのまま巻き込んでクッションになって貰えたんだよ？　加速も凄（すさ）まじかったけど、あの一瞬だけの魔纏であの威力。やっぱり数字以上におかしいな？

そして——バレた。尾行っ娘がオコなので、一気に駆け抜ける。そう、現在は中層迷宮と間違えて深層迷宮に迷い込み中だから立ち止まると間違っている事がばれて間違えられなくなる！　必死に尾行っ娘が叫んでいるから、耳を塞いで「あーあー！」と騒ぎながら魔物を蹴散らしているから俺は何も聞こえていないに違いない。そう、まだ気づかずに間違え中なのだからセーフ。60階層を越え、70階層に至ると蛇（ヒュド）さん鶏（コカ）さんに24連肩盾（ファンネル）を付けていても瞬殺は厳しくなって来た。

教国では万を超えるおっさん達と相見（あいまみ）えるだろう。うん、凄く見たくない！　なのに、おっさん臭い集団戦を潜り抜けて、剣戟と加齢臭を吹き飛ばしてボコらなければならない展開だって考えられる。だから、速攻戦からの大量撃破の形は作っておきたい。それに追い付かれると迷宮を間違え続けられない、急ごう！

もう、70階層辺りからはMP消費度外視の速攻蹂躙戦。先手を取ったまま一気に潰し、擦れ違いざまに薙ぎ払う。通り抜けざまに斬り裂いて、蹴飛ばし肩撃で勁力を叩きつけて突破する。スライムさんは尾行っ娘に付けてあるから安心で、寧ろこっちは万が一が起こり得るけど、今日が実践訓練と試用試験の最終日。明日からはお出かけで、敵と出会えば殺し合いの本番が始まる。

87階層の猪に手間取り、88階層の害虫駆除で遅れて、89階層の魔力生命体にはギリギリだったけど魔力で圧殺して殺し尽くして……もうMPの残量がヤバい。魔力バッテリーは空に近く、俺のMPも1割を切っている。でも、次で終わり、出し惜しみなしだ。

そして90階層は階層主ではなく迷宮王。つまりようやく間違って最下層に到着だ。危ないから尾行っ娘には階層に入らないように言い付けて、スライムさんは護衛に残らせたままだ。そしてまだ耳は塞いでて何も聞こえていないから間違ったままで俺は悪くない。

「まあ、時間をかける気も無いし、時間自体が無いし……試したいのは1つだけだし？」

足を踏み出して斬る。ずっとずっとこれしか出来ないのに、ただこれだけの事がどれほど難しいのか——踏み込みと同時に魔力と気功が練り合わされ、螺旋が練り上げられる。身体を弾き出そうとする全身の力を集約して、纏められた推力の芯は腰へと集まる。締められ練られた錬気が呼吸と共に丹田へと集い、集積された流れは螺旋を描いて錬気と合わさり高まる。その爆発を柔らかくしなやかに、速く正確に余さずに刃先へと伝える。

ただ、それだけを思い繰り返す。振らば斬る、触れれば斬れる。斬線上に在る全てが斬られたと決定し、斬ったという結果を追い掛けるように切断していく。

目指すのは甲冑委員長さんの強固な装甲も『完全反射』や『物理無効』といった効果まで斬り捨て、『絶対防御』も『完全無効』も斬り裂き、次元も空間も何もかもを斬り払う斬撃。その模倣にも満たない無駄だらけで失敗尽くしの一刀に迷宮の王は斬り殺される。

膨大な力を1点に集中できないから、斬撃に乗せられた力は1割にも遠く及ばない。その残り9割以上の行き場を失った力が、反動や暴走として自分の身体の中を吹き荒れ破壊し尽くしていく。

「遥さん！　遥さん!!　なんでぇ、なんでこんなぁ、グスッ、エグゥッ、酷い、こんな残酷な強さなんて……血塗れで、ぐちゃぐちゃで、強いのに脆いってみんなが……みんな言ってたけど、こんなの、こんなのって酷過ぎる……遥さぁん……えっ!?」「うおぉー、超偶然けっこう巧くいった!!　いやー、無理かなーとか思いながらも、あわよくばとやってみたんだけど……うん、やってみるもんだね？　吃驚だな？　うん、案じずに産むと子沢山？　大変そうだな？」（ポヨポヨ!!）

顔をぐちゃぐちゃにして泣いてる尾行っ娘に、ぐちゃぐちゃだとディスられているんだけど何処も捥げていないんだよ？　流石に久々の盛大な自壊で、全身の筋肉が千切れ、骨が砕けて血も噴き出して……ちょっと見た目はアレだけど『木偶の坊』で外部操作できる範囲の自壊。そう、継戦能力が残せている。強くても残心が出来ない技は死に技だという、ならばできたんだから超ＯＫだと論理的に言えるだろう。うん、見事な逆説だな？

　呼吸を整えて気を練り、『再生』を促して全身の修復作業を済ませながら……体を水魔法で濡らして拭いて行く。うん、流石に男子高校生が洞窟の底で、女子中学生くらいの尾行っ娘を連れ込んで目の前で服を脱ぎ出すと事案だろう。うん、事件かも!?

「な、な、なんでこんなぐちゃぐちゃが巧くいってるんですか！　血塗れでぇ、うぐっ、ぶしゅーってあっちこっちから血飛沫を上げて、ぶちぶちーって筋肉が裂ける音がいっぱいして、骨だってばきばきぼきぼきすごい音で砕けていって……ぐすっ、いったい何が大丈夫でどこが巧くいったんですか！　何処も彼処もぐちゃぐちゃじゃないですかあっ！」

「ちょ、何処も彼処もって、顔はノーダメージなんだよ！　うん、別にぐしゃぐしゃになってなくて普段からこれなんだよ？　泣くよ!?」

　まあ、正直に言うと此処まで膨大な出力は予想を超え過ぎた想定外だった。尾行っ娘は報告魔だから何とか『木偶の坊』で身体を外部から操作して見栄と意地で立っているけど、誰も見てなかったなら泣き叫んで転がり回るくらい痛い。うん、超吃驚した!?

　だから、想像外の大成果だった。想定を超えた力の９割以上を暴走させながら、流し螺旋に変えて中和しきれたという奇跡。そして偶然であっても一度成功した偶然は、解析されて必然に至るんだよ？　うん、これって超ラッキーなんだよ……痛いけど？

どうやら気功と錬金術の錬成が交じり合い、魔纏に加わると何かとんでもない事になっている気がしなくもない。前から怪しいと思っていたから試してみたら、やっぱりだった。

　はっきり言って捥げなくてラッキーだった。うん、だいたい腕が飛んでいくと後から滅茶怒られる。毎回ちゃんと拾ってるのに囲まれてお説教が始まるんだよ……やはり異世界でも3秒を過ぎるとアウトなのだろうか……短いな？

「いや、なんていうか治った？　的な？　だから、大丈夫なんだよ？　うん、なにが大丈夫なのかはいつも分からないんだけど、大きくて丈が長い夫のはきっとセーフなんだよ？　何がだろうね？」（ポヨポヨ？）

　汚れも落ちたし、尾行っ娘の頭を撫でながら宥めすかす。攻略が速攻過ぎて隠し部屋を放置だから、戻り上りながら宝箱を回収して行こう。これで集められるだけ迷宮装備は集めた。これで上げられるだけＬｖも上げた。現状戦える術も全て確認し、自壊も把握できた。成果は上々で準備は万端で、おまけに辺境の90階層以上ありそうな深層迷宮候補は全部潰せたはずだ。なのに尾行っ娘とスライムさんオコだ？　うん、頭を撫でてお菓子もあげておこう。きっと走って来たから疲れたんだろう？

　うん、だって巧くいったんだよ。ちゃんと引き継げたから。だって昨日習っちゃったんだよ……きっと、その生涯を通して極めた剣と、迷宮と戦い抜いた想い……と、あと吹き矢を？

ストレスで死んじゃうくらいに脆弱で弱い繊細な男子高校生さんの心はバリケードらしい。

104日目　夕方　宿屋　白い変人

　他意のない勘違いから迷いなく間違って入り、偶然の不注意から気付かず確信して下りきり、自称罪のない男子高校生さんは深層の迷宮王を殺しちゃって襤褸襤褸でぐちゃぐちゃだったそうなの。うん、全く同じ言い訳を昨日も聞いたし、完璧に無反省な常習犯の犯行だね！

「いや、ヤバそうな大亀さんが体内で莫大な量の魔力を圧縮してたから、急いで殺したからすぐ死んだんだよ？　うん、亀で硬かったから手が痛かったんだけど、尾行っ娘が心配してたけどお菓子あげて、スライムさんも食べてたし俺が悪くない事は立証されてるんだよ？　まあ、尾行っ娘も3つも迷宮を間違って回って疲れてたんだから許してあげようよ？」「うん、尾行っ娘ちゃんは疑う余地なく無罪確定なの、疑う余地すらない有罪決定な犯人が許せないのよ！」「迷宮王がヤバくて急いで無茶したのは譲歩に譲歩を重ねて仕方が無い事だったとしても、そもそもなんでまた深層迷宮に行ってるの！　何で毎日迷いもなく間違えに行くの!!」（ウンウン、コクコク！）

　やっとLvも上がったし、大人しくしているかと思ったのが甘かった。Lvが上がったら上がったで試しに行き、昨日試して散々酷(ひど)い目に遭っていたのに、迷いなくまたやらかしていたの！

「何でって間違えただけで最初の2つは中層迷宮だったんだけど、3つ目が間違えて深層迷宮だったんだから正誤率では過半数を上回る正解率なのに僅かな過ちは許される範囲で、気付かなかったんだからしょうがないよね？　やれやれ？」「迷宮を間違っちゃうのはミスだとしても、いくら何でも50階層を越えた時点で絶対にずっと気が付いてたよね！」「うん、90階層って、それって気付けなかったんじゃなくて意地でも気付かなかったんでしょ！」「尾行っ娘ちゃんが大声で止めてたのに両手で耳を塞いで『あー、あー、聞こえないったら聞こえなーい！』って言ってた時点で絶対に間違ったんじゃなくて間違えに行ってるよね！」

　明日からは移動が始まる。だから今日が迷宮攻略(ダンジョンアタック)の締めだった。だからこそ尾行っ娘ちゃんまで見張りに付けたのに、やっちゃってたんだ……中層2つに深層を1つ。これで深層級の迷宮はすべて潰せたし、人里近い中層迷宮もほぼ壊滅できた。

「だって迷宮って階層表示が無いんだよ？　ちゃんと階段に『ここは70Fだよ』とか書いてくれてれば気付いたのに、魔物さんの不親切と管理者の怠惰な態度の怠慢で何階か分からないから起きた不幸な事故で、きちんと責任者(めいきゅうおう)には苦言とか剣とかを刺しておいたからきっと反省してると思うよ？　死んでるけど？」「「それ、ただ死んでるだけじゃないのよ!!」」

うん、悪い大亀な迷宮王だったようだ？

「誰が迷宮王さんを責めてるのよ！」「なんで迷宮王さんの管理責任の話にすり替えられてるの、なんで魔物さん達が自分たちで階段に階層表示しないといけないのよ!!」「あそこはマンションじゃないの、ダンジョンなの！　ダンジョンに階層表示は無いし、そもそも魔物さんに教えて貰わなくっても遥君は鑑定も『地図』スキルも持ってるから何階か分かってたでしょ！」（プルプル!!）

確かに冒険者が集団で迷宮を攻略する時は、情報共有のために階層ごとに階数や魔物の情報を階段に書き込むらしい。でも、それは数日から数週間かけて攻略する際の事で、遥君は1人で1日で潰しちゃうんだから誰が階数書き込むのよ!?　しかも、どうしてそれを魔物さんに強いちゃうの!!

「どうしてこうも誰にでもある罪のない間違いを認められないのかな？　わざわざ2迷宮も中層迷宮を潰してから間違えに行ったのに、全く信用されていないんだよ？　もう一迷宮くらい行ってから間違えるべきだったの？　でも帰るのが遅くなるんだよ？」「うん、きっと遥君の間違えっていう言葉の意味の捉え方自体がおかしいの！　だって、『間違えに行く』っていう言葉が存在してることこそが間違いでしかないのよ!!」

そう、遥君は間違えたのでも間違えるのでもなく間違えに行くの、そんな間違える気満々で間違いを犯しに行くのは間違いって言わないの！

「間違える事は有っても、間違えに行く事って有り得ないでしょ！」「知ってて間違えに行ってたら、それは間違えたんじゃなくって間違いを犯しに行ってるよね!!」

つまり進んで間違いを犯しておきながら、間違いだから仕方ないと言い切る常習犯。うん、更生する見込みは今日もまったく無さそうだね？

そして、90階層の迷宮王は「キム・クイ　Ｌｖ１００」さんで、越南の神亀の名を持つ巨体だけど動きは鈍重な大亀だったらしい。闇は憑いていなかったみたいだけど、それでも破壊不可能な『完全反射』や『物理無効』と『絶対防御』に『完全無効』も持ったＬｖ１００の迷宮の王。

そして動きが遅いけど、体内で膨大な魔力を圧縮していたらしい。破壊不可能な要塞に射撃兵器があるならば、それは怪物級の驚異。それこそが私達は禁止されている90階層級の迷宮王。だから全力で瞬殺する必要があったらしい。

物凄く怒りたいけど、私達が見張りを尾行っ娘ちゃんに頼んだせいだ。きっと尾行っ娘ちゃんが巻き込まれないように、無理して無茶して絶対倒せない怪物を一撃で斬り伏せた。

その引き換えに全身を破壊され、激痛に神経を灼き尽くされ、全身から血を噴き上げながら荒れ狂う魔力の奔流に身体を再生されながら壊れ続けて立っていた。見張りと一緒に尾行っ娘ちゃんのＬｖ上げをと浅はかに考えた結果だった……って言うか、あの迷宮は80層級と予想されてたはずだし、そもそも入るなっていう問題ではあるんだけどね！

怒鳴り散らして叱りつけたい気分と、泣きながら無茶しないでと懇願したい想いの板挟み。そんな狂おしい想いは……目の前のグラタンさんとドリアさんで霧散に消滅され、焼けるホワイトソースとチーズの匂いに、みんなのたうち回っている。どっちを先に食べるかで苦悩し、並べられていくお皿に心奪われてお説教が途切れ途切れて消えて行く……最初から深層迷宮に行く気で準備してたんだ。そう、これは対お説教用の決戦晩御飯兵器で、その圧倒的な過剰説教破壊能力(オーバーキル)に待ちきれない乙女達が悶絶(もんぜつ)し苦難に満ちた表情で「待て」しているの。だって孤児院が先なの……うん、我慢(泣)。

「ううっ、孤児院の分が先なのは分かるんだけど」「目の前をグラタンさんとドリアさんが素通りして行く残酷な光景が!!」「これに比べれば拷問すら生温(なまぬる)いよね!」「うん、これで品切れとか言われたら、暴徒と化す自信があるよ!」

　柿崎(かきざき)君達は「待て」できなくてネフェルティリさんに鎖で縛られて強制お預けで……彼女(フィアンセ)さん達には見せられない哀れな顔でグラタンとドリアを涙目で見詰めているの。

「何気に本気で怒られそうな時はちゃんと新メニューが用意されてるのが憎たらしいですね」「「「遥、腹減った！　死ぬ、もう飢え死に間近だ！」」」「お座り！」「駄目！」「待て！」「「「犬じゃねえよ！」」」「この匂いが……腹減った、腹減った、腹減ったー！」「初めて見るお食事ですが美味(おい)しそう……ああ、清貧の心が折れそうです」「あれは美味しいよ～、しかも遥君が作ったんなら、もう天上の美味だよね～」「「「きゃあああああっ！　言わないで、待てないの!!」」」

　ようやく孤児院への分が終わり、保母っ娘さん達も涎(よだれ)を垂らしながらグラタンさんとドリアさんを運んでいる。みんな辛(つら)いんだ、みんな我慢して頑張ってるの。後ちょっと……

お皿がベルトコンベアのように流れてテーブルを満たしていく。よく見ると掌握魔法かと思いきや極細な魔糸さんのスライダー方式。うん、気を逸らさないと我慢が出来ないけど、いただきますまであと少し！

「熱々アッチッチでお口火傷しないようにね？　回復茸入りだからお口火傷しても治るんだけど、熱いんだからアッチッチで中はグツグツのグラタンさんとドリアさんでお替わりにラザニアさんも準備中で、全部熱くて栄養満点過ぎて高カロリーなホワイトソースとチーズが熱々でトロトロの……」「「「早くしてっ（泣！）」」」「えっと、なんて言うか急かされたから急いで言うところの、まあそのいわゆるところの……召し上がれ？　みたいな？」「「「キャ――ッ、いただきまーす♪」」」「美味しい！」「熱い！　でも美味しい!!」

　みんな熱さにのたうち回り、美味しさに零れるような笑顔で転げ回って……うん、熱いの？　予備知識なく美味しそうな香りに耐えきれずにパクついた異世界組は、その驚きと美味しさと熱さで百面相中で。何気に看板娘ちゃんと尾行っ娘ちゃんだけ前以てお水が渡されている、R15な自己責任制度のお食事らしい。

「「「あふひあふひほー！」」」「「「へほほひひーほー!?」」」「ばってんほー？」「熱いけど美味しいって言ってるの！　熊本弁じゃないの！」「「「旨いぞー！」」」「あんど、美味しいぞー！」「ブラボー!!」「はふはふ、はふはふ」「急がないとラザニアさんが、でも熱いいぃ！」「私の『熱耐性』をもってすれば……熱うぃいいいいっ！」「遥君お替わりは何皿までなの？」「うん、お替わりは有るんだけど面倒だから大皿で熱々のまま早い者勝ちの奪い合い？　熱いな？」「「「マジで!?」」」

何気に食費外で有料販売されているお豆さんの冷スープを買い、お口を冷やしながらグラタンさんとドリアさんを打倒してラザニアさんに挑み、グラタンさんとドリアさんとの再戦の大皿戦闘に舌鼓まで熱いの！　だけどコールドスープがグラタンさんと相性ばっちりな魅惑のハーモニーでバンバン売れて、それからは巨大な大皿に盛られグツグツと泡立つ灼熱のラザニアさんと炎極のグラタンさんと烈火のドリアさんを奪い合っては熱さにのたうち、頬張っては悶絶する熱美味しい幸せ地獄……うん、みんな熱耐性のLvが上がったらしいの？　でも異世界組だけこっそり小皿で貰って、冷まして食べてたのは差別だよね！

「「「ううぅ、満腹♥」」」「お腹の中まで熱々で、心の底からぽかぽかで幸せ♪」「「「美味しかったー♪」」」

幸せいっぱいに転げ回る乙女達の骸でいっぱいだけど、食堂の床で倒れないでね？　そう、これは出発前のお御馳走。思い返せばお魚と茸しか無かった魔の森の洞窟でも、街に向かう前はお魚さんの香草包み焼き茸添えだった。何も言わない遥君の激励、また帰って来て美味しいものを食べようっていう無言の言葉。そうして有り余る有言のお説教の言葉は無言の優しさで逃げられちゃったの。うん、身体制御を失ってもお説教回避能力は健在なんだね！

「「「ううぅ、苦しいのに幸せ」」」「うん、幸せと一緒に、お腹がいっぱい」

今日も2迷宮制覇で疲労も溜まっているし、軽く汗を流してお目目×でお風呂に向かう。遠征しちゃったら、しばらくはお風呂無しかな。

「う、あぁ……凄いぃ」「うん、とろとろだよ」

白くドロドロした液体が滑らかな肌を流れて垂れて覆い尽くす。透き通るようなすべらかな肌に浸み込んでいき、ぬらぬらと肌を濡らす白濁色の液体に身体を覆われて。

「「「このボディークリーム凄く良い！　いつから販売なの!?」」」

試供品の新作ボディークリームの凄い効能に、お風呂場は喜びと驚きと感動に包まれる。泡沫ボディーソープに姉妹品のシャンプーとリンス、そしてつるつるボディーローションに続く新たなる乙女への誘惑。そう、艶々ボディークリームの販売が決定されたの！

保温に保湿にお肌の保護効果、主効果は『再生（微）』だけど耐状態異常と回復も付いて美肌効果抜群な新製品。その登場に誰もがお風呂上がりのまま一糸纏わぬ姿でヌルヌルと塗り合いっ娘大会で、磨き抜かれた自慢のお肌が艶々と輝き出しそうな光沢感。

異世界の除毛剤はお手入れ要らずでお肌にも良いと聞いて恐る恐る試してたけど、産毛までなくなり毛穴が見えなくなって確かにお肌は潤って綺麗になった。あれは遥君曰くホルモン系の魔法薬で、害がない代わりに体質が変わっていく薬だという事だった。今日も服用したから旅の間は大丈夫だし、回数から言ってもう飲まなくても永久脱毛らしい。

それにＬｖアップによる身体補正が加わり、肌も身体も強く美しく進化していく。更に毎日の運動で身体を鍛え抜いてスタイルも日に日に引き締まり持ち上がっているの。なにせ元々ぽっちゃりやガリガリ気味だった小田君達なんて4人とも細マッチョになってしまい、遥君が髪型から服まで取り仕切るからオサレ系好青年みたいになってしまって……やった張本人の遥君が「オタらしさが損なわれた！」と結構真剣に悩んでいたの？

「凄いツルツルのスベ!!」「しっとり感が別世界」「うん、潤っちゃってるよ!?」

ぷにぷにの子供肌に戻る奇跡のボディーソープで、もうみんな奇跡のようなつるつるぷにぷにの赤ちゃん肌になって大感動だった。本当の意味で透き通る肌の意味が理解できて実感させられた奇跡の泡沫だった。もう、その時点で絶対に手放せなかったのに、追い打ちをかけて新作ボディーローションが販売されてからは別世界だった。あの、まるで作り物のお人形さんのような、この世ならざる美しさに魂が抜かれちゃったの。あの時点で元の世界に帰りたいとか帰れないとか帰らないとかではなく、割りと真剣にもう帰れなくなってきちゃってたのに……ボディークリームまで販売が決定されちゃったの？

「これ、もう絶対手放せないから帰れないよね？」「「うん、絶対無理！」」

Lv100を超えて、元々遅くなっていただろう老化は限りなく停滞した。それはある意味で不老、そして寿命も延びていくらしい……それでも中世の不自由な生活には変わりない、普通なら現代が恋しいはず。

なのに毎日が食べた事も無いくらいの美味しいお御馳走に囲まれて頬っぺが落ちそうで、着るものと言えばオーダーメイドの下着やドレス。夢のような高級服がどんどん着られちゃう。もうこれだけ幸せだと、もう戻れないからね？

遥君は未だに私達を何とかして帰らせようとしてくれている。神様に不可能と断言されてたのに、全く信じずにずっと方法を探してくれている。それをアンジェリカさん達から聞いていて、それは凄く嬉しいんだけど……遥君がこっちに残る時点で、もうみんな帰る気失くしてるの？　うん、こんなに幸せにされちゃったら、みんな帰れないでしょ！

「優しいけど……方向性が？」」」「「「うん、戦争に行くのに肌荒れの心配って……ねえ？」」」

「おそらく主目的は耐状態異常効果なんでしょうね」「「「そっちなんだ!?」」」

いよいよ明日。アリアンナさんたちも不安に口数が少なくなっていたから、ボディークリームだったんだろう。王家は実権を奪われ、無事らしいけど宮殿も包囲はされている。

王家付きの騎士団と教会騎士団が睨み合いを続け、王宮は封鎖されて教国は実質教皇によって動かされているらしい。

「「「心配性だね？」」」「うん、あと凝り性すぎだよね！」「でも、まだ教会内部で権力争いに忙しくて内紛しているんでしょ？」「でも、まとまれば動き始めるよね？」

教会の栄華と繁栄を守る為には、王家になり替わって国としてこの辺境を制圧するしかない。魔石の供給無しでは、教会の莫大な権益は維持不可能なんだから。

その為に遥君は「黒髪の軍師」として、教会に異端認定され神敵とされた。これを匿う王国に鉄槌を下せというのが教会の言い分。他国に神の名で王国討伐と辺境制圧の檄を飛ばし、連合軍を作り上げようと画策している。だからこそ大義名分は与えられない、だから王国軍は出られない。

そして最悪の神敵な「黒髪の軍師」さんの悪逆な手は——入玉。攻め入る口実を逆手に取って「俺を匿ってるのが王国を攻める大義名分なら、俺が教国に居たらどうするんだろうね？　捕まえないと神敵を匿ってると思われるし、かといって自国領に他国の軍なんて入れたくないよねー……大陸中に宗教の頂点として布告した以上、神敵が自国に居る限りそこで聖戦しないといけなくなったんだよ？」と、教国内で破壊活動して神敵する気満々だったの？

潜入して内部破壊を目指しつつ、王国に矛先が向けば教国で存在をアピールして大義名分を叩き壊す。神敵に認定されたのを良い事に、神敵アピールで教会を引き付け轢き回す気だって。そして危険なのにアンジェリカさんを私達に付けて、ネフェルティリさんには辺境を任せ、スライムさんには獣人国の森で防衛を任せようとしていたらしい。

「さあ、今度こそ遥君を守るんだからね、明日から気合入れようね！」「「「おおーっ！」」」「私、頑張ります！」「絶対にやり遂げる、私達はその為に強くなったんだから!!」「アリアンナさん、これは遥君を孤立させないための2面作戦です。だから私達が遥君の為に動く時は従って貰いますよ」「はい、勿論です。我等は王国と辺境に護られて教会へ引き渡されるのをご厚情により許されている身です。それが戦う術を教えて頂き、護衛にまで付いて頂きました。そして遥様は単独で教国への潜入までしようとして下さったのです……もう覚悟はできております。たとえ目の前で家族を殺されようと、我等は絶対に御指示に従います。何なりとご命令ください」

怖いのは人質。だから少数の潜入で……うん、遥君の潜入に不安しか無いの？

「ありがとうアリアンナさん。でもね、遥君だってそうならないように行くんだからね」「うん、諦めるのは駄目。今は何とかしてこっちの都合だけで都合よく、ご都合主義に持って行く事だけ考えよう！」「失敗を恐れずに積極的に向こうに失敗させて、ガンガン失策させて失意のどん底に追い込んで追い打ちをかけることだけ考えようよ」「そう、だから大事なものを失わないようにする事だけで良いの。相手は……ほっといても不幸のどん底に落ちた方が良かったって後悔して、奈落の底が底無しだったっていう救いも身も蓋もない失望感に絶望間違いなしで確定なんだからね」「だって、神敵も何も……神様苛めの神様虐待犯人に喧嘩売って呼び寄せちゃったんだもんね？」

そう、遥君を敵に回した時点で教皇派は終わっているの。だって、あれはご贈答に最も不適切な危険物なんだから。

「うん、前も遥君を引き渡せって言って来てたけど……引き渡したら全滅してたもんね？」

「「それ、何があったんですか!?」」

怒らせた時点で詰んでいるの。だって遥君は戦う気がないの。あれは滅ぼす気、戦いの戦術ではなく戦略的に壊滅させる手を考えている。教会の強さは信仰による政治力と魔道具の独占製造と獣人奴隷の販売による経済力。そしてその信仰と利権で支えられた軍事力。その3つの内の経済力は奪われ、軍事力も大打撃を受けているはず。きっと信仰以外の全てを破壊し、神に祈る以外の全ての権利を奪う気だ。でも、そんな宗教さんに信仰だけ残されても祈られても、神様もきっと迷惑だよね？

「ちゃんと今晩の内に荷物を纏めてね。解散」「「「おやすみー」」」

ごめんねアリアンナさん。私達がアリアンナさんや、その家族を守りたいのも心からの本心なの。だからアリアンナさん達が守りたいものだって守ってあげたい、もしできるのならば苦しめられている全てだって救ってあげたい。

だけど私達が護るのは遥君で、私達が失いたくないのも助けたいのも遥君なの。その1点だけは譲れない。たとえ悪魔と呼ばれ憎まれ恨まれるとしても、大勢の人よりも遥君を優先する。あらゆる全てのものを見捨てても遥君を守る。

だって、反省しないの。遥君の言い訳は「きっと俺の心は超繊細(バリケード)なんだよ？　だからムカつくの我慢しちゃうと精神的抑圧感(ストレス)で死んじゃうくらいに脆弱(かよわ)い、寂しいと死んじゃう兎(うさぎ)さんよりも繊細な心の男子高校生さんだから我慢は健康に良くないんだよ？　うん、ストレス性突発大虐殺症候群とかになったら困るから、先に虐殺しないと不健康？　みたいな？」という、マンションとダンジョンに続きデリケートとバリケードの違いも理解していない疑惑が浮上中の不条理な言い訳だったけど……どっちにしても大虐殺は決定らしいの？

そう、ただムカつくらしい。地の底でアンジェリカさんが苦しんでいたのだって、孤児っ子ちゃん達が襤褸襤褸のまま死んでいくのだって、街が魔物の海に呑(の)まれ街の人達が生きたまま食い殺されるのだって、遥君にとっては全部がただムカつく事だったから……

自分の体なんて一切顧みずに、悲しい事が全部なくなるまで怒っていたの。

「だって私達が遥君を守らないと」「うん、どうせ何もかもムカつくって言いながら遥君が壊れていくんだもんね」「「よし、頑張ろう！」」「「うん、おやすみ！」」

うん、だって絶対やっちゃうの。だって遥君曰く、男子高校生とはムカついたらやっちゃうもので、正義や善意こそが時として人を踏み躙るものだから不必要で寧ろ邪魔だから、ただムカついたからやったで良いらしい。見ていて気分が悪くなる事なく、みんなで楽しく暮らせるなら、それが悪でも罪でも別にどうでも良いと……うん、でも普通の男子高校生さん達ってそこまで兇悪じゃなかったと記憶してるんだけどね？

そう言って悪者ぶってるお人好しさんは、飾り立てた綺麗で耳当たりの良い言葉も立派な自慢気なご高説も無く、ただ「ムカついたからやった、俺は悪くない」の一言で済ましてしまう。だから、きっとまた誰もが笑えるまでムカつくんだろう。襤褸襤褸になったって、グチャグチャになったって、それでもみんなが笑えていないとムカつくんだから。

なのに、そのみんなに遥君だけが入っていない。自分の目に映るもの全てを笑わせようとするくせに、自分だけが見えていないの。だから私達だけは遥君を見詰め、取り囲んで逃がさないようにちゃんと幸せの輪の中に居させないといけないんだから。

その為に私達は人との殺し合いに行く。だって私達だけは、みんなを守ろうとする遥君自身を守りたいって決めているの！

１０４日目　夜　宿屋　白い変人

満足のいく結果だった。無防備な状況下でも蛇さん鶏さんの自動防御に任せて、安心な自動攻撃による反撃で数の暴力を独りの暴力で上回り圧倒できた。鶏さんの毒と状態異常の猛毒散布状態から、蛇さんが１００の蛇で的確に敵を抉る防衛圏。そして『智慧』制御の24連肩盾と無限の触手槍衾で、逆撃のままに手数で圧倒し押し切れた。

これで人海戦術に圧殺される危険は下がった。高レベル且つ高級装備の騎士団ならともかく、低レベルな狂信者さん達に潰されて殺される心配はなくなった。そして高速機動戦も何とかやれた。まだまだ制限は多く隙も大きかったけど、速度こそが武器になり得るから危険度は負おう。そして安全圏で虚実が撃てたことも大収穫だったし、７割で充分な破壊力が見て取れた。こっちは嬉しい誤算だったけど、その反動が半端なくて、あんまり安全じゃなかったのだけが痛々しい誤算だったんだよ？

「いや、だからスライムさんも機嫌を直してよ、大丈夫なのを証明するためには大丈夫じゃない状況に飛び込んでも大丈夫だよっていう証明だったんだから大丈夫なんだよ。きっと？　多分、大丈夫だったんだし？」（プルプル！）

歯痒いのだろう。その膨大な力を全力で解き放てば、スライムさんや甲冑委員長さんや踊りっ娘さんだけで敵を圧倒できる強大な過剰戦力なのだから。だからこそ見せられない、だからこそ表に出せない。そして俺が踊りっ娘さんを奪ったように、敵が奪うことができれば世界は終わりだ。だからこそ戦争では目立たせられないし、矢面には立たせられない。

「この世界の脅威は辺境で迷宮なんだよ？　だから、戦争なんて下らない事は頑張らなくって良くって、スライムさんや甲冑委員長さんや踊りっ娘さんが踏破した迷宮の数を考えれば貢献どころか大活躍のMVP確定の頑張ったで賞受賞だから今回は護衛だけで充分なんだよ？　それにこれは人が片を付けないと拗れそうなんだよ……だから神が出てきたらみんなでボコっても良いけど、教会は任せてくれるかな？　ちゃんと戦えるから」

　3人の使役者としては駄目駄目で、弟子としてはまだまだだ。だけど、みんなを守るのだって使役者の務めなんだよ？　うん、だから任せて貰おう。だって最初から神敵さん指定なんだから大丈夫なんだよ？

（ポヨポヨ）

　人が居ないところで目撃者を皆殺しにするなら良い。そうでなければ迷宮皇さん達は世に出すと不味い。多分、迷宮王級の蛇さんや鶏さんだってこっそりじゃないと不味い。だけど、俺はちゃんともう神敵だから問題ないし、寧ろ神と仲良しと思われるよりよっぽど良い。だけどスライムさんや甲冑委員長さんや踊りっ娘さんが見ず知らずの人に嫌われ怯えられるのは嫌だし、謂われも無く迫害され人類から敵視されるなんていうのは許せない。

「しかし他所からの冒険者の新人さんも増えてるんだよ？　弱いから『冒険者ギルド新人融資コース』に入ってぼったくられて俺の御大尽様化が止まらないのに、何でいっつもお金が無いんだろうね？」（プルプル？）

みんなの食費で滅茶稼いでるのに無くなる？　そう、暴利を貪っても御飯を貪り食い返されて、投資しないと素材も食材も手に入らないのがネックだ……でも、卵とソースも滅茶売れてて、代金もいっぱい貰ってるんだけど不思議だな？

「うん、無いんだよ……宿代が？　何でだろう？」（ポムポム！）

だから、せっせと内職に励む。手に入れられる材料は片っ端から買いこんだし、後は作り準備し備えるだけだ。一流内職家としては用意していなかったなんて許されない怠慢で、真の内職者とは知らない間に用意して「こんな事も在ろうかと」と言うまでが仕事で、してなかったら「なにやってんの！」ってディスられるに違いないんだよ？

「これで『トリモチもちもち粘着グレネードランチャー』は作れるだけ作ったし……あっ、散布用『唐辛子配合目潰し粉Ｗｉｔｈ状態異常セット』も増産しとこうかな？」

魔石の加工技術を独占して魔道具を作り、迷宮装備を他国から献上させ捲っていた教国の武器は何が出てくるかわかったもんじゃない。ただ異世界は魔法を信じすぎている。だからこそ物理兵器に弱く、魔法防御効果は『炎』や『爆発』の魔法攻撃を防ぐけど、案外と物理的な熱波や衝撃は効いていたりする。

「うん、おそらく耐魔法戦闘で最強は……落とし穴なんだよ？」（ポヨポヨ!?）

落下や墜落の衝撃は身体強化で緩和されても、物理攻撃無効化では無効化されていない。大迷宮ではそれに助けられたし、さっきもグラタンさんとドリアさんでＬｖ１００超えの女子さん達が『熱』にのたうち回っていたんだよ？

「だから『潤滑ぬるぬるグレネード』だってきっと有効なんだけど、なんかおっさんに撃ち込みたくないな？　うん、凄く見たくない光景が展開されて、男子高校生的なＨＰをガリガリと削られる恐ろしくも悍ましい悪夢が展開されちゃうんだよ？」（プルプル！）

　まあ、「備え在れば、こんな事もあろうかと」という格言も在るし、用意しておくに越したことは無い。だって、お姉さんなシスター騎士団とか居たらきっと必要になる！

　うん、居たらあらん限りの『潤滑ぬるぬるグレネード』を乱れ撃ちで撃ち込んで、飛び込んで一緒に一生懸命に一心不乱に乱れる覚悟はできてるんだよ！　うん、だからおっさんは普通の油に引火で良いか？　山盛りのお菓子でスライムさんの御機嫌も急速回復中で、やはりプリンに目が無いようだ。いや、目は無いんだよ、スライムだし？　ジトるけど？

　これで迷宮皇級に当てる技は組めた。後はその技を扱う術なんだけど……それは、その場で何とかするしかない。防御や回避なんて無理だし、斬りあえば瞬殺されるのが迷宮皇。だから、その場で適当を超運良く好い加減に事が運んで、騙して誤魔化して凌いでる間に決めるしかない。無理でも無理矢理偶然に可能性が僅かに見えるだけで良いんだよ？

「孤児っ子達も増えて、みんな一生懸命に働いて一生懸命勉強して、今では街でお金の計算や読み書きの仕事までして頑張ってるんだよ？　俺が頑張らなくて辺境が教会に占領されちゃったら、頑張ってる孤児っ子達にお大尽様の示しがつかないんだよ？　うん、孤児っ子達が大きくなって自分の人生を決める時まで守るのが大人の役割で、俺はただの大きい人より偉い高等な学生さんな男子高校生さんなんだからしょうがなくって、俺は悪くないんだよ。うん、だって男子高校生なんだよ？」（ポムポム）

　あの王都で廃墟よりも襤褸い孤児院で幼児っ子達を助けてた年長組なんて、まだ中学生になるかならないかの下手したら小学生高学年くらいの子供達だった。そう、ここで高校生が頑張らないのは高等学校による高等教育的見地から見ても間違ってるんだよ？

　そして男子高校生的に仕方がない事柄が豹柄で扉から現れて、２頭の女豹さんに装備を解除されて引き摺られて……ベッドの上だった。

「いや、確かに作った覚えも有るし、バーゲンに出したんだけど……買っちゃったの!?」

　女豹スーツ（豹耳付き）のＶｅｒ豹とＶｅｒ黒豹の限定品の２つが、２着揃って猛獣注意の注意勧告も警告も無いままに襲撃だった！

　皮膚のように薄い豹柄のボディースーツを、色っぽく艶やかに肉体の曲線に張り付かせ、艶めかしい肢体を野獣のようにしなやかに長い豹尻尾と揺らして、俺の身体を押さえ付けながら這い上がって来る超肉食系!?　目の前には黒豹さんの長く黒い尻尾が伸び、ぷるんと丸く張り詰めた黒豹さんのお尻がむっちりと淫靡に揺れ。そんな後ろ姿を悩殺的にくねらせながら、豹さんと黒豹さんが男子高校生の前で合流して野獣のような妖艶さで舌舐め摺りをしているんだよ！

だが、動けない！　顔の上数センチに皮膚のように薄い黒布を張り付かせた美尻と、野性的な太腿さんの奥の極地な局部がぴっちりくっきりと食い込み張り付いた際どい格好が眼前だった!!　目を釘付けにされて見入っている間に2頭の豹さんは捕食をはじめて、その肉食獣の猛々しさで男子高校生が上下から咥えられてお食事会が開催中で、豹柄の薄い手袋と黒豹さんの黒い手の20の指先が絡まり握って扱きながら連動し、2対の舌が舐め上げる野性の楽園。

「って、ちょ、順番から言って俺のターン……むぐっ、んぅぅーむ。むごぉもごぉ!?」

顔は両側から太腿さんに挟まれて押さえられ、口封じされて呼吸が……だが、その姿勢は魅惑の三角痴態で誘惑しようと、舌の射程距離！

「ひいいぃっ！」「ぷはーぁ、息が……空気、俺のターンだ！」

練気を乱す為に男子高校生が決して抗えない素敵なお肉で口封じで、呼吸まで封じちゃうとは驚きだったけど、呼吸さえできれば錬気法で房中術も発動して形勢は逆転。うん、魅惑されても、呼吸って封じられたまま逆転しないと死んじゃうんだよ！

「うあっ、ああっん！　んぁっ……あっ!!」

女豹さんを丹念に魔心を込めて隅々まで可愛がり、動物愛護な愛撫で愛情たっぷり振動波もたっぷり送り込んでみた？　うん、舌先の振動を止めても震えて痙攣中？

だが真に恐ろしいのは手負いの獣。先に倒れ、ぴくぴくと白目で痙攣していた黒豹さんの瞳に生気が戻る！　だが、豹さんは仰け反りながら悶絶中で、敵は黒豹さんのみ！

「ひぃぃ、あうっ……ひあゃっ!?」

復活と同時に倒す速攻で、未だ身体に余韻が残り回復していない状態ならば脆い！　倒れ伏して動かない2頭の豹さんは僅かな皺だけで見事にぴっちりと密着した一体感のボディースーツ姿で、長い豹尻尾だけが揺れているんだけど……その豹耳と尻尾部分だけは魔道具だったりするんだよ？

「さて、これって……外部からどうやったら脱がせられるんだろう？」

甲冑委員長さんと踊りっ娘さんに作ってあげるなら、脱衣まで考えて設計するんだけどバーゲン用のジョークな一品だったから……だが、逸品だから破るのは嫌だな！

「なでなで？　さわさわ？　もみもみ？　いや、楽しいんだけど……これって本人が魔力操作で『着脱』する仕様で脱がせられないな？」

うん、困った。そう、いくら何でも女子さん達の服や装備は、外部からの魔法では操作はできなくしてある。だけど身体に密着して一体化しているから、ぴっちりと肌に張り付き、引っ張っても脱衣は不可能な状態だ？

復活しては倒し、また復活しては倒す、豹さんとの過酷で過激な戦いが繰り広げられる中で『智慧』による外部からの装備品強制操作を試みる。これは効果の『吸着』のOn／Offによるもので、その操作を外部からは受け付けないのならば……中だ！

極細の『魔糸』さんをぴっちり密着なボディースーツの中へ送り込み、内部からの解除を目指すが全身をびくびくと震わせて悶えまわり魔糸操作が難しい。まあ、ボディースーツの中の感触が愉しくて集中しきれないのも要因の一つなんだけど、中で撫で回してるのも原因だと言えなくはない。うん、これはこれで愉しいんだよ？　だけどなかなか脱がせないなと、幾度と無く繰り返される思考と錯誤と悪戯と痙攣と絶叫と悶絶と狂乱の輪廻の果てに、ついに麗しい純白の生肌と琥珀色の艶肌が現れた。ゆっくりと撫で剝いて、艶肌の上を滑らせるようにボディースーツを剝がしていく。

「「ひゃあ、あああっ……んあっ！」」──おや、性王がLvアップのようだ？

「「きゃあぁあぁ、あっ、あううっ！」」──うむ、房中術も上がったな？

「「あああ～あん♥」」──うん、頑張ってるんだよ？

子沢山の猫親子たち大家族Verが手を振っているが子狸はこっちのようだ？

105日目　朝　宿屋　白い変人

朝、それは出立の時。そう気を引き締める以前に、身が締まっていて今朝も日々是日常さんな朝のようだ？　うん、分かり易い情報として軽佻に語るならば、今日もプロメテウスさんのように鎖で縛られ中な所謂ところのプロメテウス状態なんだよ？

「うん、何気に魔物さんより、俺の方が『プロメテウスの神鎖』に縛りあげられてることが多い気がする今日この頃だった！」

拘束自体はまだ良い。問題は『プロメテウスの神鎖』の全能力強制無効化で封じられるのが地味に痛い。性王と房中術は内部で循環しているけど、体外へのスキル出力が封印され淫技も封じられているようだ。装備なしでは厳しい、うん駄目そうだな？

「復讐と恋愛においては、女は男よりも野蛮である。Byフリードリヒ・ヴィルヘルム・ニーチェさん……って名前長いな!?」

どうも昨晩の愛らしい豹さんと黒豹さんへの過剰なまでの動物愛護な、愛情溢れる愛玩が縺れ絡まる愛憎劇となって男子高校生の可愛らしさが余りに余って憎さ100万ボルトの電撃戦が急襲中？　まあ、昨晩頑張り過ぎてMPの回復が間に合ってなかったようだ……ぐはああっ!?【性王戦闘不能！】

うん、朝から何だかすっきりと疲労感が爽やかに怠くて、元気な旅立ちの朝だ。昨日は第一師団と近衛の指導に赴くという名目で付いて行ってた莫迦達も、朝からいちゃいちゃとマッチョお姉さん達とご一緒だな。爆ぜろ？

「おやおや莫迦さんなお莫迦さん達よ、昨晩はお楽しみでしたね！　朝からいちゃいちゃとしやがって？」「「「お前が言うなって言いたいが……窶れてる！」」」「さ、さすが迷宮皇さん達、パねえな！」「「「って言うか爆破すんな!!」」」

しかし1日で第一師団のほぼ全員が数Lv上げていて、順応するのは早そうだ。浅い迷宮で魔物との戦い経験を積んでいってくれれば、深い深層迷宮は辺境軍が間引きして押さえて安定させられそうだな？

「これ一応、離脱用逃走装備の粘着榴弾(りゅうだん)だからお姉さん達に配っとけよ。まだ1日じゃ辺境の迷宮はキツいだろうから、迷宮休憩用の簡易テントも売るんだよ？」「おっ、サンキュー……って、テントも買う！」「頑張ってるんだけどな……中層だとまだヤバ気だ」

「ああ、まだまだ深いとヤバいな」

　今はデモン・サイズ達が居ないから、魔の森の魔物も間引かないといけない。うん、何気に辺境の守護者さん達だったりするんだけど、お出かけ中なんだよ？

「正面からのガチな正攻法は良いんだけど、予想外が駄目だよな。読みがまだ浅い」「ああ、こうなると良い装備で、過信しないかが心配になって来るんだよな」「まだ、使いこなせてないんだよな……まあ、あの甲冑(かっちゅう)だから無傷だったけどな。ありがとうよ」

　現状兵隊さんの手が足りない代わりに、冒険者さん達の数に余裕が出て来ているらしい。他所(よそ)からの新人冒険者が日に日に増えているらしく、恐るべきことに街の奥様(おばちゃん)達もへそくり稼ぎに冒険者登録してゴブやコボをボコっているらしいから大丈夫だろう。うん、奥様(おばちゃん)達がオークと間違われないかだけが心配なんだよ……うん、間違ったら冒険者が危険そうだな!?

「おはよう、馬車は列車(トレイン)化して8両編成直線番長(ドラッグレース)仕様で用意してあるから、広々だから荷物積んじゃっといてね？　準備すんだら朝ご飯で、その後は出発するんだよ？　忘れ物しないでね？　莫迦たちは忘れ去りたいんだよ？　この世から？」「「置いてくな、付いてくぞ！」」」「第一師団（あいつら）だって大丈夫だよ、俺等（ら）は一緒に行くからな」「「「準備はできてるよ！」」」「うん、新作のアイテムトランクが大活躍だね」

そう、女子さん達は膨大な服と日用品をすべて持って行く気らしい？　その為（ため）に最高級魔石を大量に使用した、大容量を誇るアイテムトランクが追加注文されたんだけど……絶対にチャイナ服とかスク水とかブルマさんとか、あとセーラー服とかミニスカポリスのナース服さんとか戦争にいらないと思うんだよ？　うん、全部持って行くらしい？

「まあ、俺が預かる手もあったんだけど、アイテム袋の中に女子高生の使用済み下着が大量に入ってる男子高校生さんの好感度って、瀕死（ひんし）の致命傷が過剰殺害（オーバーキル）で抹殺されそうな気がしてならないから女子さん達用に大型荷箱（トランク）を作ってみたんだよ？」（ポヨポヨ）

貴重品収納の観点から防犯性（セキュリティー）はもちろん、ミスリルと黒金による装甲化がなされた防御力溢れる丈夫で堅牢（けんろう）な超硬質防壁兼用な重装甲鞄（ハードタイプトランク）さんだ。さらに内部も個別に収納できるよう複数の仕切りで収納品を分けられる便利機能付きなんだけど、まさか箪笥（タンス）ごと入れるとは思わなかったな!?

　そう、わざわざ宿屋の棟を長期契約で借り切っているのに、昨晩はお引っ越し並みの大騒ぎだった。だって女子会で「荷物が纏（まと）められないなら、全部入れられるトランクを注文すれば良いじゃないの」という意見が全会一致で可決したというが、いつの間に女子会にMさんが参加してたんだろう？　謎いな!?

「「「いただきまーす♪」」」「しかし、今日は非武装で良いとはいえ、なんでみんな動物着（アニマル）

ぐるみパジャマなの？　そのダボダボでお出掛けなの？」

まずはメリ父さん乗せて王都に行くんだけど、モモンガっ娘とコアラっ娘がホットケーキを奪い合い、羊っ娘がステーキ皿を奪って狼っ娘がサラダをパクつく弱肉強食の野生の王国が展開中で誰が誰だかわからないけど……揺れてるライオンさんは副Ｂさんだな！

うん、まさに百獣の王、でか……って、何でもないです!?って、百獣の野獣さん達が睨んでる!?　でも、キリンさんとか蛙さんまで睨んじゃうの？

「いや、違うって！　ほら、着ぐるみパジャマのお直しは大丈夫かな、きつくないかなって御心配な直視凝視が揺れ動く獅子は千尋の谷から落ちても『ぽよよ～ん♥』とか衝撃吸収な安全性について深く考慮してただけで百獣の王さんが大暴れなのを見ていたわけではないんだよ？」「「「野生の勘で有罪！　ホットケーキ追加の刑を強制執行します！」」」

くっ、今日も冤罪のようだ。狐っ娘委員長さんの冤罪判決が下されたが、多数決による可決を強行採決という非政府主義者な人達と同じ扱いというのは不服だから、動物さん繋がりでも牛歩戦術とか恥ずかしくみっともない真似はせず潔く従おう。うん、多数決するのが民主主義である以上、女子さん達の数の暴力は正義で、男子高校生とは孤高なものなんだよ……だって「ぽよよ～ん♥」だったんよ？　不可抗力な無罪だな？

ホットケーキの追加に小猿っ娘が齧り付くけど中身は小狸っ娘のようだ……ややこしいな！　ビッチーズも何故か草食系なバンビさんに鼠さんに牛さんにアライグマさんだし、擬態して油断を誘い齧りつく戦法なんだろうか？　うん、ビッチリーダーなんて鶏さんなんだよ……まあ、もしかしたらコカトリスさんなのかも？

「うん、JKさん達の女子力が野生化(ワイルドライフ)だな!?」

　食事を終えてお出かけ準備を済ませ、めいめい馬車に乗り込むとお見送りのカンガルーな看板娘とぬいぐるみ(ラグドール)の名を持つ猫(ぬこ)さん着ぐるみを着たムリムリさん。そんなモコモコ猫さんなお母さん猫の周りを、子猫っ子な幼児っ子達がぐるりと囲んで子沢山の猫さん親子状態で手を振ってお見送りだ……保母っ娘さん達は猫っ娘姿を恥ずかし気にして、隠れ気味に猫親子に参加してお見送りをしている。うん、こっちが普通の反応だよね？

「「「いってきまーす」」」「「「いってらっしゃーい！」」」「はやく帰って来てねー！」「「「ちゃんと帰って来るから良い子でねー、約束だからね」」」「「「はーい、いってらっしゃい！」」」

お見送りされる側のシスターっ娘達は、ぽろぽろと涙を落とし手を振っている。うん、ちゃんと帰って来るなら、ちゃんと笑って出かけないと駄目なんだよ？　みんな声を掛け合い再会を約束し手を振り合って……って言うか今から領館でメリ父さん捕まえたら、また宿の前を通るんだよ？　うん、こっちは逆方向だし？

「いやー、遥(はるか)君。それに皆もわざわざ迎えに来て貰(もら)い申し訳ないね。言ってくれれば支度して宿へ出向いたものを……って、なんでみんな動物の格好を？　気のせいかうちの娘が鰐(わに)になってるんだが、その横の梟(ふくろう)が王女様に見えるんだろうね？」「えっ、獣人国との友好なのにメリ父さんは獣寝間着も持ってないの!?　うん、そんな事もあろうかと、今ならこの象さん着ぐるみパジャマを限定で1名様に何と特別価格な1万エレぽっきり(ぼったくり)で、更に

30秒以内にお買い上げの方には象さん帽子もプレゼントなんだよー！」「買った！　うむ、獣人国との友好の証か……考えもしなかったが、謂われない差別を人族から受け苦しむ獣人国への友好的な態度としてこれ以上のものはあるまい。流石は遥君なんだけど、何で遥君だけ普通の格好なんだい？　あと、象しかないのかな？」

　全くムリムリさんもメリメリさんもちゃんと値切って1万エレで3点も買って行ったのに、メリ父さんには領主としての市井の経済観念が足りていないようだ。後で密告っとこう。うん、普通いい年した男子高校生さんが、そんな恥ずかしい格好はしないんだよ？

　街の門を目指すとムリムリさん率いる子沢山の猫親子Ｖｅｒ大家族が手を振って再度のお見送り。街中で働く犬っ子や猫っ子の孤児っ子達も馬車を追いかけながら手を振っている。うん、あんまり走るとお腹がすくというのに困ったものだから、お菓子でも撒いておこう。って、余計群がって人集りだった！　うん、随分と人が増えたな……うん、見た事のある某女子高生団体も交じってるけど……いつの間に馬車から飛び降りたの⁉

　そして門を出ると、お馬さんの身体はみるみる大きくなり、ぐんぐんと加速して行く。

　今回は孤児っ子達は乗っていないから最大速度で問題は無いだろう。羅神眼の『千里眼』で進行方向の障害物を確認しながら、お馬さんに指示を出す。商人なら回避、魔物や盗賊なら轢き逃げだ。

　窓の外を高速で流れ去る景色を眺めて、呆然とする乗客さん達にもようやくお馬さんの素晴らしさが伝わったようだ。うん、速いんだよ？　重量のある8両編成の列車を牽いても、この速度が出せる1頭立ての弾丸列車だ。商人の行き来が増え、度々減速の必要は在るけど道は広く平らで真っすぐで、この水平な直線道路っていうのがいかに困難だったかをお馬さんに語りながら一路王都を目指す馬の耳に建設秘話なんだよ？

「遥君、これ速過ぎないかな……そんなにも急ぐのかい!?」「えっ、まだお馬さん準備運動(アイドリング)からの徐行運転(スロースタート)だよ？　今からが加速(アクセル)で速度(スピード)の向こう側を見に行くんだよ？　お馬さん、行きまーす？」（ヒヒーン♪）「「「えっ……きゃあああああああああああ——っ！」」」

うん……疾(はや)いな？

一部天敵同士とか交じってそうだけど、大丈夫なんだろうか？

105日目　昼　路上

風を斬り裂く働き者の御者な男子高校生さんで、まあ実際はお馬さんが賢すぎて御者要らずで、ただ構って撫(な)でてるだけだったりするのは良い子のみんなの秘密なんだよ？

「いや、御者のいない無人暴走馬車も問題かなって、御者台に座ってみてたんだけど……速過ぎて道行く商人さん達(たち)が気にする前に一瞬で通り過ぎているから意味なかったね？」

（ヒヒンヒヒン♪）（ポヨポヨ）

途中懐かしのグリーンウルフさん達の群れとの感動の再会もあったけど、感動の再会を喜びあう前に狼さん達は轢き殺された？

「うん、お馬さんの前に飛び出したら危ないんだよ？　まあ、よく考えたら一度もちゃんと出会った事は無かったな？」（ヒヒン？）（プルプル）

一応メリ父さんを積んでるから、辺境伯の家紋を車体に貼ってある。つまり責任は全てメリ父さんに行くんだから何か問題になっても俺は悪くないから問題はないし、暴走はお馬さんに任せて馬車の中に戻る。1号車は打ち合わせを兼ねメリ父さんにメリメリさんな父娘に、王女っ娘とお付きのメイドっ娘。そして女子さん代表の委員長さんと副委員長Aさんに、当事者のシスターっ娘。そこへ俺と護衛のスライムさんの8人＋1スライムさんだ。

「旅程に問題なしっていうか、問題があっても問題ない事が判明したんだよ？」「「「それって、一体どんな状況なの!?」」」

しかし何気に宿用寝間着から、余所行きなお出かけ寝間着へ衣装替えしたらしい？　まあ、寝間着で外出より正しいとも言えるけど、何か間違っている気がするのは気の所為なんだろうか？

甲冑委員長さんと踊りっ娘さんは、最後尾のJK車両で雛っ娘とラッコっ娘の着ぐるみパジャマでパジャマ女子会に参加している。ずっとずっと暗闇の中に1人でいたんだから、楽しいイベントは全て参加させるべきだろと、殿という名目で参加させたからきっと楽しく女子会してると思う。

「しかし、ちゃんと剣を装備して行ったけど……このお馬さんの爆走速度に追い付ける魔物や盗賊さんっていないよね？」（プルプル）

しかしメリ父さんの象パジャマって……そして話し合いというか会議？

「でも、話し合いって言われても味噌と醤油の購買が確定目的で、昆布や鰹節は未だ推測の域を出ないから味噌汁まで辿り着けるかも未来は未だ来たらずで未定で未だ定まらずに、お困りな未成年な男子高校生さんだから……豆腐も欲しいな？」「誰が味噌汁の具の会議って言ったの！　葱もいるからね!!」「教国の話です、今は教会の独裁状態ですが教国自体が戦争したい訳ではないはずですから」「教会と教国の思惑が食い違っているんだし、こっちから動くのって悪手なんじゃないの」

副委員長Aさんが真面目な顔で語る。秀麗で凛々しい顔立ちで、後輩女子からお姉さまと呼ばれ毎日大量のラブレターを貰っていたという王子様っ娘なスーパーモデル系お姉さまは、現在カピバラっ娘姿で威厳は欠片も無いんだよ？

まあ、凛々しい王国の姫騎士だったはずの王女っ娘も、顎に手を置きシリアス顔で思案しているけどモモンガっ娘でゆるキャラ化しているし、その横に控える澄まし顔なメイドっ娘なんて河馬さんで、真顔で会議は無理なんだよ。ビジュアル的に？

「戦争回避が最優先？」「いや、戦争するしないは本人の自由だけど、それは相手には関係ないんだよ？　戦争をさせないのが政治なんだけど、その交渉から戦争っていう選択肢を外せば交渉は不可能になるんだよ？」「でも攻め入る形になっちゃうよ？　潜入って言っても……隠れる気が無い潜入って侵攻とどう違うの？　お麩が良いなぁ」

　委員長さんの思慮深い愁いを帯びた顔……の上で揺れる白兎耳！　うん、モフモフのグローブもポイント高いな！　朝の狐耳からの衣替えだけど、なかなかあざといキャラを狙っているんだよ！　うん、あとお味噌汁にお麩は斬新だな？

「平和を守るものは愛でも希望でも夢でもなく恐怖なんだよ？　争えば損をする恐怖が軍事力っていう外交なんだから、今の教国に対して言葉の交渉に意味ってないんだよ？　自分達の権力の為なら、下らない面子の為に無意味な殺し合いでも潰し合いでも何でもするんだから政治的解決はないよ？　だって今の教国のトップにとって、国なんて自分達の為なら平気で使い潰すんだから？」

　国としての立場ではなく教会内の権力争い。そして宗教とは国を超えているからこそ、国を使い捨てる選択肢がある。だから教会内の権力を護る為なら、国がどうなろうと戦争を画策する。そんな相手に平和交渉なんて無意味で、交渉するだけで不利になるんだよ。

　どのみちシスターっ娘たちは引き渡されなくても、教国に行ってしまう。その先に、もう悲劇が避けられないのなら——下手に避けずに、殴った方が早い。所謂「右の頬を殴られる前に左で頬を打つべし、打つべし、打つべし！」という、殴られる前に3連打で左を打てって制する者は世界を制すると云われている。多分？　だからきっと異世界だって制するし、世界大戦でもない国家レベルなんて戦争するまでもないんだよ？

「ならば王国も参戦します。こんなくだらない戦争を、異国人である遥様達だけに押し付けて黙って見ているなど許せません。父に……王にはすぐに話を付けます。だから思いとどまってください、遥様」

王女っ娘は眼差しは真剣だけど、大きく両手を広げたモモンガーな力説だ。そしてそれが教国の思惑通りだから、きっと大喜びする事だろう。王国のせいで神敵と認定された俺を見捨てられずに戦争を選ぶ。そうして教会へ戦争を仕掛ける悪の国ができあがり、それを大義名分にして宗教の力で連合国を形成して王国を堕とす。

「我等も教国の者としてお詫び申し上げます。ですが教会上層部が戦争を引き起こそうとも、教国の多くの民は戦争なんて望んではおりません。私達は平和の為に教国に戻るのです。戦争を食い止めるために戻るのです。無力なのは承知しております。それでも教国の民を戦乱に巻き込むことは避けたいのです。どうか猶予を。交渉は我等だけで良いのです。まして遥様は異端とされ神敵と公表されております、危険過ぎます」

そして教会の上層部はシスターっ娘達ととっても仲良くする気は有るけど、話し合う気なんて全く無い。王女の肩書も在る大司教を捕らえたいだけで、あと他のシスターっ娘達も高位貴族の令嬢らしい。なによりシスターっ娘達は美人さん過ぎるんだよ？　羊っ娘姿で銘々にメーメーと語り掛けているけど、その先行きは迷々で失敗するのは明々なんだよ。

「アリアンナさん達こそが危険なの！」「今、教国で教皇に異を唱えられるのは教国の王女で、大司教のアリアンナさんなんだから狙われない訳が無いでしょう！」

蝙蝠っ娘さんが怒る。お父さんは象さんで、お母さんは猫さんだったがメリメリさんは蝙蝠っ娘らしい？　うん、複雑な家庭問題が有りそうだな！

「って言うかそこまで真剣に考えなくって良くない？　防衛戦は守るための戦いで失敗は許されないけど、教国に入っちゃえば何したって良いしヤバかったら逃げるんだよ？　戦ってやる必要もないし、話し合いにだって無理に応じる義理も無いんだよ？　うん、信者ならともかく神敵なんだから、神敵さんが真面目に交渉して話し合いっておかしくない？」「確かに!?」「「「でも無差別攻撃は駄目だからね！」」」

　羊さんを兎さんが宥め、モモンガさんが力付けて、カピバラさんとカバさんが話し合い蝙蝠さんが説得する。象さんは……おっさんだから、どうでも良いな？って言うかその恰好でシリアスな会議は無理で、このほのぼの感で戦争の協議って真面目な殺し合いへの冒瀆なんだよ？

　しかし委員長さんは宿では狐っ娘だったのに、兎っ娘に変わって王道。なのに副Aはカピバラっ娘の前はアルマジロっ娘で、メリメリさんも蝙蝠っ娘の前はイグアナっ娘さんだったんだけど……その路線は何処を目指してるんだろう？　色物系？　うん、お色気系ではないらしい。残念だな？

「うん、獣人さんとの友好のためっていう名目で大量販売したんだけど、獣人国に蝙蝠人族とか鬣蜥蜴人族っているのかな？　うん、蜥蜴男さんと何が違うんだろう!?」

　しかし、冗談で作った獅子舞セットは誰が買ったんだろう？　噛みそうだけど、縁起良さそうなんだよ？　そうして地平線に小さく見えていた王都の影はぐんぐんと大きくなり、その全容が眼前に広がって……大慌てで武装したおっさん達がわらわらと門前に展開している。何かあったんだろうか？

「なんか大盾を並べて通行妨害を目論んでいるおっさんたちが居るんだけど、轢いて良いんだよね？　でも、お馬さんの脚に加齢臭付かないかな？　踏む前に炎熱消毒を打ち込んだ方が良いかも？　うん、邪魔だな？」「ん、盗賊かい？」「いや……第三師団のおっさん達の群れ？　まあ、盗賊かも？」

　嘗て第三師団は第一王子につき盗賊まがいの悪さをしていた。王子は廃嫡されて師団は再編制したと聞いていたけど、王都の門前でどうどう強盗とは全く反省が見られないんだよ……よし、轢こう！

「何故に王都と国境の警備についているはずの第三師団が路上に……本物なのかい？」

なるほど、偽者が堂々と王都の前で展開しながら強盗中だったらしい。言われてみれば全員おっさんだから悪い奴に違いない。うん、薙ぎ払うか。

「まったく王都の門前でどうどうと強盗なんて図々しい偽者なんだよ？　しかも、城門の上にまでいるんだよ？　もう纏めて焼き払っちゃおう、チャラ王までいるし？」「ちょ、遥君！　それって普通に本物だよね!?　て言うか王がいるって、王都ってもう王都に!!　まだ半日も……ああ、王都だ。あとチャラ王は轢かないでくれないか、王妃様達もいらっしゃるから！」「「「止まって、減速して、それ味方！　踏んでも轢いても駄目なの！」」」

辺境と王都を行き来する商人が増えて、馬車も増えたから最大加速できないまま王都に着いて、お馬さんも運動不足そうだったのに轢くのは駄目らしい？

うん、チャラ王が遠くで手を振り、王妃様を3人も侍らかして見せびらかしているんだよ。うん、騎乗槍はどこだったかな？　ちょっと突撃槍で一番槍で槍玉に挙げて、お馬さんの8本足で踏んじゃおう！　リア充爆発しろー！

やはりおっさんにはハリセンかと思って持たせたら、やっぱり役に立ったが怒られた？

105日目　昼過ぎ　王都前　路上

砂塵が舞い散る、辺境街道と呼ばれ始めた新たな道の路上（ダンダンダン！）

巨馬が嘶きながら8本の脚を激しく踏み鳴らす（ダンダンダン！）

大地は蹄に叩かれ叫ぶように鳴り響き渡る（ダンダンダン！）

巨馬の背で勇猛に突撃槍を構えた遥君が雄叫びを上げ（ダンダンダン！）

踏み鳴らされる大地の悲鳴に合わせ、轟く声──「リア充爆発しろー！」

　そして少年は捕まって怒られている。うむ、流石は委員長殿！　しかしうちの娘や王女様まで手際が良い、見事だ！

「まったく王とも在ろう者が城門の外に王妃様方まで連れて現れるとは腰が軽すぎる」

まあ、遥君を出迎えたかったのだろう。辺境でも良く叱られたが、領主としてとめどない感謝の念に突き動かされ居ても立っても居られない気持ちはわからんでもないが……刺されそうになっているとも知らずに暢気に手を振っているな。

そして素早い動きで確保に向かった委員長殿達の、電光石火の確保劇で少年は捕らえられて押し潰されているが……王女様といいうちの娘といい馴染んでいる。というか手馴れている？　そして、嬉しそうな少女の笑顔だ。

「どうしてなのかお馬さんの上で騎乗槍構えて突進する気満々に見えるんだけど何をしてるの！」「手短に述べると王都の門の前で第三師団を装った盗賊たちはチャラ王の手下だったから、お馬さんと突撃槍掛けようとしたのに押さえ付けられて捕縛されてるから殺れないいんだよ？　だってわざわざ城門で王妃様を3人も見せびらかしているんだよ？　うん、あれは彼女のいない男子高校生に対して決して許されない挑発的行為が行われてるんだよ？　殺っちゃえ？　みたいな？」

この世界を踏み躙り尽くさんばかりの威厳を持つ巨馬で突進されれば、王城の大門ですら薄紙のように破られそうだな。無事止めて貰えたようだが、うちの娘は人見知りだと思っていたのだが……馴染んだのか、染まったのか、随分と楽しそうに笑うようになったものだ。きっと、王も王女様を見て思うのだろう。いつも難しい顔で剣と軍事だけを求め、王国の剣であろうと努められていた姫騎士が少女らしい声で騒いでいるなど、その目で見ないと信じられぬだろう。

　我ら父親の世代が情けないばかりに少女らしく生きる事も許されず、物心つけば幼き心に重責を担い、将来の不安と戦っていた娘たちが笑って騒いでいる。幸せを知り、喜びを信じ、未来を夢見られるようになった……災いに抗（あらが）うだけの生き様しか教えられなかった我等（ら）に代わり、幸せを夢見られる未来を見せてくれた少年達のお陰で少女として笑えるようになった。我等は果報過ぎるな、貴族としても父親としても。

「何でお出迎えに出て来てくれた王様に突撃槍（ランスチャージ）を仕掛けちゃうの！　あと、軍が王都に居たら盗賊な訳ないでしょ!!」「えっ、だって奥さんが3人いるって自慢してるんだよ！　しかも2人廃籍されても後まだ3人って、突撃槍（ランスチャージ）ですら生温（なまぬる）いからお馬さんで踏んで馬車で轢（ひ）こうよ。うん、8両あるからギリ足りるかな？　3往復くらいで？」「「「王様逃げて!?」」」

　毎日のように新たな二つ名や渾名（あだな）が増え続けて、未（いま）だ全ては把握しきれないのだが、止める事はおろか抗う事も逆らう事も許されぬ、「幸せの災厄」とはよく言い得たものだ。

「逃がすな！　押し包めー！」「「「了解（ヤー）！」」」

　無事少年は捕まった。しかしいつ見ても見事。会って間もない王国の姫騎士（シャリセレス王女）や辺境の姫騎士（メリエール）まで手足の如（ごと）く差配する委員長殿の采配の妙。一糸乱れず一つの生き物のように動く華麗な陣容の外連味（けれんみ）ない指揮は、軍の指揮官として勉強になる。そして待ちきれぬように馬車へと王とその一行が近づいて来る。一国の王としては到底許されざる行いだが、誰一人咎める者も無く集う顔には笑みが溢れている。それは辺境で在れ王都で在れ変わらぬ光景、少年を囲み皆が笑う「幸せの災厄」への出迎えだ。

「ようこそ、あげぽようぇ〜い！」「「「チャラい!?」」」

未だアレを異国の挨拶だと思っているようだが……本来、一国の王が他国の言葉を使う事も問題だが、別の問題も発生中のようだが諫言の必要も有りそうだな。

「奥さんがいっぱい居てチャラいとは思っていたけどやっぱりチャラかった！」「しかもテンション高過ぎて娘の王女様が引き気味だね？」「あまりのチャラさに王妃Aさんに抓られてるね」「うん、王妃Bさんに肘打ちされるし？」「あっ、王妃Cさんに蹴られてる！」「うん、ついに王女様までツッコミに入って参戦しちゃった？」「メリ父さんにまでハリセンでボコられてるし、王というのも存外に大変なようだから俺も殺りたいな？」「「殺っちゃ駄目！　しかし王国ってノリが軽いよね？」」

王をどつきながら王城へと案内され、他国の王族を招く最上級の貴賓用の応接の間に通される。それは威圧でも虚栄でもない、ただ真摯な最大級の歓迎の想い。

その溢れる想いが痛いほどに分かるから哀れだ。辺境のオムイ城にせよ、ムリムリ城にせよ、その絢爛さと較べれば王宮の貴賓の間はみすぼらしく映ってしまう。

比較しようもない圧倒的な美術や技工の隔絶。そう、なにせ自分の家に日々威圧され、隅の小部屋に家族で住まうほどにあっちは豪華絢爛なのだ。

「いやいや遥君に王国側の指針だけでもちゃんと伝えたくてね。だから直接迎えたんだけど扱い酷くない？　一応、王なんだけど!?」

　指針。王国の行く末とは王の意思の先。その目標へと王家に連なる志が従い国家の道筋を決めるが故に、指針こそが王の責務。

「それって俺が口を挟むことじゃないし、意見なんて聞かれても困るんだよ？　うん、王国制っていうのは王族にとって苛酷な制度で、それでも志と共に立って、志と共に継いじゃったんだから決断するのは王であって、その王がチャラ王なんだから……大丈夫なの、この王国って？　うん、志がチャラそうだな！」

　その責務を重圧と見れば覇が足りぬ。だが、その地位を栄華と見れば志が足りぬ。見果てぬ夢へと指し示す道標こそが王の役割、その足元を固め大地となるのが貴族の務め。王国の祖が定めながらも、永い時の間に志は摩耗し多くの貴族が忘れ果てて失っていた役割。だが見果てぬ道の先からひょっこりと現れた異国の少年が道を指し示し、道阻むものは悉く薙ぎ払い消し飛ばした。敬愛して止まぬ建国の英雄たちの志を、遠い異邦からの旅人に教えられ、だからこそ王が頭を垂れる。

　獣人国への使者としての話は置き、教国への対応が案じられたのだろうが……我等には決定権など無い。災厄とは誰にも止められず、誰にも阻めないから災厄なのだ。そして我等には幸せの災厄だったが、腐敗貴族や教会の軍にはまさに災厄の使徒だった。幸も不幸も災厄級の少年少女の一団なのだから、我らなどに御せる訳もない。

「真面目な話として聞いて欲しいんだけどね、王も我ら貴族も教国との戦争の覚悟はとうにできているんだよ。これは王国の問題、遥君達は本来無関係な事柄なのだ。誰だって戦争などという愚かしい事はしたくない、魔物との戦いに全力を尽くしたい。だがね……我等は君たちを犠牲にするくらいなら、愚かであれ戦う事を選ぶのに何の迷いも無く当然の事だと心に決めている。王国が遥君達の身柄を引き渡すことなど決して無いし、その為に戦争になると言うならば何の異存も無く戦うとどうに決議しているんだよ。それでも……行くんだろうね。宗教的には大陸の宗主国、かの帝国ですら不可侵と言わしめた影響力は計り知れないというのに。だが我ら王国は遥君を神敵とするならば共に神敵となり教会と戦うと決めている……誰も恩人を見殺しにして生贄に差し出すような平和なんて望んでいない。我ら王国の民はそんなものを平和とは呼ばないのだよ」

言わずとも知っているのだろうし、語らずとも理解しているのだろう。もしかすると何も聞いてないのかも知れないな……おーい!?

「だから戦争したら負けなんだよ？　防衛戦はやられ損だし、打って出れば周辺国が教国を助ける大義名分になるんだからほっとけば良いんだよ。戦争するしないじゃなくて、戦争させないのが勝ちなんだって……ほっとけば自滅するんだし？」

神敵とされ教会から引き渡しを要求されている本人は、自ら教国に行く気満々だった。まるで戦争を他人事で、どうでも良さそうに語るがアリアンナ嬢と共に最も危険な立場……まあ、立場が危険なだけで、本当に危険なのはその本人だという説も在るが。

しかし引き渡さないが本人が出向くなど外交上に前例がなく、誰もが止めたくは在るが誰もが止められないのも知り尽くしている。そして、この世の地獄と言われる迷宮の最下層で迷宮王を刈り尽していた一団に、敵地は危険だなどと言えるはずもなく言葉に詰まる。「私が特使という扱いで参ればどうでしょう。王国の代表としてアリアンナ様や遥様を保護しているという名分で在れば、公の使節団となり、安易には手を出せないかと」「……シャリセレス、敵国だぞ。軍を率いずに敵陣に踏み込む、その覚悟は分かった。だが、御護りできるのか」

大使として王女が出向き、その保護下とすれば外交上は教国は受け入れざるを得まい。だが危険どころではない狂気の沙汰だ。

「軍を率いずとも迷宮殺しの集団です。敵中である以上は不利は否めませんが、おめおめと囚われる気も負ける気もございませぬ。王国の名代を冠した使者に刃を向けるならば、我が剣をもって意味を思い知らせましょう。そして『迷宮殺し』の名の意味も」

魔物との戦いと軍隊との戦いは全くの別物。だが強さとは同じもので、殺されずに殺したものが強いのだ。その事実の前ではLvや兵数は意味は無い。まともな装備や薬が手に入るようになり、辺境軍を率いて魔の森や迷宮に挑めるようになった。そして戦えば戦うほどに分かる異常さ。迷宮——そこは途轍もなく強く途方もなく速い魔物達の巣窟。強力なスキルを持ち迷路で待ち伏せ階層に群がる恐るべき魔物の恐怖を日々骨身に思い知る。

それと同時に思い知る恐ろしさ。圧倒的な破壊力を誇る剣や槍に、強固な魔物達の装甲が貫かれ斬り刻まれる異常。莫大な魔力の奔流を受けても凌ぐ盾や鎧に、状態異常を退け、怪我もみるみる治る強力な薬品の数々。それは非常識を超えた絵空事、誰もが憧れ誰にも成し得なかった夢物語。伝説に謳われる英雄譚のように戦い、日々魔物を討ち強くなる兵士達……夢見ようとも在り得ぬはずの夢が、現実として目の前にある驚愕。
幾千の勇者を率い魔と戦い滅ぼさんとした戦女神の伝説のままに、志を継ぎ大陸の危機と戦った伝説の聖女たちの率いた英雄達のように……抗い殺されて行くのではなく、戦い倒していくという、夢見る事すら恐れ多かった奇跡の日々。

「いや、別に教国と戦争しに行くんじゃないし？　戦う気も揉める気も交渉も話し合いもする気無いんだから？　うん、用事なんて落とし物を拾って終わりなんだよ？」

だが、その幾多の伝説と奇跡の物語は人の裏切りで終わる。英雄や勇者を殺すものは兇悪な魔獣だけではなく、裏切るものはいつだって人なのだから。

「戦争の抑止力は相手にとっての恐怖じゃないと意味が無いんだよ？　金と面子の話でしかない教会に遠くの戦争なんて意味が無いんだよ？」

だから行くのだろう。戦争を玩具のように振り翳す教会のもとへ。その振り回している玩具を見せ付けに、遠い地の御遊びではないと目の前に戦争を見せ付けに。その振り翳し弄んだものの意味を告げに行く。教会の幼稚な火遊びは炎獄と共に災厄の使者を呼び寄せたのだ。

愚か者は皆が怯え平伏していればその恐ろしさを理解する事ができるのだろう。だが少年の周りには笑顔だらけで、子供達まで懐いて回るから怖くないとでも思っているのだろうか。狂った覇業など恐ろしくても何れは自らを焼き燃やし尽くすが定め。だが優し過ぎる悪は、己が身を焼こうとも消える事なき永久に燃え広がる燎原の焔だというのに。

怖いんだよ、この少年は。この世で本当に怖く恐ろしいものは理解できないものだ。そして、これほどの意味不明な理解不能など何処にも在りはしないというのに。よし、委員長殿に通訳を頼もう！

危険彼女の野放し禁止法案で保護を申し入れたが僻んでたから焼いてみた？

105日目　夕方　王国　王宮

他の種族と較べて魔法が劣る代わりに最強の身体能力を誇り、種族に応じた特殊能力を持つ亜人最強種――獣人族。

誇り高く、力こそを尊び、仲間をなによりも大切にする種族。世界で獣人差別が始まる以前には、傭兵として冒険者として大陸中にその勇猛さと勇敢さを轟かせた、圧倒的な力と速さを持ち、鋭敏な感覚を持った獣人達を統べる国家が獣人国。正式名は……何とかかんとか？　まあ、獣人国だ？

「それで遥君はまず獣人国で何をする気なの？」

わざとらしく委員長が振って来る？

「食材の買い付けとか買い物？　みたいな？」

うん、呼ばれただけで買い物のついでだし？　後はケモミミっ娘(こ)と……いえ(シィレダヨ)、何でも在りません(シッポジャナイヨ)!!

「協定とか協力の話はどうされるのですか」

王女っ娘が窺(うかが)うように聞いて来る。うん、俺に聞いてどーするの？

「仕入れ交渉はするけど、それも雑貨屋さんに投げるんだよ？」

うん、流通の管理とか面倒だ。確実に手に入ればそれだけで良い。

「いや、遥君、防衛計画や今後の分担の話も込み入っていてだね……」

メリ父さんが困惑してる王女っ娘に助け船を出す。

「それは王国の話で俺は関係ないし、獣人国なんかと関わる気ないんだよ？」

うん、無い。ケモミミさん達とは関わったり絡まったり関係が深く深く深まっちゃって嵌(は)まっちゃってと……違うよ、友好な交遊なんだよ？　ホントダヨ、バッチリダ？

「……獣人国は助けないっていう事なの、今も小田(おだ)君達に守らせてるのに？」

ジト睨(にら)み委員長さんの問いかけだ。会議って面倒だな……だって異世界言語って通じ合わないんだよ。欠陥言語なんだろうか？

「獣人なら助けるよ、仕入れ相手だし？　ケモミミだし？　あと、オタ達は自分の意思で戦ってるんだよ、俺はお使い頼んだだけだから」

うん、パシリなんだよ？

「お使いで商国の奴隷狩り艦隊と宿泊港を壊滅させてなかった、魚雷山ほど渡して！」

うん、余ったんだよ……魚雷が大量に？　そう、オタ達を沈められないまま余ったから、オタ達に渡しておいたんだよ？

「現状、短期的には王国は鎖国しても全く困らないんだけど、商国と教国は死活問題？だからほっとけば良いんだよ？　獣人国は獣人国の問題だし？」

会議なんて無駄なのに……目指す所が違えば意思なんて統一できないんだよ？

「王国の王としてこれだけは教えて欲しい、獣人国ガメレーン共和国と敵対する気は無いのだね？」「ガメ？　ガメられたらぼったくり返すよ！　そこは、ぼったくり道として避けては通れぬ交通事情が道路交通情報からも寄せられてる渋滞情報は押せば解決？　うん、玉突き事故は初撃の衝撃が肝心なんだけど、獣人国はお味噌とお醤油がいるんだから最重要なんだよ？　美味しいよ？」

まあ、国は置いといてケモミミとモフモフと和食の可能性がある国だ。だからとてもとても素晴らしい国で、そして悲しいまでに未来が無く……ムカつく国なんだよ。

「王よ、少年が何故ムカついてるかはアレですが、本来獣人国の問題は王国の問題。強制できる筋でもなく、国が担うべき事柄でしょう」

そう、俺には関係が無いし、口を出す権利も無い。これは異世界のお話で、俺は部外者なんだから。

「分かったよ。依頼だけはさせて貰うかも知れないが、最初から強制する気も、その資格も立場も無い。我等は兄弟揃って愚王なんだよ、ただ頭を下げて頼んで回り、皆に願い助けてもらうしか出来ない王だからね。シャリセレス、頼んだぞ——お前が見て聞いて、考えて判断せよ。お前が正しいと信じた道が王国の道標だ」「父様……ディオレール王ディアルセズ陛下の勅使、しかと承りました！」

王女っ娘が決めるらしい？　ならば箔付けが必要だな。剣の女王らしいし、剣で良いかな？　うん、エロドレスとエロ甲冑は変えたくないんだよ？　うん、あれは高貴な王家の血筋の淑女には必要不可欠だ！　お付きのエロメイドさんのだって必須なんだよ！　長く無意味な会議は終わり、休憩という事で部屋に案内された。甲冑委員長さんとスライムさんと踊りっ娘さんの4人部屋だ。この3人って名目上は護衛なんだけど、その内の2名がいっつも俺を襲うかボコる人達で、今朝の口撃も滅茶ヤバかったんだよ……うん、上も下も凄いんだよ!!

トンテンカン？　いや、別に鍛冶しなくても作れるんだけど、何故だか打った方が出来が良いし調整もしやすい。材料は前に来た時に宝物庫に有った、朽ち果て汚れきった鉄屑の『王剣ディオレール：【王族の血統に加護】？　？　？　？』。

それを生成し錬成してミスリル化し、黒金の刃を付けて鎬を併せ打って馴染ませる。羅神眼に映る最高の出来を目指し、届くギリギリのちょっと先へ行ってから……もうちょっとだけ？　いや、ちょっと先っちょだけ？　みたいな？

「よし、これ王女っ娘に渡してきてくれる？　所有者はチャラ王族限定にしといた方が良

いって言っといてね？」（ウンウン、コクコク）

　うん、宝物庫に落ちてたんだから謂(いわ)れが在る剣なのだろう。王剣の名を持ち、朽ち果てた姿でも加護を持ち『？(不明)』が４つも残っていた。もう触れれば崩れ落ちそうな刀身に、握れば砕けそうな柄(つか)だったけど歴史と共に受け継がれて来たのだろう。まあ、落ちてたんだから改造くらい良いだろう、返したんだし？　うん、この前王宮(ここ)で拾った『千古不易の罠(わな)』は辺境に置いて来たから、メイドっ娘がオコだったんだよ……まだ、覚えてたんだよ……しつこいな？

　だから、この……襤褸(ぼろ)剣(けん)でおろーる？　で誤魔化そう。見てくれは思いっきり豪華(ごうか)絢爛(けんらん)に細工を施した納得の出来で、性能は予想外の想定以上な仕上がりで『王剣ディオレール：【王族の血統のみ所持可能、所有者へ加護】　Ａｌｌ40％アップ　物理魔法防御無効　剣技補正（大）　耐状態異常（大）　自動魔装　自動回復　＋ＡＴＴ　＋ＤＥＦ』と正直思わずパクろうかと思うような出来だった。残念ながら王族限定な差別剣でＪｏｂ王族縛りだったんだよ。うん、剣王や性王では駄目らしい？

「まあ、俺は無職で何ものにも縛られないのに、何故だか毎朝目が覚めると鎖でぐるぐる巻きで縛られてるのは何でなんだろうね？」（ポヨポヨ）

　そしてお風呂前に訓練場に向かうと莫迦達(キリング・リア充＆デストロイ)との熱いバトルが始まり、剣戟(けんげき)を繰り広げながら魔弾を射出して、撒菱(まきびし)地雷を散布して空中から攻撃するが避けやがる(死なないな)？　奇襲の吹き矢すら、勘だけで弾(はじ)きやがった！

「お前等避けんなよ、当たらないと死なないんだよ？　全く気の利かない莫迦なんだから、折角訓練に見せかけてリア充爆散の炎剣で突いてるんだから、ちゃんと刺さって爆発しようよ？　空気読め？」

器用に地雷を避け、獣のような体捌きで不可視の『魔糸』すら避けて飛び上がり……ブーメランで殴って来る。もう、投げる投げないの話ですらなく、握りしめたまま本人が飛んでくるんだよ！

「「選りに選ってお前が爆発させようとすんな！」」「蒸発もしねえよ!!」

魔獣と変わらない身のこなしと野生の勘。魔獣より莫迦だけど魔獣より反射神経が良い、人に在らざる莫迦さ加減。そして辺境の魔素から生まれる魔物は襲ってくるから迎撃で良いが、辺境外で自然繁殖した魔物たちは危険を感じると逃げると言う——まあ、莫迦たちも生まれは辺境外だな？

「全く莫迦のお父さんと莫迦のお母さんが頑張って自然繁殖したのだろうに、帰る気も無く愉し気に戦いやがって……全く親不孝だな？」「「お前が一番、うちの親に酷えよ!!」」

獣のような笑みを浮かべ連携し襲ってくる野獣の狩猟を、薙ぎ払って斬り飛ばすけど……当たらない。

「お前こそ、昨日は人の彼女といちゃいちゃと踊りやがって！　ボコらせろ!!」

片手でブーメランを振りながら、その勢いで半回転し隠し持った短槍を突き出す……のを待ち構えて、焼き払おうとしたら逃げやがる！　そして追うと左右から狙われているんだよ……ウザいな？

「お前等の彼女が申し込んできたんだろうが！　お前等のせいで、あれから俺が何十人と踊る羽目になったと思ってるんだよ！　彼氏責任で爆散しろ!!」

　左右から同時に跳び込んで来て、上下から斬りつけて来る……けれど本命は後。左右の牽制は自動迎撃の蛇さん達に任せ、背中のマントから突然生えた鶏の羽で後ろからの斬撃を止め、振り返りざまに斬り払おうと『七支刀』を振り被るが……慌てて空歩で旋回し地に降り立つ。くそっ、下からも狙ってやがったか。

「密着し過ぎなんだよ、俺の彼女なんだから遠慮しろ！　近過ぎ！　触り過ぎ！　なんかダンスが巧過ぎなんだよ!!」

　着地の瞬間に地を踏み締め、震脚で身体中を錬気して迫り来る剣戟を跳ね上げる……だが、吹っ飛ばしても、あの体勢でも着地しやがるか……追撃の魔弾も弾かれたか。

「そう思ったら逃げずに練習しとけよ！　お前らが舞踏会で逃げるから、あん時も数十人相手に踊らされたんだよ!!　オタ達まで逃げて俺1人で、巧くなるも何も呼吸がズレたら腕折られるんだよ！　足踏まれたら砕けるんだよ！　Lv20台の脆さ舐めんなよ、魔纏してギリなんだからな!!」

　スキルではなく勘で幻影を見抜いてやがる、だから分身で影まで飛ばすが引っ掛からない。上からの剣と見せかけ下から蹴り上げ、剣盾を一斉に突き込み同時に火魔法弾の弾幕を張る。だが、劣勢になると5人がかりで迎撃して、散らばって距離を取るから詰め切れない？

「あの魔纏が妖しかったんだよ！　なんか顔赤かったし！」

突きかかる剣を流し、返しながら斬ると――左から突き出された槍が受け止める。

「そうそう、息も荒かったよな！　なんか瞳が潤んでただろうが!!」

槍を巻き取るように弧を描き、引き付けて薙ぎ払うが逃げられて背後から狙われる。

「「「って言うかタンゴは駄目だろ、フォークダンスにしとけよ、せめて！」」」

一刀を弾いても角度を変えた二刀目が迫り、逃げ場は既に狙われてる。

「踊り終わったあと蕩けてて、ずっと上の空だったぞ！」「「「お前ってどんだけヤバいんだよ、この性王め!!」」」

掌で剣の横っ腹を叩いて軌道を変え、その空隙に潜り込んで距離を詰める。左脚で膝を踏み抜きに行き、肘を立て身体ごと加速する。狙いは脚を退いて前傾すれば突き出されるはずの顎。そして脚を引かないなら膝を踏み抜く！

「だったら手加減を教えとけよ！　お前らの彼女さん超筋力で舞踏が力技過ぎるんだよ！　魔纏して錬気強化してないと一瞬で骨が折れるよ！　手とか握り潰されそうだったし、膝がマジでヤバくって股間が超危険で、振り回して身体入れ替えないと潰されるかと思ったよ！　あれ、近接格闘戦並みの危険行為だったよ……って、お前らよく無事だったよな？　うん、怖かったな？」

膝を踏み抜く瞬間に……その甲冑の襟首ごと引っ張られ射程外に離脱される、連携の回避。今のは惜しかった!!

「「「ああ、茸(きのこ)食べながら踊ってたんだよ?」」」「あの膝は効くよな!!」「それ知ってたんなら止めろよ! 危険彼女ーズを野放し禁止だよ、保護しろ! あれ死人が出るよ!!」

舞踏(ダンス)の踏み足(ステップ)には規則(ルール)が在るけど、即興(アドリブ)も有る。だから手を握って進行(リード)を伝えるんだけど、握り潰されるかと思った。そして腰に回した手で抱き寄せたり、向きを変えたりの抱擁(フォーロー)で方向をずらして躱(かわ)して逃げないと——膝蹴りと踏み潰しがマジで怖かった!!

「わりー……なんか、あいつ等ってずっと誰からも舞踏(ダンス)を申し込まれた事が無かったらしいんだよ」「まあ、俺等でもギリギリだからしょうがねえんだけどな」「それでもよ、一生ずっと俺等としか踊れないのって可哀想(かわいそう)じゃん」「「「……で、遥なら良いかって?」」」「おい!」「いや、お前なら避けれるだろ?」「「「ああ、マジでよくあれを躱しきれたよな!?」」」「だったら僻(ひが)むな——っ! あれ、踊りっ娘さんの相手してたから、先手を取って誘導(リード)する回避で躱せたけど、普通あの至近距離からの全力の暴力(ダンス)は捥(も)がれるか砕かれるんだよ! せめて先に教えろよ!!」

戦うよりも怒鳴り疲れた。まあ、そんな理由なら暴力(ダンス)の相手くらいするんだけど……だったら拗(す)ねるな! ああ、面倒臭い!

莫迦達を懲らしめて(メテオ&インフェルノ)お説教してたら、女子さん達が訓練に現れた。王女っ娘から何度も何度も剣のお礼を言われたが、とても大事で大切な剣だったらしい……うん、パクらなくて正解だったようだ!

そして、甲冑委員長さんに一手申し込む。訓練という訳でもないが、言伝みたいなものだ……ただ振りかぶり、ただ斬り下ろす。たったそれだけで、それだけが全てだった。

巧くできたかは分からない。ちゃんと引き継ぐには、その生涯を通し極めた剣は途方もなく重く、迷宮と戦い、闇に囚われてしまったその想いはあまりにも深すぎた。

「ちゃんと……逝き、ましたか？」

その一刀を受けると目から涙が流れ出すのを不思議そうに拭う。記憶の大半を失っても、嘗て共に戦った仲間の剣は心に残っていたのだろうか。託された、だからお届けだ。送料は夜に頂こう？

「強かったよ。けど、やっと死ねたんだよ？　あ、そうだ」

あと、吹き矢も吹いてみた……甲冑委員長さんは躱しながらヤレヤレってしてた。うん、やっぱり正統派じゃなかったんだろうか？　哀れだな？

さて、お風呂に行こう。長居すると訓練に巻き込まれてボコられる。女子さん達はシスター服で戦闘訓練をするようだから、あのスリットの誘惑は危険だしお風呂にしよう……視たいな？

就職絶対零度はすべての物質が活動を停止して就職活動も停止な恒久無職状態らしい。

105日目　夜　王宮

莫迦達は地面を転がり続けているが、床が汚れそうだけどほっといてお風呂に行こう。莫迦たちもコロコロ同好会に入りたいのだろうか？　流行ってるの？

昨日は第一師団用の迷宮内休憩テントを作り、莫迦達に売りつけた。外側には魔物除けに『簡易結界』を付与し、内側には『回復（小）』と『治癒（小）』が付いたテントを彼女達にどや顔でプレゼントしていた。そして、「離れていても君を守りたい」とか「この愛が貴女の癒しになりますように」とか女子さん達考案のメッセージ入りの内装だったことを知らされて、訓練場の床の上をごろごろごろごろと転げ回ってのた打ち回っている。うん、渡す前に確認くらいはしようよ？

さて、明日には獣人国だがオタ達は運河の方に居るのか、森の中に居るのか。目下オタ達に危険なのは商国の七剣。レロレロのおっさん級のヤバいのが後6人も居るのかと思ったら、元々6人しかいないのにレロレロのおっさんが抜け、1人は獣人国の森で死んだらしい……オタ莫迦は何も言っていなかったからスライムさんだろう。

それでも後4人もいる。ただし商国という連合国としては瓦解寸前で、国家としての主導権は無くなっているらしい。未だ首相と首脳部がしがみ付いて政治権力を独占しているせいで、商会や組合が離反し続けているらしい。だから残りの4人の内の何人が未だ国に付き、何人が商人に鞍替えしているかが分からない。

「今のオタ達なら負ける事は有っても、逃げられないなんて事は無いんだけど……オタオタしてるからなー」

まあ、デモン・サイズ達の護衛が在るから戦闘なら安心だ。あの三位一体の大鎌の螺旋攻撃は甲冑委員長さん達ですら認めるほどだったんだから。うん、ちなみにお馬さんも合格だったのに使役者だけが不合格でボコられたんだよ？　うん、今晩も復讐だな！

「遥君、あれで良かったのかい。遥君の言い分が在れば話の落としどころなど何処にでも落とせるんだよ。一応はシャリセレス王女に一任という形で、現地で対応できる形にはなったけれど……立場上、王女の随行員と見做されるのだし、獣人国からの招聘が終わったら一度戻って来たらどうだい。状況だっていつ変わるか知れたものではないのだし」

チャラ王は教国の大使との罵り合いがあるらしいが、よくも飽きないものだ？　そしてメリ父さんだ？

「情報を聞く限りまだまだ余裕で、今も教国の大使とチャラ王が言い争って醜いおっさん同士の口喧嘩で事は進展してないから時間は有るんだよ？　でも時間があればあるほど裏で悪さする余裕が出来ちゃうから、待つ方が時間が勿体ないよ？　だって軍資金を使う前に行ってがっぽり拾った方が絶対にお得なんだよ？　うん、時間と落とし物は黄金よりも貴重なんだけど、黄金も落ちてたらちゃんと拾うんだよ？　欲しいな？」

　国を潰す最も簡単な方法は経済破綻だ。国ごとは無理でも政府を狙い撃ちにすればその国の貨幣は力を失い経済的に死ぬ。そうなれば軍事力で打開するしかなくなるけど、軍隊は食料を浪費し続ける。つまり敵国でお金と食料を拾い尽くすと勝手に滅びる。

　貨幣ではなにも買えなくなり、力無き国民が飢える最も残酷な手段。だけど、それ以外だと容赦なく全てを敵と見做して皆殺ししかできない。国を亡ぼすとはどうやっても残酷な結果しか生まない、禍根を残さずなんて在り得ない。国は作り上げそれを維持するのが困難で、発展させるなんて奇跡的と言って良いほど遠大な計画を必要とする荒唐無稽な夢物語なんだけど……壊すのは一瞬なんだよ？

「潜入とは言うけど、国民全員が教徒の教国は実質国の全てが監視機関であり、諜報員ですら内部に食い込めていないのだよ。あまりにも危険過ぎないかい？」「いや、紛れたり内部に食い込もうとしたら無理なんだよ？　こっそり入ってひっそり拾うのがコツなんだよ。うん、王宮も仕入れ先だったから、よく通ってたけど全然問題なかったよ？　うん、儲かったな？」

　混沌とした教国の内情が分からないまま関わるのは巻き込まれ損になりかねない。敵味方も分からない敵地なんて、全員が敵よりも対処しがたい。だがシスターっ娘たちの精神状態はきっともうギリギリだ。教国全土が実質教皇派の軍事独裁下に置かれた緊張した状況とあっては平静を装うにも限りが在る。

そして現状報告では教国の宮殿は籠城状態で、教会派は外を囲むのみで宮殿自体が軟禁に近い状況下に置かれていると言う。今は教会内の派閥争いと王国との問題も有り放置のようだが、時間と兵力に余裕が出れば攻め込まないとは言い切れない。宮殿内から裏切り者が出れば瞬く間に占領されるし、甘言で惑わし内通者を作るのは教会は得意そうだ。

うん、俺もかなりハニートラップに引っ掛かるのは得意だと思うんだけど、未だにハニートラップなセクシーお姉さんは現れないんだよ？　宿にもハニートラップ募集の看板まで出していたというのに、全く気の利かない教会だ。うん、委員長さんに見つかって滅茶怒られたんだよ？

「むしろ問題は囮のシスターっ娘たちが危ないんだって。良いの、メリメリさんや王女っ娘を行かしちゃって？　こっそり俺1人の方が安全なんだよ？」

そして、だからこそシスターっ娘を捕らえたいだろう。原理派の派閥の長である大司教で、教国の王女で人質としての価値は高い。そして無理矢理にでも婚姻すれば教国の支配の大義名分となり正統性が主張できてしまう。しかも美人さんでむっちりボディーだったのが、最近では引き締まりつつもむっちりなむちむちボディーに進化中だから余計に狙われて危険だろう！　うん、エロいんだよ！

「1人でこっそりって、計画は在るのかい？」「策は万全だったんだよ。俺1人でこっそりお馬さんで大聖堂までひっそり駆け抜けて、こそこそと邪魔者を蹴散らしてひそひそ金目の物を洗い浚い拾って、さっぱり証拠隠滅に大聖堂を爆破で破壊したら証拠とか教皇とかもこんがり焼けちゃって万事解決のお忍びの旅の予定だったんだよ。うん、何でみんな反対するのかな？　解せぬな？」

兵は拙速を聞く、未だ功の久しきを観ざるなり——作戦を練るのに時間をかけるよりも、少々難が在る作戦でも素早く行動して勝利を得る。そしてお馬さんは速いし可愛いから完璧な作戦だったのだが駄目だった。危険って言うけど、それに見合う最も有効な手立てだったのに怒られた？

やるならばクーデター直後だったのに時機を逸した……そう、あの時だったら大聖堂や宮殿から宝物庫に落ちてる落とし物をどれだけ拾ってもバレなかった可能性が高く、その責任だってクーデターを起こした教皇に行くという俺は悪くない素晴らしい御大尽だったのに……何故かメリ父さんは固まっている？　更年期硬直か何だろうか？　まあ、動かないからほっとこう。うん、お風呂だお風呂だ。

「王宮のお風呂ってショボいんだね、がっつりと改築しないと寛げないんだよー……全くお客様に改装させるなんて、おもてなしの心と機能的設計力が足りてないんだよ？　スライムさん泡風呂機能もいる？」（ポヨポヨ♪）

やっぱり泡風呂が好みのようだ。シャワーの魔道具と共用で良いかな、省スペースで済むし、魔石消費もお得なエコ設計だ。教国に行く元々の理由は、女子さん達を元の世界に帰すための情報を探し出す為だった。だから宝物庫に用が在るし、宝物庫に落ちてる宝物にも金目の物にも用が在る。

今、思い浮かぶ限りの手の中で最も可能性が高いのは教国だ。普通は宗教が鉄板で間違い無しの王道だから、歴史上の聖遺物にヒントが有るかもしれない。だから行こうとしてたらバレていた。恐らくチクったのはオタ達だ！

教会はヤバい。だから関わらず焼き払いたいのが本心だ。だが自ら信仰して国と教会を認めている大人達はともかく、ちびっこには罪はない。大量破壊で焼き払えば、こっちは安全だけど子供が巻き込まれるんだよ？

毒物——大体陰険な組織というものは毒物に詳しいし、そして古今東西、宗教とは薬物と毒物と奴隷売買が大好きだ。そして精神支配——これこそが危険で、味方を失うどころか敵になる。実際、『従属の首輪』を持っていた前科があるし、本当に碌でもない奴らだ。目下この2つが危険で、だからこそ教会は恐ろしい。そして俺は精神支配と毒物に強く、無類の強さで無敵と言っても良いほどに効かない。

「だって、あの大迷宮って毒と状態異常と精神汚染に満ち溢れていたし、あそこって高Lvな上位級の魔物達いっぱいな異世界最悪の毒状態だったんだよ……って、後から気付いたんだよ？　うん、普通死ぬよね、あれって？　うん、『健康』って凄いな？」

そして不安とは別の不満。殺す事は綺麗ごとではない、巻き込まないように子供だけを救けたって、その行く先は孤児っ子だ。たとえ保護して美味しいものが食べられたって、優しくされて幸せだって両親は取り戻せない。悲しい思い出は一生残る。きっと俺が殺したおっさん達にだって子供はいたし、最悪の盗賊まがいであっても家に帰れば子供には優しい父親だったかもしれないんだよ……うん、仇(かたき)なんて俺だけでいいんだよ？

「無職かー。Ｊｏｂ縛りが無いのは助かるし、一種の全適性だから浅く広くなら良いんだけど、専門職の極みには至れないって……やっぱモブいな、俺って」（ポヨポヨ）

　何でもできるが何処へも至れない。何せＪｏｂ無しの無職が『器用貧乏』なんだから、あれこれ手を出し混ぜ合わせて繋(つな)いで誤魔化してはいても生産系スキルは一切取れていない。そう、どうやらＪｏｂが無いのではなく取れないようだ。鍛冶師や付与師や薬師がいない、同級生に生産系がいない。だって、あの森で死んだんだから……それこそが弱点で、生産作業にＪｏｂによる逆補正(ペナルティー)が無い俺しか生産作業に携われない。だけれど無職は逆補正(ペナルティー)が無いだけで正補正(プラスアルファ)も受けられないから、複数の職の技術を足し合わせて交ぜて誤魔化しているけど……おそらく基礎技術の壁は飛び越えられないから膨大な試行錯誤でしか答えに辿(たど)り着けないし、未だに正解には近付く事すらできていないんだろう。だから装備面が弱い。

　呪われた装備というものがある、伝説になっているものもある。冒険者ギルドの鑑定係な駄目な方の受付から聞いたお話に『呪いの首飾り』というのが有った。何でも「蛇使いの首飾り」と呼ばれる首飾りが在り、装着するとＪｏｂが『蛇使い』に変えられてしまい、本来の職業(ジョブ)効果をすべて失う恐ろしい呪いの伝説があると云(い)う……。

「云うっていうか持ってるよ！　ばっちり着用済みだよ!!　現在呪われ中の現役蛇使いさんなのに無職のままで、呪いですら就職できない恐るべき能力『にーと』にはもはや超就

職氷河期ですら生温(なまぬる)い就職絶対零度だったよ!?」(プルプル)

汎(あら)ゆる物質が活動を停止して、思わず就職活動も停止な恒久無職状態が常態化間違い無しのようだ。だから結局は作り続けるしかない。繰り返し挑戦して僅かに進み微(かす)かに巧(うま)くなる。その最果てに届かなくても、その近く迄(まで)なら行けるかも知れないんだから。

思索しながら部屋に戻ると、そこはアルプス一万尺だったが思わず歌いたい所だが29番まであって長いから割愛しよう。

「って、あれって誰が29番まで歌詞考えたの!?」

曲自体はヤンキードゥードゥル(Yankee Doodle)というアメリカの民謡で、独立戦争時の愛国歌だったのに何故だか登山家たちが愛好して次々に歌詞を付けて気付いた時は29番だったっていう、それならもう30番まで入れてやれよ!　何かキリ悪いよ!!って言うか9番の歌詞は地味に効くから外そうよ!?っていう登山歌?

まあ、アルプス。何故ならそこに山が4つも有るからだ!　そう、ディアンドルはドイツのオクトーバーフェストの衣装で有名だけど、実はアルプス地方一帯にデザイン違いで分布していて、多くが深いスクエアネックでお山の谷間がアルプス山脈で、何故登るのかは頂上に目指さねばならない物が在るんだよと云う素晴らしい民族衣装さんだ!

「「お帰り、なさい、ませ♪」」

元々アルプス山脈の農家の女性が着ていた伝統的な衣装が基礎になっていて、前開きで襟ぐりの深い短い袖なしの胴衣(ボディス)に同じく襟を深く刳(く)ったブラウスと踝(くるぶし)までを覆うスカートにエプロンが伝統的な構成要素だが、無限のバリエーションが在り、語源はドイツのバイエルン・オーストリア語で「娘さん」や「お嬢さん」という意味で当時オーストリアの街中に出稼ぎに来た農村出身の若い女性達に対する「お嬢さん」という呼びかけが、そのまま彼女達が着ていた服装の名称になったのだが……情け容赦なくお嬢さんじゃなくなった人も着てるから注意が必要だろう！

タータン柄の生地でボディスは装飾的に紐で締めあげるセクシータイプ、コルセットのような胸を強調するボディスと色鮮やかなエプロンに短いスカートの組み合わせはスタイルの良い2人が着るとヤバかった、見惚れて『恍惚』の異常状態が抵抗不可能で、アルプスのお山はとっても雄大だった……ニーソって合うんだな!?

うん、アルプス山脈の大脈動な大激震の狭間で男子高校生は活火山と化し激しく噴火し噴出し続けた……うん、ディアンドルはヤバいな!?

口を塞がれて外交交渉が暗礁に乗り上げ座礁で少々不詳なまま委員長が折衝だ。

106日目　朝　王国　王宮

昨晩はアルプスの妖女にWディアンドルで蹂躙され尽くして廃人間近で、無抵抗主義な男子高校生のまま気付くと装備を奪われアルプス山脈に押し包まれて撃沈だった！　そう、山とは恐ろしいものだ――4つもあると脅威なんだよ！

「どうも新作で来られると心の準備ができないまま、羅神眼さんと一緒にガン見のままで硬直してしまうのが弱点なんだけど、使役者として二人におねだりされるとついつい作っちゃうんだよ？」（ポヨポヨ）

最近はビッチ達と一緒にデザインしてるらしくて、楽しそうな笑顔を見ると甘くなってしまうし、喜ぶ顔が見たくなってしまう……そして見惚れて魅入られたまま襲われるんだよ？　うん、一応あれは名目上は感謝の御奉仕だったりはするのだが、内容は復讐の御奉仕とほぼ全く同じだったりするんだよ？

「準備ができ次第獣人国に出発でオタ達も拾わなきゃいけないんだけど、きっとケモミミっ娘の幼女を10人くらい雇ってスク水着せておいたらすぐ捕獲できるとは思うんだよ？」「「「確かにすぐ現れそうだけど、それはそれで事案が発生するから駄目！」」」

そして獣人。チャラ王から書状を預かった瞬間に罠だ！　だって、黒山羊さんだ!!

「ガメレーン共和国の王国大使を務めさせて頂いております、山羊人族のレイターと申します。黒髪の軍師、遥様のお噂はかねがねお聞きしております。そしてこの度は獣人国産の特産品を大量に購入して頂きありがとうございます。評判になり王都でも『獣人国の醤油』として売り出せるようになりました。自国の料理や調味料が誉められ求められるのを見るというのは存外に嬉しいものなのですね。ありがとうございました」

うん、だって大使さんがいるなら俺が手紙を受け取らなくっても良いのに、黒山羊さんなんだよ！　うん、それって絶対食べる気満々だよね!!

「えっと、手紙さんが読まずに食べる為に大使になったら書状は消滅でお腹いっぱいだけど、外交はヤバくない？　うん、まあお手紙を読まずにお醤油かけた時点で読めないから食べるのも致し方ないっていう斬新な言い訳には感銘を受けるものが有ったんだけど、流石に外交官が食べちゃうの？　いや、案外実は意表をついて美味しいのかも知れない可能性について考慮……モガモガモガ、モガモガガモガー、モガイナー！」「失礼しましたレイター大使様。私の事は……委員長とお呼びください。はい、何故だかそれで通じて、それでしか通じてない……えっと、ガメレーン共和国までご案内頂けるそうでありがとうございます。そして御招き頂きまして恐縮です、宜しくお願いします」

何故だろう、ずっとずっと不思議だったんだけど、目隠し能力皆無な目隠し委員長コンビは目は隠せないのにお口を塞ぐのは絶妙に巧い。何故この能力が目隠しに活かせないで、瞼を抉じ開けようとしちゃうんだろうね？　うん、口を塞がれて外交交渉が暗礁に乗り上げ座礁で少々不詳なまま委員長さんが折衝でハラショーだ？

「これはこれは委員長様、ご丁寧に。まこと噂に高き黒髪の美姫の御高名存じ上げておりしたが、噂以上のお美しさと強者の風格、迷宮の氾濫すらも斬り伏せた御勇名は獣人国に知らぬものはおりません。どうかレイターとだけ、お会いできまして光栄にございます！」

美人さん相手だと随分と丁重だ。俺にも言葉は丁寧だったが何処か慇懃だったのに、委員長には尊敬の念すら見せている。まあ、強くて美人で委員長と三拍子そろった委員長様だから畏敬の念も当然だろう。ただ、何故か莫迦達にまで遜っている感じだけど、動物的な序列を感じているのか、野獣に黒山羊さんが怯えてるのかも？

うん、黒山羊さんの相手はメリ父さんに任せて出発する。レロレロのおっさんからお金を巻き上げて懐も温もったし、もう王都に用事は無い。大量在庫だった出来損ないの魔剣の処分も済んだし、お出掛けしよう。門出を祝うかのように小鳥たちが囀り、お馬さんも待ちかねてたのか元気一杯に嘶いて……小鳥達が墜落してるから、お馬さんは元気過ぎるようだ？

そして最後まで門の外でまで奥さん3人を見せ付けて自慢するチャラ王。なのに拘束されて殺しに戻れない。しまった、マッサージ玉座に振動破壊破砕機能を組み込めば良かったんだよ！　妬ましいな!!

先頭車両は政治的お話らしいから逃げて来たら、2号車は文化部組だった。楽しみさえある意味奪われた異世界で最も苦しむ5人組で、最近キャラが変わっちゃってるけど元々は大人しく内向的な趣味人さん達だ。特に美術部っ娘は絵の世界では有名で、将来を嘱望される才能を持っていたらしい。それがＪｏｂ補正で巧く描けなくなり、持って生まれた才能も訓練された技法も学んだ技術も身に付けたものは全てそのままあるのに、巧く描けないという逆補正という呪い。さらに料理が美味しくできなくなった料理部っ娘に、裁縫が巧くいかない手芸部っ娘、服が綺麗に作れない服飾部っ娘、そしてあらゆる文献を読み尽くす勢いだったのに本が無い世界に来てしまった図書委員。

「逆補正されても、やっぱりやるんだね？　まあ、図書委員だけする事は無さ気だけど？　うん、もう自分で書けばパクり放題だよ、『吾輩はコボである』とか書いても異世界ならバレないし……まあ、その飼い主さんの安否は心配そうだけど？」

うん、でも『茸取物語』とかは、なんかリアルな日常で嫌そうだな？

「うん『デスの踊りっ娘』で迷宮を抜けると其処は出口だった？　お帰り？　うん、売れそうにないな？」「書きませんけど、それ全く何一つパクれていませんよ」「うん、でも『若きウェイトレスの悩み』とかだと愚痴ばっかりでウザそうなんだよ？　異世界に合う文学って何だろうね、『チャラ王』って、さっきまでリア充のチャラ王を見せ付けられたから読みたくないな？　うん、まあ『20ＪＫ漂流記』とかドキュメンタリーで書いてみる？」「書きません、そもそもこの世界は童話から始めないと無理ですよ。私は別に本が好きな訳ではありませんから。情報が好きなんです、物語は嫌いではありませんでしたけど、わざわざ読まなくても——今、冒険の物語を真っ最中で体験中ですよ」

書かないらしい。うん、本が読みたいな？　もう今なら『若きウェイトレスの悩み』の愚痴でも読んじゃいそうなんだよ？　うん、メイド喫茶のウェイトレスさんならちょっと楽しそうかも！

「別に絵を描きたいから描くの。巧くなりたいとか思ってなくってね、ちゃんと自分の中のものを正確に表現したいだけだから巧く描けなくなっても一緒なの。結局はどれほど描き足したって表現なんてし切れないし、満足なんてできないんだから……それを褒められ

ても、持て囃されてもどうでも良かったのよ。そんな事よりも画材を作って、筆や筆洗いまで作って貰えた事が嬉しいの。だから、ただその想いを描きたかっただけ。上手いかどうかなんて描ける事に比べたら、どうでも良いの……ありがとう」

美術部っ娘は淡々と絵の具を重ねるように、筆でキャンバスを叩く。本人に不満が無ければ外野が口出しする事ではないし、どうせ絵の良し悪しなんて分からない。ただ、もうちょっと題材っていうかモデルは選べなかったんだろうか？　うん、なんて目つきの悪い男だろう……ヤバいな？

「でも、こっちの3人は上手くないと駄目だよね、実用品だし？　うん、服とご飯？」

しかし手際も良く技術も有り、知識だって間違ってないのにどうやって逆補正が掛かるんだろう？　その仕組みが分かれば縛りを出し抜けるのに、魔法を一切使わなくっても駄目っていうのが謎なんだよ？

「まあ、できるだけ良いんだけどね」「うん、だいぶんコツは摑めて来たし？」「「だよね、最初の頃は酷かった……」」

服作りも料理や調味料なんかも教えてもらったけど、詳しいし器用で知識も経験も豊富で分かり易かった。他人に分かり易く教えられるというのは、しっかりとしたものが自分の中で出来上がっている熟練者だ。ただ覚えた作り方を伝えるのではなく、自分の経験として知識化されているから分かり易い……なのに、それが自分ではできない。

なのに5人とも今のチートジョブを外す気はないそうだ。戦う力を捨てずに、みんなと戦う事を選んだらしい。

「もう辺境の街レベルまでは技術も復活？」「うん、でも辺境の技術革新が速いよね！」「新作料理も出てましたね、あれ難しいのに」「でも、遥君の作ってくれた道具はどれも凄く良いです！」「私用に設計してくれた裁ち鋏は凄く良かったです!!」「私には筆と紙でしたが書きませんよ、私は読み専ですからね」

獣人国に近づくと野生の魔物が増えて来た。魔力の気配が辺境の魔物より薄く、より獣っぽい。種類も狼や熊や鹿といった動物型が多いようだけど、お馬さんに追い回されて全滅のようだ。うん、交通戦争とは苛酷なものなんだよ？

「天然魔物さんは魔石は安いけど死体が消えずに素材を残すから、材料になるから触手さんで拾って回収しておこうかな……安っぽそうだけど？」「「色々違うんだねえ？」」

獣人国領内は舗装されていないどころか、森の中を抜けるでこぼこの曲がりくねった悪路。疾走するには危険だし、延々と揺れて時間が掛かる。そして獣人国の首都は奥まっていて遠い……お醤油の醸造所と味噌蔵と鰹節の取り扱いのあるお店が在ればそこで良いのに、わざわざ一番奥まった首都までが遠い。小さな集落と僅かな畑がぽつぽつと点在するだけの森の中の道を、ただただ進む。

「さて……うん、休憩にして昼食にしよう」

コンロを並べて火を熾し、ＢＢＱを用意しながらご飯を炊く。女子さん達も流石に動物寝間着ではなく正装に着替えて、まあブレザーだから制服だ？

「うん、学生さんの正装だから何ら間違ってはいないんだけど、エルフっ娘も王女っ娘もメリメリさんからシスターっ娘達まで全員高校のブレザーなんだけど、俺も莫迦達もいつもの服なんだけど……俺達も同じ学校に行ってて同級生で同じ制服だったんだけど覚えてる？　制服持ってるのに、何にも聞いてないんだよ？」

うん、男子はお揃いじゃないらしい？　三々五々に馬車から降りて、思い思いに彷徨つきながら歓談し、和気藹々と談笑しているけど……その目は周囲を常に視野に入れ、僅かな隙も無い。寛いだ雰囲気の中にも微塵も油断は無く、即座に戦闘態勢に移行できる佇まい。それは此処が既に戦場だと理解し、一瞬の隙で全てを失う敵中に在るという心構え――そう、ＢＢＱの場所どりだ！

仲良く会話しているようで、常に相手より有利な位置を求め鬩ぎ合い。焼かれている肉の串が移動する度に陣形は形を変え、その位置取りで笑い合う顔に一瞬の緊張が見え隠れする。近過ぎれば加速距離が足りないし、狙った位置への移動が困難。だが最前列の位置的な優位性さも捨て難いのか、屈託のない笑みで場所を奪い合い、微笑みながら牽制して位置を奪い合う女子高生達の女の戦い！　うん、何時でも何処からでも、必ず串を奪う自信のある絶対強者の甲冑委員長さんと踊りっ娘さんだけが余裕な制服姿。うん、あれこそが迷宮皇の品格のようだ？

「焼けたよー、ご飯だぁ……」「「「いただきまーす！」」」

さりげなく伸ばした腕と肩で、背後からの手を牽制し、伸ばした脚で位置を制圧して体を入れ合う。そうして絶え間なく場所が変わる新たなる串を求めて、目まぐるしい高速移動でBBQに群がる群雄割拠！

「「「美味しい」」」「えのき巻きはレアだね！」「あっ、小さいのって焼きとりだ!!」「くっ、肉に牛乳が堪らない！　ぷはぁー」「ちょ、その串は私のー！」「ちゃんとアリアンナさん達にもとってあげてね」「くっ、実力で奪います！」「誰、私のお皿から取ったの!?」「確保は禁止！」「そう、口に入れたものが正義」「お櫃が空だ、遥君ご飯無くなったよ！」

「茸も美味しいね♪」

可哀想なメリ父さんと黒山羊なお手紙さんと、肘打ちと裏拳による制空権を崩せずに無理矢理踏み込んで足を踏まれ転げ回っている莫迦達にも焼きとりを焼いてやろう？

「凄いものだね……しかも娘まで」「うん、ああやって鍛えられて戦乱の覇者の奥様になって行くんだ……いえ、何でもないです！って言うか何にも言ってないよね？　うん、怖いから睨まないでね、だっていつかは必然的……ぐはああっ！　ちょ、鉄串は駄目だって！　そして、それレイピアだよ！　こ、怖いな？」

禁句だったようだ。うん、なんか異世界って禁句が多いんだよ？

食事は終わり、妖しい空気の中で伏し目がちな瞳に欲望の炎を揺らめかせ、片手でそっと握ると唇を近付けて濡れた舌を這わせていく。すぐに含む事は無く、焦らすように軽く開かれた唇が吸い付き、零れ出す白い液体が頬を伝うのも構わずに、舌の先でそそり立つ先端へ向かって舐めとっていく。

そうして幸せそうな笑みを浮かべて深く深く飲み込みしゃぶりつく女子高生達。それぞれが指でしっかりと握ったまま、十人十色な舌の動きとしゃぶり方で唇を濡らし、満足気に喉を鳴らして嚥下していく蕩ける微笑み。

「うん、ソフトクリームってこんな危険なものだったかな？」

なんだかモザイクさんが世界を覆いつくしそうなヤバい雰囲気で、なんだか何処かであの口と舌の動きを見たような記憶が……既視感かな？　まあ、出発しよう……うん、今度からソフトクリームは人前で食べさせない方が良さそうだな？

絶対王国の評価は大げさで過剰な気がするのは何故だろう？

106日目　昼　獣人国ガメレーン共和国　王城

ガメレーンの王城に他国の客人を迎え入れるとは一体いつ以来の事か。今では真っ当な客人が我が国に来ることさえ稀で、来るものは招かぬ奴隷狩りの卑しき武装商人どもばかり。それも武人の礼節も誇りも持たぬ、毒刃を用い、魔法や魔道具で卑劣に戦うしか出来ぬ盗賊どもだ。

久しく行き来の途絶えていた王国だが、我等への敵対を迫られるも撥ね除け、内戦にまで陥りながらも我が国に攻め入った奴隷狩りの軍勢を追い返し、商国から鹵獲した大量の物資をも民に渡し置いて行ったという古き盟友。

「王国からの御一行は既に森林地帯まで進まれ、外縁地帯で昼食をとられてから出立されたとの事です。詳細はこちらに」「で、あの軍師の小僧はどうなのだ。食料を売り付けるのは分かるが、何故そんなガキを持て成さねばならんのだ……腹立たしい」

輸出品が無い我が国に伝わる伝統料理の調味料を輸出できるのは大きい。我ら獣人族は大陸最強の力を持ちながら、武具や防具が無いために人族相手に劣勢に立たされている。

数の差など我ら獣人族からすれば取るに足りない些事だが、魔法が苦手な我らが防具も無いまま戦えば卑劣な毒や魔法に屈し狩り殺される。減り続ける人口、最強種は更に数が少ない。だが最強種にだけでも武具を揃えられれば我が国の趨勢は変わる。小賢しいだけの、卑怯な戦いしか出来ぬ教国や商国など攻め滅ぼしてくれよう。そのために金が要るのは分かる。だがそれは下賤な商人の話で我等誇り高き武人が女の陰に隠れて命令するだけの低Ｌｖの人族の相手をせねばならんとは屈辱極まりない。

「それが……唯一低Ｌｖの男は下僕だったようで、食事の用意をしていたと。他には馬車の中に気配も無いと」「獣王様、その軍師殿が来られると連絡があった以上は接待は必然ですぞ。取引も大事なれば粗相は許されませぬが、何より商国の奴隷狩り部隊から弱き民を救い物資を提供して下さった黒髪の戦士殿たちの長なのです。決して失礼無きように、そして孤立し虐げられる我ら獣人族に他国を敵に回してまで古からの盟約を守り援助下さっているディオレール王家の王女シャリセレス様と、かの辺境王オムイ卿もご一緒なのです。必ずや最上級の持て成しを」「わかっておる。しつこいぞ、全く延々と同じ話を聞き厭きた。我は武人で在れど王だ、外交と礼節など心得ておるわ」

人族に思う事は多々あれどディオレールの王家には頭などいくらでも下げよう。ましてディアルセズ王は教国と結び我ら獣人族を人と認めぬ教会派と対立し、内戦になっても我が国との盟約を守ってくださったのだ。そんな自国の危機の最中にも拘らず、黒髪の戦士殿を送り商国の奴隷狩り部隊を退け、奴隷狩りの船団をも沈めて下された。その恩に無礼を返す訳が在るまい。

そして王で在り、獣人族の武人。故に大恩人である超越者の黒髪の戦士殿達と黒髪の美姫の方々は勿論、ディオレール王の名代として姫騎士の王女シャリセレス様と辺境の英雄オムイ卿が参られるのだ。無礼など在り得ぬ。我等は人族であれ強き者には敬意を忘れぬ。まして恩人が来られるのだ、歓待は惜しまぬ。

「上位士族の長たちは」「既に皆さまいらっしゃっております。ただ此度は軍師様がいらっしゃるので再三説明をしている次第で」

当然と言うまでもない必然だ。強き者に敬意を示すは武人として当然、また恩ある者への感謝は地位在る者として当然だ。ならば金だけの道化を侮るは自然で在ろう、だが礼を尽くさねばならん。その従者たる恩人である英雄殿達の為に、そして外貨を得て獣人国ガメレーンの未来への礎とする為にその屈辱を甘んじて受けよう。

そう、頭を下げ媚びを売ってでも武具を得ねばならない。獣人族を守る力を、我らを獣と呼ぶ人族を打倒する為の力を。だが屈辱には違いはなく、大志の為に誇りを曲げるは忸怩たる思いであることに変わりは無い。

「みなが一族の長、その場になれば覚悟は在ろう。ただ頭で分かろうと獣人の誇りとして、弱く卑劣な者と肩を並ぶるは恥。それを饗し歓談するなど考えたくもないだけだ。分かっておる。だが我等は商人風情ではなく誇り高き武人だ。言うてやるな」「本当にお分かり頂けておるならばくどくどと申しませぬ。ディオレール王の客人で在らせられるのですぞ、我らの不作法はディオレール王に恥をかかせ顔に泥を塗るのです。恩を仇で返すなどそれこそが武人の恥、どうかどうかご自重くだされませ」「しつこい、分かっておるわい」

人に在らず獣であると云われ、受けた数々の屈辱と永きに亘る迫害の日々。苦難の末に森に引き籠もったまま数を減らし、それでも奴隷に狩られて行く屈辱の歴史。我らはディオレール故に信じ尊ぶが、人族などに最早信は無い。それが異国の道化相手に商人の真似事をせねばならぬのだ……皆、わかってはおるのだ。

「森で士族を訪ねては食料や薬を提供され、商国の手先を逆に狩り尽くされているという黒髪の戦士殿達はお招きできたのか」「はっ、先日御一行の到着日時をお伝えできたとの事です」「うむ、くれぐれも無礼の無いようにな。此度だけでなく、先の商国の奴隷狩り部隊を追い散らし、民を救って下さった方々だ。最上の礼を以て遇するのだぞ」「それは当然、それと同じかそれ以上の礼を軍師殿にせよと申し上げておるのです。その黒髪の戦士様方の長なのですぞ、万万が一にも無礼が在れば従者たる黒髪の戦士殿やディオレール王をも侮辱する事になりまする。努々お忘れ下さるな」

人族は他人の手柄を我が物にする風習がある。武勲すら指揮官や軍師の功とされるという。分かってはいるが納得がいく訳もなく、余計に苛立たしい気分にさせられる。だが獣人国の未来がかかっておるならば、いかなる屈辱にも耐えると云うておるに……くどくどとしつこい。これだから山羊族は煙たがられるのだ。

「国王陛下、御来賓の馬車が見えたとのこと。お支度をお願いします」「とっくに出来ておる、行くぞ」

早過ぎる。森の外縁部にて休憩中と早駆の知らせが来たばかりで、もう到着するのか。報告が遅れたならば先に申せば良いものを。失礼が無いようにと朝から準備はできているが……だが道化の為だと思うと腹も立つ。よもやこんな屈辱を受けるために王になったのかと思えば、多少は憤るのも仕方なかろう。

「ディオレール王国シャリセレス・ディー・ディオレール王女閣下、王国辺境伯メロトーサム・シム・オムイ卿、そしてディオレール王国客分の遥様とその御一行様御入場です」

大広間にはシャンデリアの水晶が炎を反射し、揺らめく灯りを投げかける。壁には煌めきと影が交互に揺れ玄妙な影絵を映しだす。

扉が開く。美しさとは強さだ、時にそれは他者を威圧する。黄金の髪がシャンデリアの投げかける輝きを燦然と煌めき弾き返す。会場の多勢が路傍の石に変わる圧倒的な美しさ。

だが誰もが知っているし、知らずともわかる強者の威厳。神々が削り上げたような精悍な顔立ちは気品に溢れ、柔らかく磨き上げられた天上の宝玉のように愛らしく美しい。

見る者が卒倒しそうな絢爛豪華なドレスを優雅に纏う美しき女神の降臨。だがその本質は武人。王国の将軍で在り、最強の姫騎士の称号を持つ剣の王女シャリセレス・ディー・ディオレール。その美しき強さに、揺れ惑っていた影すら壁に張り付いて固まる威圧感。麗しき姿形とは裏腹に、勇猛な真の武人の威厳を漂わせながら進み出る。

その後ろには生ける伝説がおられる。畏まる事も威を発する事も無く、事も無気にゆったりと優雅に歩まれる。気迫も威圧も何もない自然体のままに歩を進めるが、一分の隙も無い身のこなし。

歴戦の勇者である獣人の士族の長たちが畏敬と共に、眩しげに見詰める視線の先に在る者こそが武神メロトーサム・シム・オムイ。無敗の剣士と呼ばれ、一度軍勢を率いれば戦場の巨大な剣となり敵を穿つと謳われる伝説の軍神。それも当然なのだろう、魔境と呼ばれる辺境を鎮守するオムイの一族、その語り継がれる伝説の系譜に燦然と名を残すで在ろう辺境の平定者。最悪なる魔物達を打ち払う王国の剣が目の前におられるのだ。弱兵などが束になろうとも、磨き抜かれた広間の床にほのかに映すその影すらも踏めぬであろう存在感。

そして最後に現れた一団に息を呑み、夢幻かとみなが目を瞬かせる。我が目を疑う、こんな現実がある訳が無い以上、これは夢なのだろうと現を忘れる。

道化師と黒髪の騎士団。芝居にもなり幾多の物語になる異国人達の一団。数々の噂と数え切れぬ武勲を持つ謎に満ちた一行。虚栄の騎士団と揶揄され侮られる事も在ると聞くが、その黒髪の戦士達は我が獣人国でも数々伝説を残しその武威を見せ付けた。侮りなど誰もが無かったというのに、侮っていたようだ……此処までとは想像だにしていなかった。

数々の御伽噺のような英雄譚。迷宮を踏破する者だと、魔の森で散歩するように魔物を刈ると、千の兵を斬り万の兵が逃げ惑うと。迷宮王すらも倒す勇者達の幾多の伝説を聞きながら、我等は侮っていたのだ。この世で最も強き軍勢だと侮っていたが、軍勢ではなく一人一人が伝説で英雄で勇者であった。数十人の強者が集まった奇跡の一団と侮っていたが、英雄と勇者がこれほどまでに集った事こそが奇跡だったのであろう。

強いという概念を超えている。Ｌｖ１００を超えた超越者が、至高の武具を身に纏い一糸乱れずに悠然と歩む。凄まじく強き一団だという侮りは消えた。一国の軍に比肩する英雄達、伝説に為り得る勇者達の軍勢が行進する……その先頭の不満げな面をした、不服そうな生意気な顔の僅かＬｖ25の小僧。天上の英雄たちを率いるどころか、本来ならば影を踏むことも許されぬ者が勇者殿達の前を不敬に歩く。あれが道化か。

軍師――卑怯者の手の内は、卑怯者にしかわかり得ぬ。卑劣な陰謀は卑劣な考えができねば防げぬ。騙し欺き陥れようと謀る軍師に対するには、軍師と諮るが必要だ。

故にそれは王に求められし必要悪。弄言で以て小賢し気な策を並べてみせる口だけの知恵者、諫言ぶった文句だけが多い戦えぬ弱者。一度戦端が開けば奥まった軍勢の陰に隠れ、怯えて策を喚き立て囀るだけの騙り屋だが、邪な奸智を持ち臆病だからこそ卑怯者の罠を見破る。弱いからこそ我が身を守ろうと必死に兵を最適に動かす、戦場の必要悪。常に囀って喧しいが、臆病故に危険を察知し危機を見逃さぬ。炭鉱の小鳥だ。

感嘆と崇拝に包まれていた会場の空気が澱む。不快な道化の不埒な態度に顔を歪め憤りを呑み込む。我らがディオレール王家に対しての恩を以て歓迎を示しているというのに、分を弁えぬ不遜な態度。戦場では怯え隠れる軍師風情は、平時だけは偉ぶり賢げにするものだが度が過ぎる。頭も垂れずに不満げな目で興味も無いと目も合わさぬ。口も不服そうにひん曲げ愛想笑いの一つも無い。

永き時を獣と差別され、虐げられてきた我等には分かる。分かってしまうのだ。あれは見下す者の目、あれは侮蔑する者の目。あの目は我等を忌々しき者と、見るのも不満だと言い放っておる……あのような者がディオレール王家の客分なのか。

だが、その商人としての経済力こそが獣人国にとって必要なもの。王国も苦渋の決断でこの小僧の経済力と英雄達の力に頼られたのであろう……同時に幾多の迷宮氾濫に見舞われたとも聞く。国を滅ぼさぬために代王であった王弟閣下が辺境まで迎え入れに赴いたとも伝え聞く。ディオレールが苦渋を呑み屈辱を耐えておるのならば、我ら王国に恩を受けしガメレーンにはいかなる屈辱も否はない。

今日この場だけを耐え忍ぶのだ。我ら獣人は怒りに我を忘れるが故に獣と蔑まれたが、受けた恩を忘れた事など決してない。大恩を仇で返せば、我等の誇りは獣以下に成り下がるのだからな。

随分と軽くなったなとは思っていたけど、最初の頃の威厳ある語りはもう無理なようだ？

106日目　昼過ぎ　獣人国ガメレーン共和国　王城

空気が重い——様々な要因が重なり空気は重いんだろうなとは覚悟はしていました。
最近ちょっと弛んでいたとはいえ、王国の王女としての礼節を持って接すれば良いだけの場。この後の教国との問題に気を割かれ、獣人国とは挨拶程度と思っていたのに……この空気の重さが辛い！

延々と懇々と切々とがみがみと委員長さん達が遥さんを囲んでお願いしてくださって、私にエロくないドレスを作って頂いた。王家の財を集めても手が届かない天上の衣装。それが半日分に満たない稼ぎの同級生割引価格で……私を仲間だって認めてくださっていました。

名目上は辺境を討つと偽迷宮に挑み、そこで命果てるだけのはずだった役立たずの王女。剣しか誇るものは無く、武しか頼るものが無かった。父が倒れ遺された王族は乱れ、辺境と王国の戦争を止める人身御供となろうと決意した日に私は死んだ——そして、あの日私は生まれ変わったんです。王女でもなく、姫騎士でもなく、将軍でも軍人でもない。ただのシャリセレスという名の女の子として扱われ、皆さんが友達として接してくれる夢のような日々。メリエール嬢も一緒に身分も世俗も無くはしゃぎ回った大切な仲間。心から笑い、幸せというものを知った日々。それは私の大切な宝物。

自由なんて許されなかった滅びゆく王国の柵が、祖先の誇り高き志が崩れ落ちて行く憂いが、民の為命をかけて戦い抜くしかない死への運命が、その全てが殺されたのだから……哀しみの今日は死に絶え、悲しみの明日は皆殺しだった。後には幸せしか残らない怒濤の大惨殺でした。

だから今度は王女として皆さんを護る番。仲間価格だったドレスを身に纏って仲間を護る。そう意気込み、その気持ちは何ら変わらないのに……空気が重い。

獣人国の心からの歓待、そして強者に対する獣人特有の畏敬の念。そしてディオレール王家に対する深い友愛の情。裏表が無く、素直で分かり易いと言われる獣人だからこそ伝わる心からの歓待……だからこそ際立つ、だからこそ分かり易すぎる遥さんへの侮蔑の念。

獣人国のLv至上主義。ステータスへの信仰。強くある事こそが求められる、迫害され し獣人の歴史でより深く刻まれた想い故に弱者に対する侮蔑が在る。守る者としては優しいが、対等の者とした瞬間に優しさは侮蔑に変わる。そして卑怯者への激しい嫌悪。

こうなる事は危惧されていて、みんな理解していました。だけど私達は理解していても許せない。私達だからこそ耐えられない。

獣人国側が己を殺し必死に礼儀正しく接し、獣人にとって屈辱とも言える対応を取って下さっているのは分かる、私達を恩人だと思うからこそ屈辱に耐えておられるのでしょう。

そう、本当の恩人が誰かも知らずに。その恩人がどれほど強く儚いかも知りもせずに……だから物凄く空気が重い！　メロトーサム様は理解されたうえで飄々とされてますが……あれって怒ってる。絶対めちゃ怒ってる。ただ、理解はされている。獣人の想いも、その努力も。

そう、寧ろ委員長さん達が怖い。だから、空気が痛い。獣人も気配を察知し怯えるほどに大広間に殺気が撒き散らされていて、その華が綻ぶような社交的な笑顔は目が全く笑ってなくて怖い！　遥さんの事になるとみんな一斉に人が変わる。良く知るからこそ許せないし、知ってしまったからこそ耐えられない。その想いが空気を剣に変え、もはや此処は戦場の空気。

そして、私も知ってしまった。見てしまった。その残酷な強さと、悲惨な脆さを。誰よりも強く優しく気高い遥さんは、誰よりも苦しみ痛み壊れ尽くされていた。夢のように生まれ変わった辺境や王国の幸せの対価は、全てが遥さんの痛みで贖われていた。激痛と辛苦に苛まれて積み上げられた地獄より酷い責め苦が対価だった。何度も血塗れで倒れ、それでも笑っていたんです。

男子の方々は一見なにも無さ気ですが、その目に挑発の色が宿る――侮蔑するほど強いなら掛かってこいと煽り、強さが好きなら見せてやると誘う。全く社交も外交する気の欠片も無い威圧感を漂わせ、混沌とした大広間の空気をさらに重くしていく。

獣人より危険な野獣の気配が空気に浸み込んで、目に見えない死の気配をより濃くしていく。

なのに当の本人は空気なんて読まず、みなの想いにも興味すらなく、侮蔑自体を全く気にする事なく――ただ、不機嫌。その塵芥のように煩わし気に睥睨する視線こそが場の空気を乱し、混乱させる悪循環で……空気が重くなっていく。怒ってはいない。あれはムカついて見下してるんだ。だって私はあの目を知っている。

長い口上と挨拶を終え、紹介を兼ねた立食のパーティーへと移るも空気は限界まで重くなり、いっそ殴り合いでも始めた方がよっぽどすっきりするだろうというくらい抑圧され圧縮された重い空気が様々な思いと一緒に統合される――「あとは燃焼と排気だけですね」と図書委員さんは笑って語っていますが、その目が怖い。気付けば女子は歓談しながらも展開して鶴翼に構えている。私のいる左翼側は守りで退路を断って、攻め手が広く右奥へと布陣して行く構え……ああ、分かりたくないけど分かっちゃった。これは殲滅、逃がす事無く全滅させる陣形だ。

「これは高名な軍師殿、獣人国ガメレーン共和国の王ヴァクワック・ガメレーンだ。我が国との商取引を良しなに頼む。そして……獣人国の救助と援助、忝ない、礼を言うぞ」

「ああ、援助はまだ来てない遅刻4人組が勝手にやった事だから、あいつらに言うと良いよ？　俺は関係ないんだよ？　うん、俺はケモミミさんにもモフモフさんにも感謝される気も仲良しする気もモフリストの名に懸けてやる気満々なんだけど、獣人国なんていう国はどうでも良いんだよ？　えっと、わくわく王？　でも、おっさんだから需要無いな？っ

て言うかおっさんしか居ないし？」
もう嫌、完全に臨戦態勢が勃発しました。獣人国(ガメレーン)側は王に対して遜(へりくだ)りもせずおっさん呼ばわりする遥さんを襲い掛からんばかりに睨(にら)み付け、威圧威嚇し怒気を発し囲むように身構えて……その背後を完全に取られている。

遥さんを囲む獣人族を、笑っていない瞳で包囲陣を完成させていく委員長さん達。うわっ、私の位置は背後からヴァクワック王を狙う2陣目の位置で、絶対殺す気の配置が凄く精密だった!?

誰もが動けない——下手に動けば、下手な一言を発せば、このギリギリの均衡状態が弾(はじ)け飛ぶのだから。大広間までが緊張したように怯えている。そこへ気軽に挨拶のついでといった風情で、社交的でありながらも一切隙の無い優雅な足取りでメロトーサム様がヴァクワック王に挨拶し話に割って入る。

「前から思ってたんだけど、どうしてそんなに獣人国を毛嫌いするんだい？　獣人に対しては全くと言って良いほど忌避感も見せないし、寧ろ会いたがっているようにしか見えなかったんだけど、何故(なぜ)ことが獣人国になると不機嫌になるのかが不思議でね。王国からすれば建国を共に協力し合い、辺境の魔を封じ込めんとした同士で仲間でも在るんだよ……教会の獣人差別で悲惨な目に遭って人族を嫌っているけれど、元々はおおらかで正直で勇ましく誇り高いんだよ、獣人達は。できれば協力して欲しいし、お願いしたい事もあったんだけど……怒ってそうだから頼み辛(づら)くてね」「ああ、なんかムカつくだけなんだよ？

俺はまだムカついてるだけだよ。でも関わるとまじムカなムカ着火な炎が燃え広がって焼いちゃうかも？　獣王とか？」「焼かないでー！　意味不明な不機嫌で獣王様を焼いちゃ駄目だから！」「ぶ、無礼な……無礼極まりない！　我等が王を眼前に侮辱とはいい度胸だ」「もう堪忍袋の緒が切れたわ、決闘だ！」「「「殴れ！　刺れ！　殺れ！　壊ってしまえ!!」」」

　怒りに狂う獣人国の士族の長達が、詰め寄らんばかりに遥さん達を取り囲む……既にさり気なく完璧に包囲されているのに、動けば一瞬で背後から包囲圧殺されるとも知らずに集団は密集して行く。そこから先は窮地なのに、詰め寄って……あっ、勝った？って勝てちゃ駄目なの！　止めないと!!

「何をそんなにもずっとムカついていたんだい、初対面だよね？　なのに随分と前から獣人国というよりは獣人国の国政や政治の話になると怒っているように見えたんだが、恥ずかしくも情けなく、みっともない話ではあるが我等王国の方が見苦しいまでに乱れに乱れていたと思うのだけど、それでも辺境や王国には怒ってなかったのに、王国と違い一致団結し志を一つにする獣人国に対して何をそこまでずっと怒っていたのかを良かったら聞かせて貰えないかな。我等は救い獣人国を嫌う理由を」「あぁー、城だよ？　うん、だからムカつくんだよ。焼き払いたいし、ムカ着火だよ？　全くオタ達には爆発物渡しといたのに爆破もしてないうえに大遅刻なんだよ……うん、ケモミミっ娘と仲良くなってたらあいつらを爆破だな。城ごと？」

火に油を注ぐどころか、油を火にかけて充分に熱してから良くかき混ぜて水を注ぐ勢い。炎上じゃなくて爆破する気満々——だけど獣人国の長達は怒りに我を忘れようともメロトーサム様には決して襲い掛かれない。

嘗(かつ)て獣人国が教会を主とする連合国に討伐との名目で攻め入られた際に、王国軍を率いたのは当時第一師団長だったメロトーサム様と近衛(このえ)師団を率いられた先代姫騎士ムリムール様なのだから。獣人国にとっては王に等しき大恩人、そして軍神の異名をとった「王国の剣」と呼ばれし速攻突撃からの機動戦を共に戦い見知っているからこその絶対の畏怖の対象。だから大丈夫だと思っていたら……煽ってる、めちゃ煽ってる！

「獣王様お初にお目に掛かります、身内の無礼をお詫(わ)びしますと共に横入りを失礼します。えっと遥君、なんでお城に怒ってるの？　辺境はともかく王宮が大きくて豪華でも怒ってなかったよね？　どうしてなの？」

委員長さんが遮った。そして獣人国側は身動きが取れなくなった。だって今の挨拶に誰も動けず何も出来なかったんだから。あれは礼儀正しい威嚇、微笑(ほほえ)みながら今ので殺せたぞと告げる脅迫。今一番怒らせてはならないのは委員長さんだ。あれは結構怒ってる!?

「ああー、王国って言いようも無く莫迦(ばか)だから怒る気も起きなかったんだよ。無言実行の愚かなお城は莫迦にする事はあっても、ムカつくわけないじゃん？」「どういう事？」

そういう意味。我ら王族の代々の無意味な意地の莫迦さ加減を認められていた。きっと王家の歴史で初めて莫迦だって誉(ほ)めて貰えた。愚かだって称(たた)えられた。だから……王家は助けられていた。私も父も父弟様も。

「魔の森から出て最初に見た街の姿は覚えてる？　うん、あの名も無きショボい街？」

「うん、城壁と領館だったね。今だってそうだよね？」

　軍神がいじけてますよ？　膝抱えて座り込んで涙ぐんでますから。そこは全く迷いなく分かっちゃったら駄目で、素で応えちゃうと辺境王に致命傷を与えちゃってますからね？

「そうそう、辺境の城と呼ぶもあれな、あの見窄らしかった建物ってさ……魔の森に向いてたんだよ。魔の森に囲まれそうになりながら、平原に孤立するみたいに。うん、莫迦くない？　指揮官が最前線で生活してるって？　で、王宮の場所って覚えてる？」「うん、わかった……王都は国境沿いの運河の手前、王国への入り口だね、あそこは」

　ずっと他国から陰で馬鹿にされ、愚かだと揶揄されていた。一番落とし易い所に王宮が在るなんてと。でもあそこは初代国王が王国を護ると宣言した最前線の砦。だから我ら王族の居城。それこそが莫迦王家と愚かな王国貴族の矜持だった。危険で無意味なれど退けないから、あの後ろには王国の民が暮らすのだからと教えられ、ずっと生まれ育った場所だった。

　そんな初代から続く莫迦で愚かな想いが認められていた。分かって貰えていた。そして認められていたからこそ、助けられた。あの王宮が最前線にあったから。

「うん、一番強き氏族が王になって、強き者が貴族になり獣人を率いて一番奥に隠れてるビビりのおっさん共なんてマジどうでも良いんだよ？　うん、お醤油とお味噌の販売許可貰いに来たんであって、マッチョ獣人おっさんの集いとかどうでも良いよ？って言うか獣人の国にまで来ておっさんにしか会ってないんだよ！　普通オコだよ！　もう男子高校生的に、この光景でニコニコしてたらそいつヤバい趣味でアッーなんだよ！　見たくないな？」

獣人国の森の最奥に構える岩砦、ガメレーン城。難攻不落の硬い城だが後ろには何もない。そして最前線からは遠い堅城。王城が墜とされれば国は終わる、軍隊の後方部隊が消え去ればもう軍は戦えない。だから定石、王城は最奥が正しい。だけど……その城は敵を食い止めずに民を護らない城。

「……他は全てディオレールの王家への大恩に報いる為ならば、侮辱でも侮蔑でも受け入れよう。恥辱で在ろうと屈辱で在ろうと呑み込もう。だが我らが先祖代々の想いを愚弄するならば王として退けぬ。ここで退けば国は牽けぬ。率いるが王ならば、退いては為らぬ境界が在る。小僧、貴様はその分水嶺を越えた、その獣人国の誇りの領域を踏み躙った……メロトーサム卿、すまぬ。事が終われば我が首を持って帰り、ディオレール王に詫びてくだされ――決闘だ！」

オコでした。うん、分かってましたけどね。だって私は我慢しましたから……獣人は退けないのでしょう、その一線を越えたというのならお怒りはもっともです。

ですが、こっちが我慢していれば一線どころか決闘？　今ならもう包囲から押し込んで一方的に圧殺で、一瞬の内に皆殺しにできるのに何とも虫の良い……首などわざわざ譲って頂かなくとも瞬く間に持ち帰れます。

「王家としてその決闘はわたくしシャリセレス・ディー・ディオレールがディオレール王の名代としてお受けいたしましょう。我らが客人であり恩人に刃を向くるなれば、我等ディオレール王家は一族の名誉にかけいかなる戦場とて赴きましょう。王から預かりしこの王剣ディオレールに懸けて」

生まれ変わった王剣ディオレールを拝領した時、この剣に一族で誓いを立てたのです。真祖から王家に託され引き継がれたのは王国とこの剣、そして嘗ての貴族達が皆で贈ってくれたと伝えられる玉座のみでした。その全てが崩れ落ち朽ち果てかかっていました、王国は乱れに乱れ、貴族達の腐敗に引きずり込まれるように王家までもが乱れ、辺境と民を護る筈だった国は辺境を苦しめながら破滅へと進み奈落の淵まで追い込まれていました。そんな擦り減り壊れそうな玉座に座る無力な王、そして無残な象徴だった王剣ディオレール。王家を守護する宝剣は触れれば崩れそうなほどに襤褸襤褸でした。それはまるで王国のように……その剣が、王国の象徴が輝きを取り戻し神々しいまでの姿で再び渡されたのです。国を守れなかった我ら王家に未来に満ち溢れた王国と共に渡されたのです。あと、玉座も豪華で綺麗でマッサージ機能付きになっていました！

故に王家で、家族たちで決めたのです。我等ディオレールは遥さんの為に王剣ディオレールを振るおうと。嘗て真祖が戦女神様の為に立てし誓いを――絶対なる忠誠を、王家ではなく一族として誓ったのです。

受けた大恩に対して、それ以上にその志を信じて。この剣の鞘に刻まれし文言は2つ、表には「民の為の王家」、裏には「我等が信ずる者の為にこの剣を捧ぐ」。それは始祖が最期まで悔いたという永遠に果たされなかった誓い、戦女神様の戦いへついて行けぬまま、お護りもできず生き延びてしまい、果たせなかった誓約。

嘗て大陸の魔を滅ぼせし者とお呼ばれになったという戦女神様、それを継ぎし者だと信じ再び立てられた新たなる誓い。嘗て戦女神様を護れなかった一族の永遠に叶う事無き誓いは、新たに引き継がれたのです。この生まれ変わった剣は遥さんの剣。我等は遥さんを御守りする剣となる。勿論生まれ変わったマッサージ玉座も素晴らしいものでした！

副委員長Bさんは良い人ランキング1位の良い人で、揺れもとても良いのだがオコが怖い。

１０６日目　夕方　獣人国ガメレーン共和国　王城

酷い、惨い、それは悪逆で悪辣だった——それは戦いではなく、決闘とも呼べぬ殺戮より残酷な悪だった。

格好よく王女として決闘に名乗り出たのに、総当たり戦が仕組まれてしまいました……頑張ったのに。獣人国の士族の長が1対1の戦いの決闘を申し込み、それを全員が受け入れたのです。それこそが獣人族の作法の罠とも知らずに。

決闘の決まった者は決闘が済むまで他の決闘の申し入れはできない。私達との決闘から余った100を超える獣人の長達に遥さんは決闘を挑まれてしまったのです。

しかも、その条件は何でも在り。近接戦で魔法を使う間もない、獣人こそが最強と名高い最悪の戦い。それを事も無く受け、誰を選ぶのかと問われれば全員ボコると答え、最初に誰と戦うのか聞かれれば纏めてボコると答えて最悪な状況へ陥ってしまいました。

個々では最強を誇るという獣人の中でも高名な剣士を輩出するので有名な、狼人族の最強の長。その体躯から生み出される膂力と、しなやかな敏捷性から凶獣とすら呼ばれる虎人族の長。そして何者にも倒せぬと言われる巨体を持ち、最強の一撃を誇るという熊人族の長。それに獣の膂力と人以上の奸智に富むという猿人族の長に、最速の暗殺者と言われ捉えられぬまま斬り殺す殺戮者と呼ばれる豹人族の長。そんな名だたる獣人の勇者が犇めき、そしてそれを絶対無敵を誇る大陸の英雄であり獣人国王家を引き継ぎし獅子人族の王ヴァクワック・ガメレーンが率いる絶望的な決闘……だったはずのもの。

「があああっ、ひ、卑劣なぁ！」「ぎゃふぅぐふぅ、汚いぞっ!!」「あ、悪魔め、何と卑怯、ぐびびびっ」「ぐしゅっ、ぐすっ、降りろ！」「ぐがああっ！　ぎゃふんっ！」

酷い、惨い、それは卑劣で非道だった――それは戦いではなく、決闘とも呼べぬ悲鳴と怒号が憐れみを誘う地獄。獰猛な咆哮は虚しく空気を揺らすのみで、それは当然で必然。だって……ねえ？

「「「うん、何で遥君に何でも在りで挑んじゃうかな？」」」「何でもやらかす相手に対して無謀だし、何でもやっちゃう相手に対してあまりにも愚挙だよね？」「己が力を信じ無敵を誇っても、戦う力には何の意味も無いのにね」

野獣の膂力を本能的に操る獣の業を持ち、人の英知で武具を操る獣人という最強の種族。そう、でもそれはどんなに強くても莫迦さん達の劣化版に過ぎない。

昨晩訓練場で苛められていた莫迦さん達はもっと野獣的に鋭く、もっと直感的に疾く、人の英知なんてかなぐり捨てた強さだったのに……英知は無かったかも知れませんが、その姿は強く逞しく美しかったのに。

それでも遥さんに苛め回されていたのに……小手先の戦術に頼り、周りを見回して稚拙に連携を取ろうとする。人として洗練されず、獣としての美しさを持たない力自慢の速いだけの愚図。そしてそれ以前の問題で英知とか知識とか戦略や戦術なんて基本が在ってのもの。何処の世界に迷宮殺し常習犯に対する為の基本戦略が在ると言うのでしょう。基本対策は基本行動への対策でしかなく、意味の分からない物や訳の分からない物に対策なんてありはしないのに……そんな相手に何でも在りで挑んじゃうって……こ、これが皆さんに教えて頂いた運命の道標とも言われる旗⁉

だから無残に鳴き喚く。みっともなく這いずり転げ回り、涙と鼻水と涎塗れのばっちい顔で、もはや虚勢も張れずにきゃんきゃんと鳴き喚く。そう、戦いではなく動物虐待でした。だから戦いは無かった。平和な争いのないただの蹂躙。

始まりの合図も無く、無数の武器が唸りを上げて振り下ろされ、その先は何もない地面……舞い上がる。黒い髪を靡かせた黒影だけが地面に映り、空に翻る絶望が何でも在りを体現する。そして地獄。

超酸っぱいお酢の散布。更には閃光と爆音の連続で大恐慌をきたしたところに撒かれる猛毒の粉『超絶痒い痒い粉SP』の――まさに生き地獄!

始まりは群がる獣人たちに対して手を叩いただけでした。ただその手の中の空気の震えが爆発的な大音響へと変わり、衝撃波となって大気を震わせて跳びかかる獣人達を弾き飛ばしました。

「あれが『振動』魔法!」「しかも、大爆音!」

そして爆音で聴覚を失い、続く閃光で瞳を灼かれて獣人達は見失った。空を駆ける遥さんを見失ってしまった。だから気配に気付いて慌てて一斉に上を向き、頼ってしまった……それは嗅覚。そこへ超酸っぱいお酢の豪雨が激しく叩き付ける土砂降りでした。目を押さえ、鼻を掻き毟って虚しく叫ぶ。卑怯だと、卑劣だと、悪辣だと当たり前の事をただ喚く。その卑怯だとか卑劣だとか悪辣な全てを上回り圧倒し続けてきた最悪に、何でも在りで決闘を挑んだら結果は最悪に決まってます。

だって最も悪いのだからこそ、これ以上の悪は無い最悪なのだから悪辣に決まってます。だって悪なんですよ、地の底の迷宮王という最悪すらも殺すほどに最悪なんですから。

その恐ろしさを知る私達は即座に鼻を摘まみ、口には濡らしたハンカチを当て風魔法で空気を遮断しました。それでも酸っぱくて、目に染みる強烈なお酢「犬鬼殺し」。人の数百倍から数千倍とも言われる鋭敏な嗅覚を持ち、その大半が嗅覚探知のスキルを持つと言われる獣人は……鼻を押さえ、のたうち回りながら床に頭を叩きつけています。

「「「あー、あれってあの酢？」」」「うん、この破壊力は間違いないよ！」

それは、遥さんが救った村から買ってきたという調味料。酢を見付けたと喜んで買い占め、また大人買いで破産していたという辺境の新しい名物で、そして——何故だか日々恐ろしい勢いで酸っぱくなっていき、いつしか調味料ではなく武器として「犬鬼殺し」と呼ばれだした超酸っぱいお酢……うん、あれ一体何を考えて作られているんでしょうね？　だけど、その破壊力は値千金だった！

「ディオレール王家として決闘の決着をわたくしシャリセレス・ディー・ディオレールが王の名代としての名を懸けて宣言しましょう。異議在る者は剣を持って訴えを！　我等ディオレール王家は一族の名誉に懸けいかなる異議もお受けしましょう！」

宣誓してみましたがお返事は無いようです。鳴き声と呻き声の苦鳴だけが啜られる酸っぱい大広間は戦果無き戦渦の坩堝で残るものは戦禍のみ。

「……異議など到底在りませぬ。そもそもが我らが御招きしたお客人に対して事も在ろうか決闘を申し込んだのです。決して許されぬ所業ゆえ決闘に関わった者は勿論のこと、我等この場にいる全ての者の責任故に首をお持ち下さ……」「駄〜目〜で〜す〜よ〜♪　ま

〜だ1対1の決闘が待ってますよ〜、まだまだ〜死んじゃ駄目ですからね〜、ふふふっ〜♪　再生♪　再生♪　さて……私の番〜♪」

　怖い。怖い怖い怖い怖い怖い怖い怖い怖い怖い怖い怖い怖いマジ怖い、副委員長Bさんのオコが怖い！

「う〜ん、いきなり『豪雷鎖鞭』使うと回復不能になっちゃうし最初は剣かな、斧かな？　あっ、棍棒が良いかも？　うん、これで丁寧に潰していけば……長持ちするかな♪」

　駄目だ、委員長さんもみんなもやる気だ！　こ、これは本気のお説教モード。性王すら逃げ出す恐怖のお説教Ｖｅｒフルボッコ。しかも嬉しそうにアンジェリカさんとネフェルティリさんまで武器を選び、スライムさんまでポヨポヨと順番待ちに並んで……!?

【ボコ地獄無限回復永久保証付きループ　Ｆｅａｔ．三大鬼教官たち！】

　死に掛かる寸前までボコられると、回復魔法か茸で強制回復されて次に回される永久ボコループ。延々と並ぶ地獄を巡るボコ、実戦練習に最適とアリアンナさん達までボコに参加の永久地獄巡りループ。泣いてもボコられ、煽られては心を圧し折られ、戦っても逃げても黙ってても謝っても何をしてもボコられる決闘という名の拷問。

　だってみんな怒っている。何故、遥さんがずっとムカついていたか気付かなかった自分に。きっとオタさん達だけが気付いていた、だから森で待っていた。だから遥さんは何度も何度も馬車から姿を消していた。

　そう、だって遥さんだけはずっとムカついていたから。あれから、ずっとずっと自分にムカついていた。獣人達の村を守れず多くの死者を出した事をずっと悔やんで。商国の動きを読み切れなかった自分のせいだと、あれからずっと……馬車から時々いなくなってたのは、その村への贖罪。きっとまた黙って1人で謝りながら壁を作り、お墓を作って謝っていたんだろう……だから、みんなが涙目で怒っている。

初めて来て、初めて会った獣人に謝り悔いる人。誰もが責めるどころか感謝して称えたから、だって関係も無い隣国の事で、しかもただ1人だけが気付いて手を打ったのだから……だから、あれからずっと遥さんは自分を責めていた。

だから本当に八つ当たり。ただ、あの森に城さえ在れば間に合ったと。そうしたら誰も死なずに済んだかもしれないと。それは獣人国への八つ当たりで、救えなかった遥さん自身への八つ当たり……遥さんだけが、ずっと死んでいった獣人たちに悔いていた。

そして死んでいった獣人さん達の事に怒っていたから。それなのに、この獣人共は……ちょっと私も参加してましょう。どうやら今宵の『王剣ディオレール』はボコに飢えているようです。

【Ｒｅ：ボコ地獄無限強制回復ハイパーループ　Ｆｅａｔ．三大鬼教官Ｗｉｔｈ王国組！
Ｇｏ　Ｆｉｇｈｔ！】

鞭を持った委員長さんが懇々とお説教を延々と説き、切々と諭す。慈愛に満ちた顔でも瞳はオコ！　大広間に並ぶ土下座獣人の海、その海原に懇々と注がれる高濃度のお説教。

一言でも言い訳すれば怒濤のボコループが再開する無間の地獄、未来永劫終わらぬような正座でお説教。ひたすら平伏した獣人さん達に対して繰り広げられるお説教が、ただ延々と懇々と説かれ続ける大広間の親善式典。

全く空気を読まず王城に現れたオタさん達は今も遥さんとお話をしている……外縁部の危険な村を調査していた。そして遥さんはそこを回りながら……独りで懺悔してた。だから、みんな不機嫌だった。

そしてそれは悪質な洗脳でした。一時期アリアンナさん達が壊されて、みんなで精神を修復しましたが……今回は全員が徹底的に壊しに行ってます。考えるな、感じろと。

そして語られる遥さんの教え、「やればできる」と騙られ精神を染められていく、気が付く事なく「殺ればできる」に変わって行く恐るべき訓示！　さらに最初と最後にはＳｉｒが必要らしいですが、一心不乱に涙目で唱和して従ってるのが獣人国の貴族と王なんですけどね。ええ、遥さん達って貴族なんか嫌だって陞爵から逃げてましたよね？

怯えて従えば延々と唱和させられ、思想を染め尽くされて行く。疑うと訓練と称した３大鬼教官の指導という名の容赦ない死すら生温いボコが荒れ狂う。次第に目が据わって行く獣人たち、その目に在るものは忠誠と崇拝と狂気。絶対的と言える信仰に近く、より悪質な教導という名の洗脳でした。

指導しては訓練を与え、また指導しては訓練が繰り返される。そして獣人はみな感染する。狂信という名の逃げ場、飴と鞭。従順に従い訓練に合格すると武具を与えられる。それは獣人が欲しながら手にする事ができなかった、願ったよりもずっと上等な武具。

そして取り戻した獣の本能。莫迦さん達と不敵に笑いながら戦い、委員長さん達に涙目でボコられる。遥さんには近付かない野生の本能も取り戻したみたいです。

獣人族の滅びを恐れるがあまり、戦う事を避けざるを得ず、錆び付き忘れかけていた獣人の本能。ただ愚直に戦う喜びに歓喜しながら……ボコられています。まあ、その御三方とは戦えずに一方的なボコだけですよ？

文字通り委員長さんの鞭にしばかれながらやっと手にした武具に涙する。そして武具を装備すると更なる訓練の3大鬼教官が待ち構えている。

精神と身体を壊されては感謝し、破壊されては修復されて、より壊れて行く精神と共に蘇る野生の獣性。これが遥さん曰く、ハートマンさんと言われる方に習った、遥さんの国ではごく普通の最も有名な一般的な教導なのだそうです。

うん……遥さんたちの国が遠くて良かった。お話を聞く度に誰もが夢見て訪れてみたいと願いながら、絶対に敵対したくない豊かで恐ろしい国に対して誰もが下す結論。

遥さんみたいな方達が普通の学び舎の生徒さんとして大量にいるという、遥さんが異端ではなく普通と見做されるという国。そこでは遥さんが常識的で、そんな人が沢山、一生かけても会いきれないくらいいっぱいいらっしゃるのだそうです……だから、とっても平和らしい。だって、そんな怖い所で悪いことなんて絶対怖くてできないから！

魔物さん達は絶滅されそうで保護されるという、あの遥さんが危ないと言う武器が沢山ある国家だらけで、もう危な過ぎて本気で戦争できないのだとか……とっても怖くて恐ろしいけど、そんなにも強くて優しい人達がいるのなら、それはきっと幸せで平和なんだろう。だからみんな優しくて……怖いんだ！

鳴り止まぬ剣戟の響き。干戈が打ち鳴らされる。怒声と怒号が飛び交い、腹から叫ぶようにお返事する獣王たち。でも、これって……親善？

お芋さんを仕入れたらエロをアピってるお芋さんだった？

106日目　夜　獣人国ガメレーン共和国　王城

借りてきた猫と、叱られた犬のようにしおらしい厳ついおっさん達。しかもケモミミおっさん達なんだよ？

委員長様の愛の鞭とお説教により教育されてしまっているけど、他所の国の王様と貴族全員を洗脳って国家乗っ取り級の犯罪臭がしなくもないけど、鞭を持った美人女子高生さんにボコられたんだからきっと本望なのだろう？

「いや、真の問題は嘗て獣人の森を訪れて、王城にまで招かれて全員ケモミミおっさんだったなんていう酷いお話があっただろうか！って、絶対なかったよ！　たったの一度も読んだ事の無い酷い展開なんだよ!!　多分あったとしても即廃刊の禁書指定だよ！　惨いな!?」「「「確かに!?」」」

ちらちらと大広間（ホール）の外にケモミミメイドさんの姿が見えるのに、ケモミミおっさん達の異様な雰囲気のせいで入って来ない。しかも、飲み物とか運ばれてきてもケモミミおっさんズがダッシュで取りに行くから、全くこっちに来ない。だからケモミミも尻尾も全部おっさんだ……うん、哀（かな）しいな！

しかし何でも在り（バーリトゥード）って言うから、普通に倒したのにすごいジトだった。空中からお酢を散布したらジトの対空砲火に晒（さら）されたんだよ？

「だって、ちゃんと規則（ルール）確認したら、何でも在り（バーリトゥード）って言ったよね？　何でも在り（バーリトゥード）と言ったが、あれは嘘（うそ）でお酢禁止だとか言われても困るんだよ？　酢っぱいな？」「「「酢っぱ過ぎなのよ!!」」」「あの村って、何考えて酢を作ってるの!?」「それで結局何で決闘だったの？　目が合うと決闘な血糖値高めなやんちゃなお年頃なおっさんだったけどいい加減に落ち着こうよ？　ついカッとしてやって良いのは男子高校生にしか許可されてない特権なんだから、高校入試も受けてないおっさんには許されないんだけど、俺は特権階級（男子高校生）だから悪くないんだよ？　うん、卒業式が召喚されるその日まで男子高校生なんだから、それまでずっと無罪だな！」「「「Ｓｉｒ、申し訳ありませんでした、Ｓｉｒ!!」」」

委員長様のお仕置きが効き過ぎたようでハートマン先任軍曹効果が浸透し過ぎているらしい。うん、甲冑（かっちゅう）委員長さんと踊りっ娘（こ）さんの指導とボコを受け、スライムさんの暇潰しなボコも受けて、ついでにお馬さんにも跳ねられて人格というか獣格が変わってしまったようだ……今回の訪問は親善と聞いていたが、親善とは侵攻よりも恐ろしいものらしい？

「このおっさん達どうすんの？　直立不動の気を付けしたまま微動だにしないんだけど……壊れてるな？」「他人事みたいに言ってるけど滅茶ノリノリでハートマンな先任軍曹さんよりピーピーと音声が途切れちゃうほど延々勢いで怒声を浴びせて壊してたよね？　その後ろで指導という名の恐怖を楽しそうに教え込んでた教官さん達の使役主さんだし、最後はお馬さんで跳ね回ってたけどあれ指導でも教育でも何でもなかったよね!!」「いや、委員長こそノリノリで『この豚人族共が』とか言いながら鞭でふっ飛ばして、女王委員長様が降臨しちゃって思わず専用衣装ご用意……いえ、何でもありません、何も見ませんでした！　そうそう、ちょうど夜空に浪漫な願い事をしてたんであっち向いてたから何にも見てないです！　Ｍｏｍいな！」

　まあ一番惨かったのは副委員長Ｂさんだった。満面の笑みで壊しては回復し、壊しては回復して叩き潰されては元に戻され、また叩き潰される終わりなき自愛に満ちた破壊活動だった。

　うん、甲冑委員長さん達もビビって距離とってたんだよ……揺れは素敵だったけど、怖くて見てられなくて智慧さんに録画を頼んだけどモザイクしか記録されてないグロ注意なボコだった。うん、大きいのは母性なのかと思ったら狂暴性だったらしいけど、小さいのに狂暴な2名については睨んでるから考えるのは止めておこう。

「うん、これって小狸人族で引き取ってもらえないのかな？　狼人族のおっさんはビッチリーダーに嬲り殺しにあってたから引き取りは拒否だろうけど、兇悪な子狸は獣人さんでも受け入れは難しそうだな？」（ガジガジ？）

既に山羊のおっさんと猿のおっさんからは獣人国内での商業取引の許可証を貰ったから、森で仕入れた分は合法になった。豆腐が少量しか買い付けられなかったけど、帰りまでには用意して貰えるようだ。ただ、日持ちの問題で豆腐だけは製法を自白させにがりを貰って辺境で製造することも考えなければならないだろう。

「保存の利く醤油や味噌に鰹節に乾燥わかめとかは買い占めたんだけど、葱と柚子も買えたが蜜柑は時季を逃したようなんだよ？　うん、煮干しや海参も有ったし、昆布も買えたのに薩摩芋は無かったけど里芋と別に太郎芋っていう里芋さんの親類だと名乗る怪しいお芋さんも手に入ったけどどうすれば良いんだろうね？　名前は知ってるけど調理したことが無いんだよ？　まあ、自称里芋さんの親戚だと名乗ってるんだから焼くか煮るか茹でれば良いと思うんだけど……潰す？」

たしかハワイの伝統料理のラウラウに使うと聞いた事はあるが、あれは豚肉を太郎芋の若葉で包んで蒸し焼きにするんで芋は全然まったくさっぱり出番が無かった気がする？　うん、料理部っ娘に丸投げしよう。だって名前が太郎芋って男をアピってるんだから、男子高校生より女子高生に剝かれた方が喜ぶに違いないし？　そして宴が開かれるらしいけど、ちょっと小耳に挟んだ休憩室に行くと——畳が有った！

「畳だよ畳だよ、いっぱい落ちてる！　座布団まで落ちてるよー！」（プルプル♪）

こうなると白い変人でも、もう一部屋借りて和室化したいところだけど借りると宿代が上がってしまうという恐ろしい罠だ。とは言っても格安で借り切っているので微々たる額なんだけど、何故だかその微々たる額がいつも無いんだよ？　うん、毎朝毎朝、雑貨屋やギルドや武器屋で金貨の詰まった袋を受け取っている御大尽様なのに気付くと無い？　軽くお大尽オブリージュして回り、気持ちよく大人買いを堪能しているとお金が無くなっている？　超常現象なのだろうか？　マジ難しい輪廻だな？

明日には教国へ向かう予定なので獣人国との交渉はメリ父さんに任せる。っていうか俺は関係ないんだよ？　俺達が教国から戻って来るまで居る心算かは知らないけど、メリ父さんは王城で交渉係だ。

オタ達と莫迦達は今日のお芋と交換で建てた川沿いの長城に詰める。格安で食材を仕入れ、支払いに城壁と砦を作って拠点も確保のどっちも俺にお得な良い取引だった。

うん、いよいよぼったくり道も国際的になってきたな？　そして獣人国の安全を確保しておけば最悪の場合でも、教国からの退路が確保できる。

「さて内職のターンだな、稼ぎ時だ！」

お米は大事だし、お味噌とお醬油と赤酒だって大事だ。ケモミミおっさんはどうでも良いけど、和食とケモミミっ娘は守らなければならない。

「なんで和食文化が在るかは謎なんだけど、それが引き継がれてる事に意味も意義も有って、神に祈ってるだけで何も生み出さず無益極まりない教国より絶対重要なんだよ？」

「「「うん、何があっても和食さんは守るけど、アリアンナさんがイジケてるから教国にもちょっとくらいは優しくしてあげて！」」」「いや、でも取捨選択を論じるまでも無く獣人さんが滅びれば和食文化さんが滅びちゃうけど、教会が滅びたところで神(じじい)の愛好家(フェチ)が減るだけだから却(かえ)って社会の健全化にも有益そうなんだよ？」「「「本気で涙目だから苛(いじ)めないの!!」」」「ああー、のの字書き始めちゃってるよ？」

　そして商国も比べるまでも無い。取引と流通は重要だけど、今の商国は独占と差益で暴利を貪るだけで、実質何も生み出していない。そう、お金を増やすだけの組織だけ生き残っても無意味で、金貨を食べて銀貨を着(き)て銅貨の家に住まうような趣味は無いんだよ？そして神愛好家(じじいフェチ)が大陸中に蔓延(まんえん)しているらしいけど、獣人族は絶滅しかかっているらしい。

「強かったんだけどね？」「でも、簡単に心が折られ過ぎだったよね？」「うん、自棄(やけ)にならなきゃ、まだまだ戦えたのに」「あれは、お酢のトラウマかと？」「「「うん、誰かあの村の暴走を止めようよ!!」」」「まあ、ずっと人族の戦術に翻弄されてきた所為(せい)で、獣人の戦い方に迷いが出てしまったのでしょうね」「「「ああー、だから柿崎(かきざき)君たちと意気投合して……考えない事を思い出したんだね！」」」

　負け戦になると自暴自棄に暴れる悪癖をこってりたっぷりしっかり調教(せんのう)されて、倒れたらボコられ、立ち上がらないともっとボコられ。動けなくなると動くまでボコられて、「ボコが嫌なら、戦い続ければ良いじゃないの」と言うMさんの根性論な教えまで受けていた。そう、心が折れてもボコり、パブロフの獣人方式で条件反射レベルに魂に刻み込まれ、もう負け犬根性は残らず消えてしっかりと……壊れている？　でも、なんで指導するとみんなナイフを舐め出すんだろう。美味しいのかな？

戦った感じから言って獣人族は重装よりも俊敏性を好み、防御より回避を選ぶ。ならば軽装、つまり軍隊に売れなかった余剰品を売り付けるのに丁度良い。軍は重装を好み武器共々統一する必要があるけど、個々の能力を生かす獣人には多種多様な半端品の在庫処分がぴったりそうだ。

「先渡しで宜しいのでしょうか」「うん、先渡しで恩を売って、食材の安定供給が得られれば長期的にお得だし、尚且つ装備を得た獣人さん達が自衛能力を持って平和が維持されれば自力で復興して和食の食材生産が伸びるんだよ？」

当座、それしか輸出品が無い以上力を入れるだろうし、作れば俺が全部買うから収入も安定する。後は雑貨屋さんに任せれば適正価格で安定供給できるだろう。

「遥君、明日の予定だけど出発延ばす？　獣人国に滞在するなら手配するし、アリアンナさん達も良いって言ってくれてるよ」「こっちはオタ莫迦を置いて行くし、先払いで深夜の内職で防壁建てとくから予定通りで良いよ？　シスターっ娘たちも気丈に振舞ってるけど目の前まで来てお預けは可哀想なんだけど、莫迦たちなら躾けも兼ねてお預けの意義はあるかも？　まあ、教えても覚えないから意味は無さそうだな？　莫迦だな？」「「「今の話の内容の何処で俺達の悪口になったんだよ!?」」」

準備もできている。女子さん達もだけど、妹エルフっ娘も王女っ娘もメイドっ娘にメリメリさんまで強くなってるし、目を見張ったのはシスターっ娘たちの上達ぶりだった。

ついこのあいだ辺境にやって来た戦う術も持たなかった修道女さん達は、エロティックな修道服で獣人の最強種を容赦なく呵責も無くボコっていたんだよ。流石に獣人のおっさん達の装備が良くなるにつれ苦戦はしていたけど、圧勝はできずとも最後までボコり続けていた。一応、修道士組も頑張ってたようだが、シスター服のスリットさんを応援するのが忙しくて見ていなかったけど、今は獣人のおっさん達と一緒にナイフを舐めてるから仲良しになれたのだろう。うん親善だな？

そして、良い対人戦の訓練になった。ケモミミおっさん達も美少女達にボコられてさぞや御褒美だったに違いないし……うん、なんか最後のほうは尻尾振って喜んでたんだよ？

うん、ヤバい業界の方達のようだから、早く出立た方が良さそうだな！

近代社会ではペンは剣よりも強しと言うが、異世界でも結構いけるようだ。

106日目　夜　獣人国ガメレーン共和国　王城

歓迎の宴。獣王陛下に招かれた客人が持て成される会食と語らいの場。ただ饗しに獣王陛下自らが獣人族の貴族達と甲斐甲斐しく駆け回り、跪いて配膳して回っているが……逆効果のようだ。上座の中央に座る遥君は、陛下や貴族に囲まれ恭しく饗されているが不機嫌極まりない。なぜなら陛下達がせっせと働くせいで給仕の娘達が広間に入って来られない。食事の膳だけを運び入れて、戻って行く獣人娘の給仕たちを見ては不機嫌になって行く遥君と……何故か上機嫌の黒髪の少女達との温度差が凄まじい。

「「「お味噌汁だ！」」」「お豆腐にわかめも!!」「これって甘露煮!?」「お、お、お寿司！」「川魚の押し寿司だけどお寿司だよね!!」「あっ、おでんの独占は駄目だからね！」「大根にほうれん草もあるのですね、若干和食とは違う作り方ですが」「み、み、みんな落ち着いてね！　この後のあれって……すき焼きみたいなの！」「「「すき焼き様だ!?」」」

　そして獣人族は驚き目を見張る。大陸でも珍しく異質な獣人国の料理にまで精通し、獣人国の文化にまで理解があり、その造詣までもが深い。情報とは知識、それを理解するが教養。この少年少女達は国を代表する文官や学者よりも教養があり理知に溢れている。

　そして、もはや獣人国側との交渉は不要だろう。その料理を喜ぶ姿に感動しているし……それ以前に、もう何を言っても「Ｓｉｒ，ｙｅｓ，ｓｉｒ！」と了承するのだから。

「独特な食文化ゆえ、人族には忌避される方も多いのですが」「「「凄く美味しいです！」」」「うん、旨えっ！」

　だから、もはや王国と獣人国の交渉自体は簡単だ。もともと遥君の協力を得る方法こそが困難だっただけなのだから。

「あれ、この味」「これは柚子胡椒ですね」「これはこれはよくご存知で！」「我等が郷土料理を此処まで喜んでいただけると嬉しいものですね」「ええ、珍しいものも多いでしょ

うに」「「「凄く美味しいです♪」」」

そして嫌う原因はこの城の位置だった。民を護らず後方に控える城と、護られぬままに狩られて行く獣人たちの事を思い憤っていた。誰もが予期していなかった獣人国への襲撃をただ1人察知し、先手を打ち未然に食い止め、誰もがその神算鬼謀を褒め称え賞賛していた——その少年が遅すぎたと悔やんでいたとも知らずに。

だから未だに私は反対だ。彼らは国家の争い等という愚劣で醜いものに関わるべきではないし、人同士の汚い欲望と憎しみに巻き込むべきではない。彼ら彼女らほど純粋で優しい者は居ないのだから。

当たり前だと言って助けようと手を伸ばす。辺境のように助け合わねば生きていけない訳でもなければ、商人のように打算がある訳でもなく、教会のように偽善を見せ付けているのでもない。あれは、ただ真実に当たり前だと思って行っている。

もしも、それが本当に当たり前ならばどれだけの人が救われ幸せになれる事だろう。誰もがただそれを当たり前に成す世界が有るのならば、そここそが本当の楽園なのだろう。

そんな奇跡が辺境を満たし、当たり前に変わって行った。だから辺境は幸せに発展を続けている。あれは手を差し伸べてくれた少年たちが当たり前にしてくれたから、だから救われた皆がそうで在ろうとして広がった奇跡だ。だから街の中を子供たちの笑い声が満たし、それを聞くみなが幸せを感じ護りたいと思う。

常軌を逸したあの強さは恐怖だ。普通ならば恐れられるのだろう。なのに誰もがそれを恐怖だと認識していないのは、あの少年達がその力を持っているから。ただそれだけなのだ。

抗えぬほどに強い魔物が怖いならば、それを殺し得るものはもっと怖い。何故ならより恐ろしい力を有しているのだから、それが当然だ。世界を滅ぼすと言われる迷宮を殺せるものは、世界を滅ぼす力を持っているに決まっているのだから。

その強さで世界は救われ、その優しさで世界は変わろうとしている。そんな少年達を何故、人同士の争いなどで苦しめねばならんのだ。あまりにも優し過ぎる、殺し合いの世界に最も向かず、最も関わらせてはならないというのに……見ず知らずの町が滅びたと涙し、行った事も無い国の村を助けられなかったと悔やむような少年に、どうして殺し合いなどという下劣極まりなく残酷な事をさせねばならないのか。だからこそ私は反対なのだ。

「遥君、まあ言いたいことは分かったし、言う前に恭順されてるからもう言う必要も無いんだけどね。もはや獣人族は少数民族故に希少な戦闘種を残すのに必死だったのだよ。私が知っているだけでもかなりの種族が消えていたよ、優に千を超していたはずの獣人の種族がね……今は戦闘種が、これで全部なのだそうだ。だから奥地で護り増やして『いつか』巻き返しを夢見て温存したまま追い詰められていったんだろうね。辺境と全く同じでね、我等は前に出て後ろを押さえられたが、獣人族は下がって出られなくなった。永遠に来ない『いつか』に縋ってしまったんだ。そして辺境には『君達』が来てくれたが、獣人国には未だ『いつか』が訪れていなかった。たったそれだけの違いなんだよ……って、聞いてるかい？　おお――い？」

戯れ巫山戯るように少年達が筆を持ち描いて遊び、愉し気にじゃれ合うように騒ぎ合いながら描き込まれて行く未来。こうして未来を描く究極の設計図が描かれていたのか……そう、これはかつて辺境にもたらされた奇跡と同じものだ。

「って言うか、こっちから繋げば簡単じゃね？　ほら、ここに村と畑あるんなら迂回してこうじゃん？　ん、こっちか？　あれ？　マジで？」「でもそっちに延ばすと城壁の長さが一気に……あっ、だからこっちで繋げちゃうんですか？」「そっか……ここに河から用水路を引いて堀になるんだ、でもこっちから迂回されちゃうとか？」

地図を広げ、各自で描き込みながら緻密に図面化して行く。それをその都度編纂して纏め上げ、それがそのまま設計書に変わる凄まじく高度な戯れな落書き。これが辺境を生まれ変わらせて、今も発展を続けるあの企画書が作られた光景。全員が精密に尺を取りながら速やかに計算して行く知識集団たちの地図の上の遊戯。

「こっち来たら沼だし、あっちは行けなくね？って、ここって登れるの？」「そっちは絶壁だから普通は無理でした。ただ裏手に回られると取られます」「ああー……なら一回ここで挟んじゃえば？」「それなら岩山ごと城壁に」「あっ、ここって鹿人族の村の聖地らしいんですよ。この岩山自体が墓標なんだそうです」

線が引かれる度に生まれ変わる地図。何もなかった河川図が見る見る間に長城と城塞に代わり、用水路が敷かれ道が整えられて行く。計算され尽した情報が飛び交い、纏められ未来が形になって行く。図面の上で夢が現実に変わって行く奇跡の光景だ。

「なら、もうここまで堀を延ばしちゃえば良いじゃん。そしたらこっちも農地になるし？って感じ？」「それができれば……あっ、でも曲げちゃって治水は大丈夫なのかな。えっと……ことか？」「そこ壁で潰すんだって。そしたらこっちにまっすぐじゃん。あれ、ここも村？　だったり？」「そこ少数民族の獺人族さんの村だから、池があったら逆に喜ぶかも！」「そうそう、この辺です」「「「おおー、ばっちりだー！」」」

先々まで考え尽くされた多面的な合理性。各分野の専門家たちが揃って舌を巻く複合的な設計思想。全てに精通しているからこその俯瞰的発想と、長期的展望を見据える政治的な着想。5人の少年がじゃれ合うように筆を走らせ、落書きでもするかのような気軽さで線を引き、地図の上に英知が結集され最良の未来が描き出されていく。

「だけどこっちも囲むと、城壁が長くなるんだよ……角のこれって砦？」「そこは、廃棄された襤褸襤褸の砦だったかと？」「だったら、ここからここまで城塞で良いじゃん？　どうせ戦場になるのは此処だよ？　みたいな？」「それなら少数でも守れますね、でも結構な距離が……まして用水路も繋ぐと」「そこは底からこそこそと堀の分だけ迫り上がって城壁になるんだから、一石二鳥なMP節約？　的な？」「「「おー、天災あらわる！」」」

それは獣人国の防衛計画、村々を守る城壁の設計図。それが繋がり纏まって長城に変貌していく。そして、そこに描かれているのは安全な今と、繁栄する将来の未来予想図。

これが少年たちが描く未来への戦略書……繁栄と発展の邪魔になり得る全ての要素を潰

し、あらゆる予想外に備え対処まで組み入れる多元的な未来構想。

「……今発音に違和感が無かったか？」「「「……全くなかったですよ？」」」

そして最後に書き込まれて行くのは値段……現金の他に味噌払い、醤油払いとお米専売契約割引まで有るようだ。細かな村々の改装には特産品に応じて支払いが別途書き込まれ、煮干し払いに太郎芋払いと次々に返済計画を添えて記されて行く。

「うん、ペンは剣よりも強し！　だって『貫通』が付与してあるんだよ、貫けペンよ！」「それペンが強過ぎ!?」「「「剣より強いって物理だったの!?」」」「ちょっと待って！　ヤバい、盾が貫通されてる!!」「「「ぎゃあああ――――！　これまじでヤバイんですってば!?」」」

獣人国には幸せが来る、私はそれを知っているのだ。何故ならこれは辺境に幸せを齎した数々の奇跡の獣人国版の書。これは夢を実現に変える魔法のペンで未来を描かれた、幸せの設計図面なのだから。

「行け！　ペン・ファンネル！　有象無象の区別なく我が魔弾は許しはしない！　うん、自動追尾なんだよ、１００本入り？　お得だな？」「「「ぎゃあああっ、作り過ぎだから！　痛たたたたっ!?」」」「しかも、痛い上に顔に落書きされてる!!」

そして夢を実現に変える魔法のペンは、自動追尾と貫通の付いたお得なペンだったようだ。見果てぬ未来の夢を描き出すが、刺さると痛いようだな。うむ、痛そうだ？

この御方をどなたと心得るかは誰にもわからないのが問題だ。

107日目　朝　獣人国ガメレーン共和国　王城

むさくるしいモフモフおっさん達の整列。ケモミミメイドさん達も後ろで整列してるけど、ごついおっさん達が最前列に犇めいてて見えないんだよ。そして見ようとすると殺気のこもったジトを感じる!?　でも何故、空間を捻じ曲げて視ることができる羅神眼の視線が分かるんだろう！　あっ、後ろで剣を抜いた音がしたしヤバいな!!

「委員長様へ、総員敬礼！」「「「行ってらっしゃいませ、良い旅を！」」」

そして獣人のおっさん達は完璧に委員長様に躾けられたようだ。でも筋肉ケモミミ脳筋おっさんたちが整列してお見送りってウザいな？　まあ、獣人族の女性は人族に怯えているというし、そしてそれは至極真っ当な事だと充分に理解できる。

でも、獣人の国に来て結局最後まで全員おっさんだったよ！　もう嫌だ、この異世界！

しかもオタ達は前回助けた村やなんかではケモミミっ娘に迎えられてるんだよ！　男子高校生の俺だけ差別問題なんだよ!!

そう、最大の問題はLv差別。獣人は差別されてるくせに差別主義者で、Lv至上主義でステータスで態度が変わるらしい。つまり低Lvはモテない！　低Lvで好感度まで低い俺はモフモフさせて貰えない!!　異世界に来てLvに苦しめられてきたが、これほど悪辣な罠(わな)が待ち構えていようとは!?

「Ｌｖを上げないとケモミミもモフれないって、モフモフはしたいけど異世界の魔物とおっさんを全て滅ぼしてもＬｖ１００には届かないと思うんだよ？」（ポヨポヨ）

　やはりモブには好感度もイベントも付いて来ないし、フラグも立たないようだ。とかく異世界事情は世知辛い。

「遥君(はるか)、内職お疲れです。いってらっしゃい」「長城から退路は確保しておきますから」「村の獣人さん達も協力してくれるって言うから、仕上げもできそう？」「「「あと必要なのは……投石機(カタパルト)が欲しいですね！」」」「いや、お前らまともに何か作れたことないよね？　あれ、どう考えても職業(Job)縛りとはまったく違う超常現象(MMR)が起きてるよね？　頼むからなんもするな、何故だかお前らが投石機(カタパルト)とか作ると、城塞が天空に浮くか巨大ゴーレムとかに変形しそうなんだよ！　せっかく夜鍋して長城の城塞作ったのに、飛んでったり歩いて行ったら守る壁無くなるんだから作んな！　なにもすんな！　オタらしくオタってろ!!」

　そう、計画書(パンフレット)を用意して、あっちこっちの村に営業かけてみたら村という村が長期特産品払いで契約してくれて、瞬く間に話は進みあっという間に獣人国を囲む長城が完成した。河と深く広い用水路と組み合わされた堀と城塞ができ上がった。

　うん、滅茶(めちゃ)頑張ったらＭＰ枯渇で、帰ってからチャイナ娘な迷宮皇さん達の蹂躙劇(じゅうりん)が繰り広げられて、朝も復讐(ふくしゅう)するだけの力も無いまま敗北を喫する屈辱の素敵なチャイナさんだったんだよ！　だってロングのチャイナさんが久々で、逆に新鮮だったんだよ？

あとはケモミミおっさん達を士族までちゃんと武装させて、駐留させれば完璧だ。生活できるように内部まで作ってあるし、暫くはオタ莫迦もいるし、オタ達が近隣の問題を調査して莫迦達がおっさん達を鍛えるだろう。俺にできる事は内職だけで、あとで「こんな事も或ろうかと」って言うだけのモブなんだよ。

「狼煙でも何でもいいから、すぐに報せろよ！」「ここまでおびき寄せて来ねえか？　待ってるからさー」「せっかくここまで付いて来たのに待ってるだけかよ？」「いや、お前らは他人の心配より自分達の心配してろ。舞踏の練習でもしとけ。お前らの彼女達が辺境の迷宮でＬｖ上げてんだぞ……つまり、あの舞踏の破壊力が現在進行形で強化中なんだよ？　真剣に舞踏技術が無いと超接近状態からの膝蹴りと踏み潰しの乱舞喰らうんだよ？　南無？」「「「……やべー！　パワーで対抗されたら、あれは回避しきれねえ!?」」」「ちゃんと彼女と踊ってやりたいんなら、ちゃんと練習しろよ。男同士で……ＢＬいな？」「ちょ、遥！　あの半身で下がって避ける踏歩だけ教えろ！」「いや、あの上下に振って膝を無効化する体術の技を……」「あの逃げるように下がりながらの回転で方向をずらす、あの技を教えて行け！」

　うん、だってこいつらが踊れないと、あの彼女さん達の脅威が絶対俺に及ぶんだよ！

「ちゃんと踊り込めば自然にできるんだよ？　もしくは……踊り込まなくても、俺みたいに延々と命の危機に晒されながら一瞬の隙も僅かなミスも許されない命がけの舞踏を経験すると、恐怖で一晩で身体と記憶と魂に刻み込まれるんだよ？　うん、踊りっ娘さんの超近接舞踏戦を経験したら一発なんだよ？　死ぬか覚えるか？（デッド・オア・アライブ）」

　蒼（あお）い顔で首を振っている。うん、あの恐ろしさが一瞬で理解できるとは危機察知能力は高いようだ。普通は超絶美人さんと舞踏（ダンス）と言われれば男子高校生ならばホイホイとついて行きそうなのに、彼女（マッチョ）さん達との命懸けの舞踏（ダンス）でその怖さと恐ろしさを理解して、踊りっ娘さんの恐ろしさの片鱗（へんりん）が垣間見（かいまみ）えたんだろう……うん、太極拳がおすすめなんだよ？　聴勁（ちょうけい）で動きを事前に感知できないと、あれって絶対回避不可能なんだよ？

　そしてお馬さんは走り出す。短い滞在を終えて、獣人国の城はみるみる小さくなって消えて行く。徐々に風切り音しか聞こえなくなり、森の風景が緑色の壁に変わって行く。お馬さんは宙を駆けるように馬車を微動だにさせず、滑るように荒れ地を駆け抜ける。轟々（ごうごう）と鳴る風音が喧（やかま）しいから馬車を『掌握』で包み込む。うん、静かになったな？

「は、は、は、遥君！　ちょっ、これ何？　速過ぎない、おかしくない？」「うん、お馬さんが頑張ってるんだよ。可愛（かわい）くて頑張り屋さんの良いお馬さんなんだよ？　可愛いな？」

（もともとスレイプニルは「滑走するもの」と呼ばれる神獣ですから……）（でも、まだお馬さんらしいよ？）（（初見から魔獣だったよね？　既に上位化してるよね!!））（言っても無駄だって。お馬さんだって気に入ってるんだから）（この世に存在するどの馬よりも速く疾走し、全ての世界を翔（かけ）る能力があり、その能力を駆使して大神オーディンをあらゆる世界へ自在に運ぶことができたと言われるお馬さんです。しかも姦計（かんけい）と知略の神ロキの子供ですから何でもありですよ？）（もう手遅れなの……神獣スレイプニルさんは、「お馬さん」の名前で使役されちゃってるから)((それで上位化しちゃったんだ!))((うん、犯人分かっちゃいました!))

女子さん達もお馬さんの素晴らしさを絶賛しているようだし、やはり可愛いは正義だな。

「それで遥様、特使としての書状は認めておりますが、どうやって入国されるのですか?」

「王女っ娘の出番は、いざという時に『この御方をどなたと心得る、俺も名前知らないんだよー!って言うかこの書状が目に入らぬかな?』って目に書状を抉り込むまではお忍びだからね? こっそり侵入?」「「「元ネタは分かるのに、何もかもが間違ってるのよ!」」」

うん、入浴シーンが楽しみだ。多弾頭風車ランチャーも装備してるしばっちりだし、蛇さん鶏さんもやっておしまいな出番が待ち遠しい事だろう。うん、でもうっかりは誰なんだろうね? ぽっちゃりなら……はっ!!

「ちょ、いや、何も言ってないってば! ただ食いしん坊キャラ満載で、うっかりどころかぽっちゃ……ぎゃあああああぁぁあっ! ちょ、獣人国から凶暴な子狸人族が紛れ込んでるんだよ! ガジガジって痛いって! ちゃんと子狸族に返品って(ガジガジガジィ!)ぐわあーああああっ!」

全くゆっくり観光も親睦もモフモフもしっぽりもできない慌ただしい旅路だったけど、今は時間が無いし、帰りはゆっくり観光できるだろうか? でも、辺境をほっとくのが一番ヤバいんだよなー……だから異世界召喚は高校生なのかな? 子供は永遠を信じてる、ずっと未来を真っすぐに夢見てる。だが大人になれば自分の手の届かない物を知り、いつか来る死を実感する。そうなった時に人は自分には関係ないと未来を見なくなるし、夢を見る事を諦める。だから高校生がギリなのかも？

　夢を見なくなれば自分が死んだ後の事なんて考えもしないし、自分に害も得も無ければ関係ないと切り捨てる。だから辺境という確実な死の未来から目を逸らして、今だけの幸せを奪い合う世界。何処も彼処も嫌な世界で、夢多き高校生さんの修学旅行先には向かないようだな。

「この道だと教国の要塞があるけど迂回するの」「馬車は入れないから、隠すなら森に入った方が良くないですか？」「いや、こっそり通り抜けるんだよ？　うん、お馬さんが寂しがったら可哀想じゃん？　可愛いんだよ？　頭にスライムさんが乗ってて可愛さ累乗だよ？　もう可愛いがWで正義を超えて真理に達してるんだよ！」「えっ、通り抜けるって馬車にステルス機能を付けちゃったの!?　異世界魔法ですら無理だって言ってたのにできちゃったの？」「いや、ステルスにもいろいろ有って、認識阻害も光学迷彩も気配遮断も隠密だって可能ではあるんだけど、結局魔法や効果を使えば魔力が感知されちゃうし、獣人さんみたいに嗅覚探知とかエルフっ娘みたいに感情探知なんて有るから完全ステルスは無理だよねっていうだけなんだよ？　うん、無理？」「検問だし魔法を見抜く仕掛けは用意されているはずだよね？」

　魔法や効果は効けば絶大で圧倒的だけど、効かないと全く何の意味も持たない。魔法どころか物理すら無効化される世界で、その無効化すら無効化される訳の分からない世界に完全な物なんて有る訳が無い。

「凄い速度だけど飛び越えるの!? 馬車で？　ちょっとみんなに知らせて着陸か墜落に備えさせないと！」

うん、ステルスって見付からないことで、別に魔法とは一切関係ないんだよ？

「全く非常識極まりないなー、馬車なんだから飛ばないよ？　飛んだら飛行機なんだよ？　まったく委員長は高校生にもなって飛行問題は風紀委員さんに怒られるんだけど、誰が風紀委員か知らないけど宿屋ではミニチャイナさんを取り締まるどころか本人達がミニスカポリスしてたから風紀委員がいたとしても全く機能してないけど、機能的に言ってもお馬さんが牽いてたら馬車なんだよ？　常識的に？」

女子と男子では脳の思考経路が知覚認識に至るまでが大きく異なり、論理的把握が主観と客観で真逆に作用するとも言われている。その弊害として女子の方が機械物の区別が苦手だとは聞いていたけど、まさか馬車と飛行機の違いも分からないほど深刻だったとは……うん、情報を客観的に総合的に包括すれば、論理的に言ってお馬さんが牽いていたら馬車なのにねえ？　そして遠くに見えてくる要塞、という名前の岩山くり抜きました的なドーム状の関所だ。あの先が教国……って言うか教国ナウ？　まあ、教国なんだよ？

「「「何考えてるのよ――――っ！」」」「えっ、なになに？」

女子さんが御者台に乗り込んできた。既に全員セクシータイトな修道服に身を包み、肉感的なボディーラインのシスターさん達に代わり扇情的な深いスリットからは網タイツの美脚（あんよ）がニョキニョキとこんにちは（NiceToMeatYou）とガーターな絶対領域さんまでむっちりとお出ましで占拠中だ。うん、狭いな！

「『えっ？』じゃないわよ！　今何したの！　何でずーっと後方で粉塵（ふんじん）を撒（ま）き上げて要塞が崩れてるのよ！」「気の所為（せい）かもしれないけど、今おもいっきり突撃のまま貫通しなかった！　しかも門じゃなくて要塞を!!」「うん、色々聞きたい事はあるけど、まず最初に聞くんだけど……こっそりはどうしたのよ——っ！」

　ステルス（stealth）、それは密（ひそ）やかに内緒で内密にこっそり隠密な忍という行為。

「いや、せっかくお馬さんが頑張ってるんだから、下手に減速しないで加速すれば……一瞬でこっそり通り過ぎたから、速くて何も見えないんだよ？　うん、目撃者皆無？」

　そう、ステルス（こっそり）には大きく分けて2種類のこっそりがあり、時間をかけても姿を見せない隠密（ステルス）とは別に、見つかる前に素早く通り抜ける迅速（ファスト）なステルス（こっそり）があるんだよ？　うん、多分3秒ルールの仲間なんだよ？

「気付いたら衝撃波で砦（とりで）は爆散だし？」「一瞬すぎて何も見えてなかっただろうし？」「確かに当分なのか永遠なのか、報告なんてする余裕もないんだろうけど……」「「「潜入はどこに行っちゃったのよ、潜入は!!」」」

　いや、もう潜り込んでるっていうか教国内で、内腿（うちもも）の絶対領域にも潜っちゃいそうな密接な密室な馬車の御者の凝視もきっと致し方ないことなんだよ？

「今回は大所帯なのも在るんだけど、超高速移動で視認される前に通過できるお馬さんがいるんだよ？　なおかつ見張りの意識が集中する門ではなく、建造物の方を通り抜ける事で目撃者を無くして、ついでに轢いて粉砕してぶっ飛ばして目撃者を亡くすという、無い無い尽くしの合理的なこっそりだったんだよ？　うん、これなら誰も俺たちが潜入したことには気付かないよ。うん、完璧だな？」「「「……………」」」「……？　お腹すいたの、アイスクリーム食べる？」「「「お腹が空いてるんじゃないの、常識が空しくなってたの！　あと、食べるわよ!!」」」

食べるらしい？　まあ、教国だ。未だ教国の誰にも気付かれていないし、誰も俺達が教国内に居る事を知らない。一切の情報を教国側に与えていない。うん、こっそりだな？

完璧なカモフラージュよりも自信を持ち堂々と振舞えることこそが重要だ。

107日目　昼　獣人国　路上

お馬さんは確かに脚を4本にして小さくなってる。だから、8本足の強大な神獣さんからは格段に地味になったと言えると思う……でもね、神話級の魔獣が世紀末覇王の巨馬になっただけだから、一般常識的にはまだまだ全然十分に目立ってるの？　道行く人がぎょっとしながら慌てて逃げてから、二度見した後に思いっきり目を逸らしてるの？　それでも、これで偽装なんだそうだ。

教国へは他国からの馬車での乗り入れが禁止されており、公共の駅馬車か許可を得た馬車以外は原則的に乗り入れも通行も禁じられている。「だから車体に『教会馬車』って書いたからばっちりだ？」っていうのが隠密行動の根拠らしい。書いたからこっそりなんだそうだ。私達は遥君が単身で潜入するのを止めた、それは危険なのもあるけれど遥君がこっそり潜入とか潜伏が出来るかが凄く絶望的に心配だったから……でも、心配の必要はなかったみたいなの。私達は一体何を心配して、何を毎晩相談してたんだろうね？　うん、教会馬車なんだそうだ？

（ヒヒンヒヒン♪）

うん、国境の砦は通過できた。だって、粉砕されたから。潜入もバレなかった、だって目撃者も目視不可能だったから報告なんてできないだろう。教国内を巡回している警備兵も問題ない。「止まれ」と警告しに来た瞬間には轢かれていたから。うん、本人曰く「止ま……」までしか言ってないからセーフなんだそうだ。でも、きっと頑張って早口で言い切ったとしても3秒ルールを適用するのだろう。つまり3秒あればいかなるものでも轢ける自信を持ち、轢く気満々な自称こっそりな隠密行動だったの？

「うん、要塞の門には『物理耐性』とか『魔法反射』が付与されて警報装置らしきものもあって厳重だったんだけど」「「だけど？」」「なのに、城砦の方はただの石を積んだ壁と岩だけだったんだよ？　だから、こっそりと取り付けておいた魔力噴射式推進破城槌でふっ飛ばして、お馬さんとスライムさんのWの愛らしさで爆砕してみた？　こっそり？」

教国はちゃんと常識的に強固な門を用意していたようだ。ただ非常識な人が「門が固いなら、砦を壊せば良いじゃないの」とMさんのせいにして突撃しただけだった。教国の誰もが門を突破されないように考えていた、だから今も門だけが残っているの……今も瓦礫の中に門だけがぽつんと建っているのだろう。

「どうするのですか、これからは」「えっ、どうもしないよ？　ただ行くだけなんだよ？　こっそり？」

魔力噴射式推進破城槌は遠距離からの一方的な攻撃の為に開発されていたらしく、筒状の内部で連鎖的に『爆発』付与の魔石が連続して爆発して後部へと噴射するだけの簡単な仕組みらしい。実際には爆発的な突進力だけで飛距離も方向性もまったく無い失敗作だったらしくて、それに破城槌という名前を付けて正当化して打ち込んだだけなんだけど効果は絶大だったようなの？　うん、物は言いようなんだね？

「作戦も無いとか無謀です！」

まずはアリアンナさん達の教会のある街を目指す。そこで情報を手に入れて拠点にする。そういう名目でアリアンナさんの護衛としてアリアンナさん達を送り届ける。首都に近づけば必ず戦闘になり戦争が起きる。アリアンナさんの護衛として迎え撃つか、遥君と共に首都を目指すのかが悩ましいけど、敵の出方次第の臨機応変という名の行き当たりばったくり計画なんだそうだ……確かに蝶いた兵隊さん達からも装備やお財布を拾っていたもんね？

「相手が完璧なら作戦なんて意味は無いんだよ？　相手が失策すれば、それに付け込んで混乱させて、もっと失敗して貰えば自滅していくんだよ？　向こうが完璧に守りきれば内部から崩すしかないんだから、無理に攻めずに引き付けるだけでも良いし、より早くよりこっそりと混乱するように的確に迅速に行動すれば相手が崩れるんだよ。崩さないと勝負にならないんだけど、崩れてしまえばいくらでも突け込めて衝け込めば撞け込むほど壊れて行くし、それで駄目なら退けばいいんだし、進退さえ誤らなければ良いから好機より退き時だけ間違えなきゃ良いんだよ？　その為に——こっちから来たんだから」

　そっか、辺境ならもう退けない。後ろには沢山の人がいて、町や村がある。だけど敵地なら退けば良いだけ。退路の確保に気を遣うけど、その為に柿崎君達や小田君が後ろにいる。こっちは荒らして暴れて、あとは退けばいい。その為に獣人国には広大な城壁の城塞が違法建造されて……確か内職で防壁建てるって言ってたよね？　まあ、あれも防壁だけどニュアンスが違うと思うの？　普通は太郎芋の長期収穫払いで一国を覆う長城の城塞なんて建造されないし、味噌や醤油で国を巡る水路の堀もできない。だから、ついでと言って鰹節とわかめと昆布で国を賄う食料や医薬品の備蓄なんて得られないんだけど……もう、それが全部あるんだから獣人国はきっと大丈夫。だから、あの絶対無敵の難攻不落な長大な城塞は、村々の獣人さん達に感謝され涙ながらに太郎芋城と名付けられたらしいの。なんか美味しそうだね？

　だから退路は良い。ただし誰かを助け護るとなれば、最大の強みの行動の自由が消え防衛に縛り付けられる。そこからが本番で、それまでに優位に事を進めておく必要がある。

そっか……だから退路を塞ぐ砦は完全破壊した（門以外）。きっと誰も殺したくなんかないし、私達を殺す事に巻き込ませたくないと思っている。それでも破壊し尽くした、だから一瞬で私達を遠ざけた。あそこにだって沢山の人が居たから、その責任と罪を自分1人だけで抱え込むために。

「遥君、ここから先は何が有っても私達の事は私達に任せてね。私達はみんな嬉しいけど悲しいの。助けられて大事にされて心配されていっぱい甘やかされて女の子として心から嬉しい。だけど女としては悲しくて悲しくて死にそうなほど苦しいの。遥君が思ってるよりずっとずっと女は我が儘で残酷なんだからね、私達は大切な人が苦しむくらいなら、容赦なく人だって殺せるんだから。だって私達女は一番大切なものの為ならいくらでも残酷になれるくらいに我が儘なの。私達はその為に教国に来たの。だから、もうたった1人で誰かを泣かせないために……って……」（よく言った！）（頑張ったね!!）（よし、そこで押し倒しちゃえ！）（べ、べーぜ!?）（（きゃあーっ♥））（もう～、脱いじゃえ～、襲っちゃえ～♪）（おおー、性王討伐？）（いや倒したら……ある意味あってる！）（ほら、抱き着いちゃえ！　押し倒せ!!）（お馬さんの上だしある意味、騎乗位！）（（いいねー！））

ヒソヒソ……うん、後ろから気配は感じてたんだけど、隠密するなら忍んでて！　気配遮断してるなら黙っててよ！　肉壁で押さえ込めって言ったのは誰!?　あと肉囮とか肉生贄とか如何わしい新語を作らないで。定着したらどうするのよ！　肉委員長も却下です!?

そうして御者役を交代していたら、奥に着替えに行っていた遥君が戻って来た。その姿を見て誰もが息を呑む……なんて兇悪そうな修道士さんだろうと！

　いわゆる神父服。形はタイトめな細身の詰襟シルエットで、ダボついた普通の修道服よりもスタイリッシュな感じではあるけど偽装的にはなんら問題はないはずの変装……なのに、この壮絶な違和感！

「どうして神父服がこんなにも悪の衣装に見えるんだろうね？」「ああ、本来は神を信じ称える人たちの制服だもんね？」「神を正座で説教して泣かせて、今もボコる気満々の人が着てるのだから違和感があるのは間違ってはいないのかも？」

　そう、合流して嬉しそうなデモン・サイズちゃん達と戯れる心温まる筈の光景が、地獄から来た使者にしか見えないのは何故なんだろうと誰もが首を傾げ悩んでいるの？

「似合ってる……けど、何かが壮絶に間違ってる？」「あれは清貧を志す服だからぼったくり王と拒絶反応？」「嘗て此処まで神父服を邪悪に着こなした人って居なさそうだね!?」

「「「あれに祀られたら、神どころか邪神さんでも逃げ出すよね！」」」

　ちゃんと潜入する気で用意していた。これを作って一人で行こうとしてたのはアンジェリカさん達から聞いてたから知っていた。隠密に気配遮断を付与した目立たずに紛れ込むための神父服、なのに滅茶目立ってる異形なる恐怖な存在感。これに黒マントを着れば衣装的には修道士の教皇派の衣装と瓜二つなのに、湧き上がる禍々しいオーラと邪悪な雰囲気。清廉なイメージの修道士の格好をしたばかりに余計に際立つ悪辣な違和感……そう、バレるとかバレないとかの問題ではなく、何故だか絶対に神を崇めてないのが伝わって来ちゃってるの？

「あれって多分……嫌々着てるから苛つきが顔に出て邪悪さアップ？」「しかも悪い事する気満々だから、悪者オーラが全開放出中？」「でも本人は完璧な変装だって自信満々でご機嫌だよ？」「「「いや、物理的には完璧だけど、中身の邪悪さが……」」」

なんであんなに神父服に大鎌が似合うんだろう。いつものようにじゃれるデモン・サイズさん達とスライムさんにお菓子をあげるほのぼのな空気。だけど、私達はあれがイチゴジャムだって知っているのに処刑鎌の刃を滴り落ちる鮮血にしか見えないの？　うん、どうやら教会さんは案外と見る目があったのかも知れないね……うん、神敵だ。正確には神敵っていうよりも、神の天敵な大敵だね！

教国は首都を中央にして、東西南北に聖域の門と呼ばれる交通管制都市を設けて出入りを管理している。あらゆる交通手段がその4か所で管理され、東部からの行路の要がこの城塞都市ホリー・ウェスト。駐留軍が常備され、教会軍もいるという要塞の街。

心配だ。とっても心配なの。だって遥君が策が有るから大丈夫って言うの！　嘗て一度もちゃんと大丈夫だった事が無い遥君の大丈夫が出てしまった。その街って本当に大丈夫かな？　国境の関所とは違い、民間人が沢山いる街。だけどその全員が教徒であり、敵になるかもしれない街。

そうして長い行列が見えて来た。街に入る検査を受けるための関所……そして御者台には神父服の遥君。うん……物凄い絶望感しかないの？

不審者って書いた不審者さんがいたら正直な良い人だ。

107日目　昼過ぎ　教国　路上

大草原の中に麦畑が現れると、家屋が疎らに見え始める。その向こうには小さな村や町、そうして最初の街に入る。教国東部の交通の要となる城塞都市ホリー・ウェスト。教国の東部駐留軍を抱え、教会軍も控える軍事都市でもある要所。教国の東側の全ての道はここへと繋がる交通の要の要塞。

順番待ちの列に並ぶと、威圧感溢れるお馬さんと徹甲化された黒塗りの8両編成の馬車が凄まじい場違い感！　本物の教会馬車が前に居るけれど、似ても似つかない普通の馬が2頭で牽く木造の馬車。他の駅馬車と較べると断然に豪華だけど、普通の馬車。申し訳程度に「教会馬車」と書いてあるだけの高価で大きめの馬車で……共通点は「教会馬車」って書いてあることだけだった！

その教会馬車は周りの車列に何か怒鳴りつけ道を開けさせて進んで行く。どうやら教皇派の偉い人達が乗る馬車のようだ。あっちが正しい本物だけど、今も鞭を振り回して順番待ちの人達を追い散らし行列に割り込んでいる。

そして偽物のこっちでは御者台には赤い液体に濡れた大鎌を持った邪悪過ぎる神父。うん、デモン・サイズさんに早く苺ジャムを食べさせちゃって！　もう、致命的にビジュアルが駄目すぎるの。これを不審者と呼ぶと異世界中の不審な方々から苦情が殺到しそうな如何わしさで絶望的すぎなの！

そう、誰もが遠巻きにして、怯えた目で見詰めている。そんな視線の先にある魑魅魍魎しい自称教会馬車。もしかすると遥君は教会馬車を凶怪異さんの乗る馬車だと勘違いしているんだろうかと心配になるような怪しさ満点を突破して、偽装どころか今迄に似たような馬車を一度も見た事が無い異彩を放つ驚異な馬車。

正直もうこれを偽装だと言うのが心苦しい気持ちでいっぱいなの。遠巻きに見やる周りの人たちはドン引きしてるけど、乗ってる私達だって降りて取り囲んで一緒にドン引きしたい気持ちでいっぱいなの！　でも遥君だけが納得し、スライムさんを頭に乗せてお馬さんとデモン・サイズさん達と愉し気に戯れている。この異様な光景の中で1人だけとっても幸せそうで……うん、あれって多分こっそりしてるの？

そして当然と言うか、やっとと言うか、今更ながらに異常に気付いて、駆け付けて応援を呼ぶ門番の兵隊さん達。きっと、不審に感じたんだろう。うん、一目で気付こうね？　これ絶対不審とかそういうレベルじゃないからね？　まあ、気付いても無駄なんだけど、いっそ不可能だとは思うけど、気付かない方が幸せだっただろうに……やっとようやく気付いちゃったようなの。

そして巻き起こされる破壊。在りと汎ゆる全存在を破壊する破壊神でさえ破壊して破砕して破断しかねない破壊者さんは、この偽装に何の疑いも持たず堂々と常識と言語を破壊して行く。

「な、な、何だお前らは！　通行許可証と馬車の証明書を出せ！」「えっと、何だお前らはとかなんだかんだと聞かれたら答えてあげるが世の情け？　的なあれ？」(（答えなくて良いのよ！）)「あ、怪しい奴め、馬車から降りろ！」

教皇派のお偉いさんが乗っているらしい順番を守らない馬車には何も言わずに、こっちの馬車に文句をつけて来た。本物は見た目は立派だけど中身は碌でもないのに、偽物は見た目だって悪逆な中身だって悪辣だけど……うん、怪しいよね？　でも、怯えながらも会話しちゃったようだ。遥君を相手に。

「全く使えない門番だな？　何だって、この服を見て分からないのかなー、って言うか『何だ』も何も教会馬車ってちゃんと書いてあるじゃん？　教会馬車って書いてあったら教会馬車だよ。教会馬車って書いてあって船だったとかなら教会船じゃねって言うならともかく、教会馬車って書いてお馬さんが馬車を牽いてたら誰がどう考えなくても教会馬車だよ。感じるんだ？　的な？」(（違和感以外、抱かないわよ！）)「えっ！　あ、あぁーっ。って、うえぇ!?　い、いや確かに教会馬車とは書いてありますけど……なんか違いませんか？　全部……神父様？」(（うんうん、よく言った！）)

何故だかみんなの心が1つになって、混乱している門番さんを応援しちゃうの？　だって、物凄く気持ちがわかっちゃうの！

「だから何がどう違うの？　お馬さんが馬車を牽いてて、その馬車に教会馬車って書いて

あったら教会馬車以外の何なの？　これが駅馬車にでも見えるの？　教会馬車って書いてあるんだよ。駅馬車なら駅馬車って書いてあるよ。不審者なら不審者って書いてあるんだから教会馬車って書いてたら不審者じゃなくて教会馬車以外に在り得なくない？　常識的に考えてさー？」（（常識的に考えて不審者って書いた不審者さんがいたら正直な良い人だよね!?））「なあっ……なるほど？」（（納得しちゃった！））

そして誰もが門番さんを思い涙する。きっと一生懸命真面目に門を護っていたのに……常識を壊されちゃったの？

「全くこれだから素人の門番は困るんだよ、門番としての常識ができてないんだよ？　ほら、前の馬車見てなんだと思う？」「えっ、あれが普通の教会馬車だと思われますが？」（（うんうん））「だから駄目なんだよ。一般常識にとらわれて門番常識が非情に非常識なんだよ。悪者が教会馬車の振りしようとしたらどうすると思う？　ちゃんと自分ならどうするか頭を使って考えてみるんだよ？」（（……？））「じ、自分なら教会馬車そっくりにすると思われます！」「だよねー？　なら怪しい馬車はこっち？　あっち？　どっちが教会馬車っぽい？」「あっちであります！　神父様！」「よし、よくぞ気付いた。それでこそ真の門番なんだよ。行って取り押さえて来るが良いー！　みたいなー！」「「ははっ、門番の心得をご教授頂きありがとうございました、神父様！」」（（信じちゃったよ!?））

（何で？　何でそれが常識なのよ!?）

うん、遥君と真面目に話しちゃ駄目なの、遥君の言う事を真面目に聞くと破壊されるの。

お話しすると深刻に常識とか良識とかそういうものがとっても危険なの。だって至極当然のようにすらすらと当たり前のように理路整然と騙る、一分の隙も無いかのように論理的に常識ぶって騙る。それはもう自信満々に騙られるものだから自分が間違っているのかと一瞬でも疑うと常識が破壊されるの。その言葉の意味の正しさに惑わされて、正しいと錯覚して戯言に思考を操られる。あとから冷静に考えればそんな訳ないのに、その場で聞いていると「そうなのかな？」と思っちゃう謎の悪徳の騙り。あれは悪魔の誘惑より質が悪いと辺境でも絶賛な遥君の戯言、あれを真面目に聞いちゃったら絶対に駄目なのに。

「神父様、奴らは何もしていないと言い張っておりますが！」「お前達が今まで捕まえた犯人達って、捕まったとき何と言っていたの？」「「俺はやってないと言っておりました！」」「そう、犯人とは俺はやってないと言うものなのだー！　みたいなー!!」（（おまいう!?））（それって、やってない人だってやってないって言うよね!?）

　もう、誰もが涙する。その戯言に驚きながら信じてしまう門番さん達に涙腺が崩壊なの。

「流石は神父様、あいつらは全員尋問だ、拘束せよ！」「「はっ、ただちに！」」（（……一番信用しちゃいけない人を信じちゃったよー（泣）））

　そうして罪の無い教皇派閥の教会馬車さん達が捕まり捜査されてる中を悠然と通り過ぎる。教会の上位官者のみが着用するという神父服の威厳に押されて、戯言で誑かされて騙られて騙され欺かれた。本物っぽいのが怪しいなら此の世は全て怪しいのに、必死に疑い調べ回る門番さん達を後にして怪し過ぎるから無罪な馬車が進む。

ひときわ豪華な教皇派の馬車から引き摺り出されて、捕らえられていく無実の教会の人達。門番さん達に権力を笠に怒り狂い罵声を浴びせながら、こっちを指さして喚いている。あんな馬車が有るかと、あんな親父がいるかと……うん、そんなのを神敵にしちゃったんだから諦めてね？　喧嘩売ったらぼったくられるか虐められるからね？　だっと神様だって虐めて、スキルを全部ぼったくってきたお大尽様なんだから。

異世界にはぼったくりやお大尽様なんて言葉は無い。無かった。それが今では何がどう伝わったのか、苦しんでいる人を助けるのを「ぼったくる」と言い、ぼったくりに来る人を「お大尽」と呼び始めている。その間違った言葉だけが真実を告げている、だって綺麗な言葉なんてただの意味の無い飾りだから。きっと辺境では立派な名前の教皇様よりも、「ぼったくったぞー」って騒ぎながら何もかも幸せにして回るお大尽様を尊ぶだろう……言葉や肩書や権威ではなく、ただその行いによって。きっと本人だけが知らないで、悪ぶって「ぼったくったー」とか「お大尽様だー」と騒いでいるけど、本人だけがその気の……だって、遥君って自分の人件費を計算に入れてないよね？

その在り得ない高度な技術料を計算に入れず、通常だと大人数で長期間かかる作業の人件費を魔手さんで一瞬に短縮し、本来凄まじい費用が掛かる大量輸送と長期保存も全部アイテム袋で済まして。うん、だから今も本人だけがずっと大儲けだと思っているの？

今も教会の神父達が怒鳴り、「我等を何だと思っている」と罵声を飛ばす。何とも思ってないよ。何もしてない人の事なんて何とも思わないから。

立派で偉いのかも知れないけれど、興味が無いの。だって人間性はともかく、あと見た目も目を瞑るなら、教皇や教皇派の教会なんかよりも人徳はお大尽様の方が絶対に格上なんだから。誰かを幸せにできない宗教なんかに私達は興味はない。誰かを苦しめる宗教ならば正しかろうとそれは罪だから。

だから信じる者はいつも何もかも間違ってる嘘ばっかりのひねくれ者の偽悪者だけで良い。たとえそれが悪であっても、みんなが幸せに笑える悪なんだから、貶されて威張られる覚えなんて欠片も無いの。

うん、悪者なのは否定できない。だって言ってる事はあっちが正しくて、騙してるのはこっちの極悪人さんなんだから。でもね、私達はちゃんと順番は守ったからね！

錆びるのを心配する前にベロを切らないかは心配されないようだ。

107日目　夕方　教国　街

永らく離れていた、そんな気分になり懐かしさを感じましたが、ほんのしばらく前に辺境へと有志を集め赴いたばかりでした。教会の軍が辺境に攻め入ったと話を聞き、急遽支度をして魔物が跋扈する最果てに赴くために別れを済ませて旅立った街。

それが今では遠い昔のよう。長々と馬車に揺られ、船に乗り継ぎ、ディオレール王国ではディオレール王直々に辺境へ赴く御許可を頂き、また馬車に揺られて一路辺境を目指す長い旅でした……戻りは早かったです。二泊三日で帰ってきました。あの行きの長旅の苦労は何だったのでしょう？

そうして魔物の住処(すみか)と呼ばれ、穢(けが)れた地と蔑まれる最果ての辺境に辿(たど)り着いた時に、私の信じていた世界は音を立てて崩れ、己(おの)が目で見る真実に驚嘆し目が覚めたのです。王都でも止められましたが、敢(あ)えて教会の装束に身を包み辺境に降り立った私達(たち)に降り注いだものは、罵声でも怒りでも投石でも無い感謝の言葉。辺境の浄化とまで蔑み侵略した教会の者である私達に、辺境伯様までが膝を突き感謝の言葉を述べられたのです。

それは教会が決して踏み入れぬと公言した辺境へ赴いた事への感謝。そして戦乱の被害者への治療と治癒師を連れて行った事へのお礼。恨まれ罵られると思いながら赴いた地は平和で、治療の必要も無く穢れどころか人々は優しく美しく明るく清潔で豊かな街でした。

だから教会は侵略しようとした、その豊かさと、その素になる魔石を求めて。そして出会った黒髪の軍師と美姫(びき)……聞いていたお話とは似ても似つかない不思議な人達、そして強い人達。

平和を、幸せを、それを神に祈るのではなく、自ら成し遂げる人達。魔物を狩り、孤児達の面倒をみて、街の商店に商品を卸し、誰もが笑いかける辺境の奇跡と呼ばれる方々。

それが、もうずっとずっと昔のようです。あの魔物に怯(おび)え、軍にも抗(あらが)えず、神へ祈り癒し奉仕する事しか出来なかった力なきあの頃が……もう、見る影も在りません。

街に戻るや否や、教会から出向いていた一団が我等を捕らえようと取り囲んできました。力無き修道士と修道女を、武力で取り押さえようと……そう、もう見る影も無かったのです。あの優しく穏やかだった修道士達は「ひゃはあああっ！」の声と共に教会軍の兵士達へと襲い掛かり蹂躙する。獣人の方々とも気が合っていたようですが、野獣の如き変貌ぶりに出迎えてくれた街の人達もドン引きです。

優しくも大人し過ぎると言われ、臆病で暴力を忌避していた修道士達が、今では生き生きと暴力の信奉者となり40人近い兵士を5人で蹴散らし、逃げ回る兵士を殴り倒して引き摺って来るのです。今まで見た事も無い生き生きとした目で、心からの笑みを浮かべながらナイフを舐めているのです。もう、街の人達は駄々引きです！

「お、お、お帰りなさいませアリアンナ様、良くもご無事で……ですが、この街にはアリアンナ様を捕らえようと多くの兵隊が……今、壊滅していますが、もっと多くの兵隊たちが……山積みですね？　見慣れないシスター様達ですが、何で兵隊を引き摺って来て積み上げてるのでしょう。それに、なんだか皆さん随分とお召し物がセクシーになられて……キャラ変わってませんか!?」「お迎えありがとう、サバサさん。みんな辺境で強くなったんです……って言うか、強制的に強くされました。迷宮で転がされて振り回されて、それが嫌なら魔物を殺せと鍛えられたのです。誰かを守りたいなら強くなれと、若干壊れちゃってますがみんな普段は大丈夫ですから……まだ偶にナイフとか舐めてますけど、気にしないであげて下さい。時折奇声も発しますが普通ですから」「それ、本当に大丈夫なんですか!?」

教会の塔の上で街を一望する遥様が、謎の怪しい奇妙奇天烈なハンドサインを送ると……次々に教会軍の兵士が狩られて積み上げられていく。たいしたＬｖも無く、技術もなっていない装備頼りの兵隊など今では恐ろしいどころか哀れに見えます。自慢気に見せびらかし威圧する剣のしょぼさも、威張り散らし高圧的に虚勢を張る脆弱さも、今では何もかもが虚しくて何もかもが哀れ。

辺境では小さな子供達ですら身を護り合い、襲ってきた魔物を退け、追撃して、虐殺して殲滅していました。こんな情けない剣を持っただけの大人よりも勇敢で強かったのです。それを見守る街の奥様方は……魔物より怖かったです！

「お疲れー、って多分街に居るのは全部積んだ？　一応エルフっ娘が感情探知で隠れてる兵士や斥候を探し出してるけど、もういないと思うんだよ？　あと、街から報せに飛び出した間者か通信兵かなんかはお馬さんが全部撥ねといたから一緒に積んどいたんだよ？うん、全部おっさんで、運んでても何も楽しくないんだよ！　全く男子高校生的に止むを得なく不幸な事故とかで、手が滑ったり入ったりな素敵なイベントが起きるのを期待してたのに、全員おっさんとか手とか滑らないよ！　思わず炎獄が滑って焼きそうだったんだよ……焼きたいな？」「「何で炎獄が滑るの！　滑りやすい炎獄とか聞いた事ないでしょ！」」

女性や子供達は兵隊が来た時点で地下に匿い、数名の男性が殴られて軽い打撲を負っていましたが、みんな無事でした。ですが家探しされて金品は奪われ、食料すら不足している街の荒れよう。国が荒廃しようとしている――神を信じ、神と共に在ると決めた国が。

ようやく地下から出て来られた女性や子供達をお風呂に入れて食事をさせる。いつものように、あたりまえのように……でも、それは辺境という奇跡の街のあたりまえ。教会の中に温かいお風呂と綺麗な着替えが用意され、食べた事も無い御馳走の数々に泣き出す子供達。薪は貴重でありお風呂なんて滅多に入れない、まして新品の服なんて贅沢品。そう、私達が清貧の教えとして育てた子供達が泣いている。

怯えた顔で「神様に怒られないか」と尋ね、「喜捨しなくて良いのか」と困惑しながら、次々に振舞われるご馳走に顔を綻ばせて笑っているのです。でも、これは辺境で毎日私たちが当たり前に見て来たもの。

だから、こんな笑顔を見た事が無かった。ただ、清貧の心と喜捨の大切さを教えられ戒められてきた子供達の本当の笑顔を。神に祈っても得られなかった幸せを感じて子供達が微笑む……それは辺境の子供達と同じ笑顔でした。

余所者に対して警戒心の強い街の人達が笑顔で遥様達を囲む。貧しく真面目に、ただ神に祈りを捧げ続けてきた人達に笑顔を齎したものは神では在りませんでした。

「これはアリアンナさん達が辺境の悪い魔物たちと戦って稼いで来たんだからねー」「「アンお姉ちゃん、凄ーい！」」「みんながお腹いっぱい食べても食べきれないくらいあるよー、どんどん食べてね」「「ありがとう、お姉ちゃん」」「「本当にアリアンナ様たちが!?」」「さっきの戦闘見ませんでしたか。みんな辺境のために頑張って、みんなのために戦ったんですよ」「「すご——い!!」」

私達は迷宮で得た魔石を受け取りませんでした。何故ならあれは私達が身を守れるよう指導して頂いていたのです。その指導料すら払えず、日々の生活費も無かったのに、毎日お食事を頂き服や装備まで用意して貰い、足手纏いな私達に稽古を付け鍛えて下さったのに……全部取ってあったのだそうです、それは私達の取り分として。そうして振る舞われるお好み焼き、私達も頂きましたが獣人国で手に入れたという鰹節と青のりが味覚の魅惑の交響曲をお口の中で奏でて、ホクホクで熱美味しいのです。蛸ではない名状し難き何か焼きも大変な美味で、食べやすくて大人にも子供にも大人気でした。女子の皆さんは蛸ではない何かが気になって仕方がないようでしたが、熱さと美味しさの珠玉の交響楽団で誰もが笑顔へと変わっていました。

清貧って何なのでしょう。みんなに貧しい思いをさせておきながら、神を称えるためと豪華な聖堂を建てて豪華さを競い合う。みんなにひもじい思いをさせて、何も作らない人が美味しいものを食べ綺麗な服を着る事を本当に神が求めたのでしょうか。きっとこれが本当の清貧なんです——みんなで分かち合い、笑い合うのが。楽しく笑い合って、そして頑張って働いてまた笑おうと思えるのが。みんなの笑う顔を奪い、何も作らない者が笑う世界はきっと間違っていたんです。此処は貧しい教会ですが、今ここに街中の人の笑顔がある。この街で初めてみんなが笑っているのです。

そして、ようやく落ち着きを取り戻した街の人々から状況を聞きました。尾行っ娘ちゃんさん達から頂いた報告の通り、教会は完全に教皇派閥と、それに迎合した教派に乗っ取られ、多くの教会の者が牢に捕らえられているそうです。反対する者は捕らえられるか外縁部まで逃げて兵を集めているそうですが、小派閥に分かれたままで纏まれてはいないようです。国王派としてゲリラ活動まで起き国は治安が乱れるままなのに、その教皇派は軍を編制して獣人国と王国を目指している……やはり戦争を、そして狙いは辺境。

そして王宮は今も包囲されたまま籠城を続けていました、封鎖され食料の供給も途絶えたままずっと……なのに、これ見よがしに包囲している兵に見せ付けるかのように、BBQなるものをしていると……何で教国にBBQが？

「「「遥君、いったい何したの！　なんで教国の王宮でBBQパーティーが開催されてるの!!」」」「いや、籠城には兵糧攻めが基本なんだよ？　うん、食べ物が無いとお腹が空いてダイエットが不健康だからビリー隊長に怒られるよねって、尾行っ娘一族に差し入れさせてみた？　うん、ちゃんと焼肉セットも入ってるから美味しいけど、わんもあせっとは自己責任でBBQさんに罪は無いんだけど……あれを包囲してると悲しいんだよ、特に焼き肉の匂いが？」「王家の人達への援助かと思ったら、包囲している教会軍への嫌がらせだった!?」「「「うん、それは辛いよね!!」」」

無事のようです。良い暮らしをしているようです。きっと清貧を旨として暮らしてきて、王宮で初めてのＢＢＱでしょうから。だって、あれもとっても美味しいのです！

「尾行っ娘一族に王宮への差し入れを頼んであるから、当分の間の食料は有るけど、王宮に行ってＢＢＱパーティーに乱入するか、この街をお好み焼きを食べながら守るのか、やれることは沢山あってどれでも成功するから選び放題？」「「「なんでどれでも成功しちゃうの？　そして、どうしてどっちも美味しそうなのよ!!」」」

　どれもが一長一短、何よりも……それは内戦。

「えっ、だってこっちは好きな時に逃げられるし、少数だから兵站がお手軽？　だから勝つまでずっとやってれば……相手が滅びるんだよ。だって相手は大軍で、その分補給が莫大だから糧食を片っ端から拾って行けばお腹が空いて動けなくなるよ。それに俺はちょっと大聖堂に用事が有るから覗いて来るんだけど、良いものが落ちてたら拾うから。食料って尽きるんだよ？」「遥様……私は大司教アリアンナではなく、王女アリーエール・アン・アリューカとしてこの国を変えるべきだと信じます。我ら教会は神カナティアの名の下にありながら教義を見失い本義を忘れ去っているのです。辺境こそが神の指示した道だったというのに、その辺境を貶め苦しめる教会の意義に異を唱えるには大司教ではなく、教会を認可している王族としての真の在り様こそを問うべきだと思うのです。お願い致します、私を王宮へ連れて行っては頂けませんか！」

　もう、私は知ってしまった。もう、私は見てしまった。子供達の笑顔を――それを奪う教義なら、意味なんて無いのだと。

「まず在り得るのか在り得ないのかが分からないんだけど、とにかくBBQを食べに行きたい気持ちは伝わったんだよ？　でも、先にこの街を守らないとね？　ちっこいのもいっぱいいるし？　まあ、また子狸が交じってるんだけど、どうしてちびっことお好み焼きを奪い合うかなー……大人気……は、つるっとぺったんと無いって言うか、子供より平って言うか垂直な……あれ、何であの距離で睨んでるの！　絶対に聞こえてないよね？　うん、ヤバいな!?」

きっと私は辺境に行かなければ、ずっと知らなかった。きっと、知らないまま疑いもしなかった。ずっと大人しい子供達だと思っていました。ずっと敬虔な慎ましい大人達だと思っていました。知らなかった——この街の人達は、こんなにも嬉しそうな顔で笑うんだ。そして大人しく敬虔だと思っていた修道士達は……一体いつまでナイフを舐めてるんでしょうね？　錆びちゃいますよ？

あとがき

お手に取って頂きありがとうございます。何と2桁巻に突入となりましたが、何と10回目のあとがきです。はい、「あとがき」と書いて「またやりやがった」と読む恒例なあれです（笑）

そんな訳で恒例と化した「謝辞」と書いて「またやりやがったな!?」と読む怨礼を、ギリギリまで詰めたら「またページ余っちゃった」とテヘペロな編集Y田さんへ。きっと今巻も誤字脱字の修正で超デスマーチっていると思いますが、まあ天罰ということで（キリッ!）

そして、また素晴らしい表紙をありがとうございますと榎丸さく先生に感謝御礼を。いや、またまた表紙ネームでどっちも捨て難いとY田さんと苦悩して決められず……遂にコミックガルドの編集へびさんまで含め討論に（笑）

そしてそして同時発売のコミックのびび先生にも感謝とお祝いを。ネームを頂いても「凄え!」とか「ヤバい!?」とか「超、マジ格好良い!!」とか言うだけで、原作者とは名ばかりで全く役に立たない作者と文庫編集者でいつもすみません（汗）

そうして、お読み頂きました皆様にありがとうございますを。お陰様を持ちまして何と

10巻まで出させて頂けました。はい、よく黒歴史と呼ばれる初めて書いたお話が10巻も本にして頂けるなんて割と凄い事なのではないかと、日々ドウシテコウナッタと感謝の踊りを捧げさせて頂いております。いや、マジです。

そしてこっちは恒例になったら駄目なのに恒例な鴎来堂様への謝罪と感謝を……いや、マジ毎回すみません、超すみません！　そして膨大な修正をいつもありがとうございます。

更には追い付かれそうな勢いの台湾版の翻訳者の徐維星様と北米版の翻訳者のEric様、そして読みがわからなくてすみませんなタイ版の翻訳者様にも御礼と感謝と……懺悔を。はい、大変ご迷惑おかけする本でまじすみません、そしてありがとうございます。

そんな感じで今巻も皆様の地獄巡りな苦行で完成と相成りました。寧ろ此処まで徹底的な態勢で修正をかけても、全くまともな本にならないって凄いよねと生暖かい目で読んで楽しんで頂ければ幸いです。はい、誤字は空目してください（笑）

五示正司

作品のご感想、
ファンレターをお待ちしています

あて先
〒141-0031
東京都品川区西五反田 8-1-5 五反田光和ビル4階
オーバーラップ文庫編集部
「五示正司」先生係／「榎丸さく」先生係

ひとりぼっちの異世界攻略 life.10
レベル至上主義の獣たち

発　行　2022年8月25日　初版第一刷発行

著　者　五示正司

発行者　永田勝治

発行所　株式会社オーバーラップ
〒141-0031　東京都品川区西五反田 8-1-5

校正・DTP　株式会社鷗来堂

印刷・製本　大日本印刷株式会社

Printed in Japan ISBN 978-4-8240-0270-9 C0193